Wolfgang A. Gogolin

Leben mal sieben

Kapitel 1

Es war einer jener Julitage, die schon in den frühen Morgenstunden versprachen, sonnig und duftig zu werden. Die schwindende Nachtluft wirkte belebend auf die ersten Geschäftigen von Arnaud, sie bekamen eine Ahnung von frischem Lavendel, von ein wenig Zitronengras und einer Spur Minze. Das Straßenflickwerk aus alten Pflastersteinen mit ungleichmäßig eingearbeiteten Asphaltabschnitten schlängelte sich durch die kleine Stadt in der Normandie. Arnaud erwachte langsam.

Merlin ging bedächtig seinen Weg zum Hafen, dicht drückte er sich an die Häuserfassaden.

»Bonjour, Merlin!« Madame Galabru fegte mit einem Reisigbesen die Stufen vor ihrem Delikatessenladen. Staub wirbelte hoch. Die mehrfach übermalten, inzwischen aber wieder rissigen und schäbigen Holzfenster des Ladens boten einen verführerischen Ausblick auf feine Lebensmittelkonserven in Dosen und Gläsern, auf zart frisches Gemüse und eine kleine Fischtheke, die sich im hinteren Teil des Geschäfts befand. Ein buntes Allerlei an Köstlichkeiten. Nur kurz schaute Madame Galabru hoch, dann wogten ihre breit angelegten Hüften im Rhythmus einer unbekannten Melodie, die sie vor sich hin summte. Merlin blieb stehen und schaute die Putzende an. Als könnte er seinen derzeit dringlichsten Wunsch nur mit den Augen erfüllt bekommen, nahm er sie ins Visier.

Madame Galabru fegte weiter. Nichts geschah. Keine Unterbrechung der Arbeit. Kein Hinweis darauf, dass die Delikatessenhändlerin verstand. Merlin starrte. Wünsche waren Wollust ohne Substanz, doch Substanz ließ sich manchmal mit einem Augenaufschlag herbeizaubern. Der Augenaufschlag erfolgte. Merlin schmachtete. Das ratschende Geräusch des Besens, der über die Straßensteine stob, mischte sich mit einem aufgeregten Warnruf einer Blaumeise. Was für ein unerträglicher Stillstand des Augenblicks.

Merlin ließ die Erstbegegnung des Tages einen Moment lang rückwärts laufen und suchte nach Fehlern. Zunächst empfand er Madame Galabrus

Begrüßung nur als kurz, dann als zu kurz. Und da sich auch noch Desinteresse hinzugesellte, kam er zum Resümee, dass eine ungewohnte Unachtsamkeit im Allgemeinen und Unverschämtheit im Speziellen sich in ihr Treffen eingeschlichen hatte. Warum beachtete sie ihn kaum? War kurz angebunden? Es war doch alles genau wie gestern und wie vorgestern. Der viel zu enge graublaue Kittel, ihre fleischigen Oberarme, die mit Haarspray zubetonierte Frisur und sogar der Besen mit dem rot lackierten Holzstab, der schon bessere Zeiten gesehen hatte und mit der Farbe des abblätternden Nagellacks seiner Herrin übereinstimmte. Alles wie immer. Wo also lag der Fehler? Hatte er etwas falsch gemacht? Merlin brachte sich in Position. Er umrundete Madame Galabru, blieb vor dem geschäftigen Besen stehen und erkämpfte Aufmerksamkeit. Der aufgewirbelte Straßenstaub biss in seiner Lunge, nahm ihm fast dem Atem.

»Oh, nein! Heute nicht! Sieh dich an, du bist viel zu fett!« Madame Galabru bürstete intensiv mit dem Besen weiter, als wollte sie damit ihre Aussage unterstreichen. Merlin schluckte. Der Staub brannte nun auch in den Augen. Er schüttelte seinen Kopf und die langen Barthaare vibrierten. Hatte er richtig gehört? Zu fett? Was meinte sie damit? Wen meinte sie damit? Er schüttelte den Kopf.

»Oh! Ja! Du bist gemeint. Sieh deinen dicken Bauch an. Du brauchst gar nicht so den Kopf zu schütteln. Du bist zu fett, mein Lieber, und Männer sollten nicht fett sein! Heute gibt es keine Sardinen für dich!«

Merlin betrachtete die dicke Madame Galabru durch seine intensiv grünen Augen, die langwimprig gesäumt und inzwischen mit einem grauflockigen Staubbelag bepudert waren. Dann nieste der schwarz-weiß gefleckte Kater. Es war ein Niesen, das die Welt noch nicht gehört hatte, und Rotz gesellte sich dazu.

»Merlin!« Der graublaue Kittel kam in Wallung.

Mon dieu! Der Kater wankte, absolut erstaunt über das, was seine Nase herausbellen konnte. Rein instinktiv benahm er sich völlig unauffällig, als ob ein anderer Kater diesen peinlichen Lärm und Schleim abgesondert hätte und es besser wäre, sich über dieses impertinente Geschöpf zu empören.

»Das ist unverschämt! So etwas macht ein anständiger Kater nicht!« Wütend fegte der Besen weiter. Merlin hatte bisher angenommen, dass

Niesen nicht unverschämt sein konnte, denn es absorbierte sämtliche Funktionen der Seele und ließ als wieder einsetzendes Erstgefühl lediglich Befriedigung zu.

Der Kater blickte erst den Besen an, dann die Besenschwingerin, dann die Fischtheke. Ein ungutes Gefühl schloss sich an und bohrte sich in seinen Leib. Das, was er kommen sah, war ein leerer, tiefer, quälender Abgrund ohne saftpralle Sardinen. Hunger am frühen Morgen.

»Heute nicht. Geh weiter, du Rotznase.« Dann wurde er weggefegt. Merlin jaulte auf. Der Reisigbesen war hart und roch nach trockenem Essigreiniger. Merlins Körper rollte sich ein, machte einen Satz und ohne die Wegstrecke wahrzunehmen, die er gerade zurückgelegt hatte, stand er an der nächsten Straßenecke.

Entnervt, staubig und hungrig, und kein Sardinenfrühstück. Es war zum Heulen. Ein Verzicht auf die zarten, frischen Sardinen, die allmorgendlich sein Herz erfreuten, die ihn hinschmelzen ließen und für die er fast alles machen würde, sogar Madame Galabru anschmachten. Unglaublich! Erniedrigend! Durfte man so mit einem Kater umgehen? Selbst wenn er nur ein Streuner war ohne Herrchen oder Frauchen? Nein! Mit eingezogenem Kopf sammelte sich Merlin. Der Magen röhrte. Sollte er es noch einmal versuchen? Sie musste doch verstehen, dass er Hunger hatte!

Merlin suchte nach einer Lösung. Nochmals die Bitte vortragen? Er warf einen Blick zurück, sah eine kräftige Staubwolke und entschied, es bleiben zu lassen. Madame Galabru verfügte heute Morgen einfach über ein bemerkenswert ausgeprägtes Repertoire an Dummschwätzerei. Unter diesen Umständen war es für einen klugen Kater von Vorteil, dieser klimakterisch akzentuierten Furie aus dem Weg zu gehen. Vielleicht sollte er besser mit einem Mann über seinen Hunger verhandeln. Mit Lucien Forest, dem Fischer.

***

Juste Simon zog die große Eingangstür zum Innenhof an sich heran. Hatte er noch etwas vergessen? Er machte einen Schritt in das Atrium, als könnte ihm die andere Perspcktive verraten, was er vergessen hatte.

Viele kleine und große Terrakottatöpfe standen hinter dem Torbogen. Lavendel, Mohn und Kamille blühten. Nichts verriet ihm das Fehlende. Wie sollte es auch? Möglicherweise irrte er sich, denn ihn beschlich jedes Mal das Gefühl, sobald er die Wohnung verließ, dass er irgendetwas vergessen hatte. Es waren andere Zeiten gewesen, als er noch verheiratet war. Marguerite hatte immer auf ihn aufgepasst, auch wenn sie ihm manchmal auf die Nerven fiel. Hast du dein Pausenbrot eingepackt? Denk an die Thermoskanne! Ihre Stimme hallte in seinem Kopf nach, doch die Zeit hatte alles verändert. Er war kein Ehemann mehr. Er war jetzt ein Geschiedener und Geschiedene mussten lernen, selbst auf sich zu achten, auch wenn sie Anfang fünfzig waren und eigentlich nicht geschieden sein wollten. Grübelnd verschloss er die Eingangstür. Irgendetwas huschte in seinen Augenwinkeln vorbei. Juste drehte sich um und entdeckte den kleinen schwarz-weißen Kater.

»Bonjour Merlin!« Juste Simons dunkelbraune Augen folgten dem Lauf des Katers, der heute etwas derangiert aussah, sich aber mit festem Schritt bewegte. Nur für einen kurzen Moment sah der Kater ihn an, maunzte und lief unbeirrt davon, ohne weiter auf den Anzugträger zu achten. War das etwa eine angemessen formelle Begrüßung? Juste war gewohnt, dass er wenigstens einen neugierigen Blick und ein kurzes Stehenbleiben erntete. Doch der Kater trabte schnurstracks weiter, das Maunzen setzte sich intervallartig fort, wurde streckenweise sogar lauter. Juste lächelte und sein graumelierter Schnauzer wackelte. Wirkte es doch putzigerweise so, als würde das Katzenwesen geradewegs vor sich hinschimpfen. Ist auch nur ein Mensch, dachte der große Anzugträger mit dem akkuraten Haarschnitt und vergaß darüber, dass er vermutlich etwas vergessen hatte.

Juste ging dem schimpfenden Kater hinterher in Richtung Hafen, der Abstand zwischen ihnen vergrößerte sich. Am Hafen angelangt, bog Juste samt Aktentasche links ein, schaute hoch und sondierte das maritime Panorama. Die Stimmung im rechteckigen Hafenbecken war ausnehmend heiter, unzählige Schiffe lagen ruhig an der Mole. Das dominante Schneeweiß der Bootsrümpfe wurde beschienen von der Sonne, die sich gerade für den Tag aufstellte und das Meer zum Glitzern brachte. Viele kleine Wellen bewegten das Wasser und alles, was darin schwamm. Zwei Möwen kreischten und stritten sich um etwas, das er nicht ausmachen konnte und das wohl ohnehin nicht vorhanden war.

Wie an jedem Morgen seit seiner Scheidung besuchte Juste das Bistro ›Le Ciel‹, bestellte mit buchhalterischer Sicherheit ein Croissant und einen Kaffee, Grand noir. Blanche Martin, die Wirtin, wienerte gerade die Mahagonitheke, die sich seitlich des Eingangs bis zum Ende des Raums erstreckte, wo sie in einer schwachen L-Form endete. Das Bistro war lang und schmal; gegenüber der Theke standen sechs kleine quadratische Tische dicht gedrängt aneinander, nur von einer Säule in zwei Dreiergruppen aufgeteilt. Sorgfältig mit weißen Baumwolldecken betucht, strahlten die Tische den ersten Gast des Tages an.

»Bonjour, Blanche!«

»Bonjour!« Unzählige dünne Haarsträhnen hingen aus der Hochsteckfrisur der Wirtin heraus. Das zu einem Bienenkorb der sechziger Jahre aufgetürmte grau-brünette Haar strahlte old-fashioned Charme aus, ohne altmodisch zu wirken. Gemächlich schlurfte sie zur Kaffeemaschine im vorderen Teil des Bistros und wurde von mehreren Sonnenstrahlen ungünstig erwischt. Pailletten ihres vom gestrigen Abend übrig gebliebenen Shirts reflektierten mannigfaltig. Wie eine leuchtende Discokugel betätigte sie den Kaffeeautomaten.

»Einen Grand und ein Croissant?«

Juste nickte.

»Was ist los, mein Guter? Hast du einen Geist gesehen?« Blanche hantierte weiter am Automaten und wischte ein paar heraus gesprötzte Kaffeespritzer ab.

»Heute ist die Ratssitzung.« Juste setzte sich umständlich auf den Barhocker, der Stuhl scharrte auf dem Boden.

»Oh!«

»Ja, das würde ich auch sagen. Ich habe kein gutes Gefühl.«

»Ach Juste, ich denke, es wird schon gut gehen. Laval hat auch Kinder gehabt, er wird so etwas nicht machen. Das kann er nicht. Keiner will das und er ist unser Bürgermeister, also wird er es auch nicht tun.«

»Deine Vermutung in Ehren, Blanche. Aber Laval hat nur noch zwei Jahre Amtszeit vor sich, danach geht er in Rente. Er will kurzfristig taktieren, den stinkenden Haushalt ausgleichen und Kinder sind ihm egal, seine sind ja erwachsen. Ihn stört es am allerwenigsten, wenn die jungen Eltern in den Nachbarort fahren müssen.«

Die Wirtin schüttelte den Kopf, reichte einen Teller mit einem knusprigen Schokoladencroissant über die Theke. Es duftete herrlich nach dem frischen Backwerk. Der Schokoladenanteil im Odeur verursachte ein verlangendes Knurren in Juste Simons Magen.

»Juste, das glaube ich nicht. Das kann er einfach nicht.«

»Du wirst schon sehen, was Laval alles kann. Am liebsten würde ich ihn als einen gemeinen Paarhufer bezeichnen, aber es wäre unwürdig.«

Die schwarze Halbbrille auf der Nase der Wirtin, die von einer dicken Kordel um den Hals gehalten wurde, rutschte ein Stück tiefer.

»Ein Paarhufer? Laval ist ein Paarhufer?«

»Sus scrofa domestica!«

»Was?« Blanches Stimme färbte sich verständnislos.

»Das, was du manchmal auf die Baguettescheiben legst.«

»Butter?«

»Blanche! Was in deinen Rillettes enthalten ist!«

»Gänsefleisch?«

»Oh, mein Gott, Blanche. Das darf doch nicht wahr sein!«

»Sag doch, was du meinst, zum Teufel!«

»Geht nicht. Es handelt sich um eine Beschimpfung, die aus dem Munde eines Stadtbuchhalters nicht rechtens wäre.«

Blanche holte Luft.

»Du sagst mir jetzt sofort, was ich Elendes in meinen Rillettes verwende, oder ich versalze dir den nächsten Kaffee!«

»Schwein! Ich möchte bemerken, dass ich damit nicht Laval beschimpft habe, ich habe dir nur gesagt, woraus deine Rillettes bestehen.«

Blanche pustete.

»Juste! Du bist manchmal … manchmal bist du …« Blanche holte Luft für die nächste Etappe. »Du bist … Egal! Meinst du wirklich, dass Laval ein Rille… Ich meine … ein Schwei… Herrgottnochmal!« Die Wirtin steckte im Knäuel der Wortfindungsfalle fest. Juste unterbrach das Gestammel, streckte den Zeigefinger zur Beachtung in die Höhe.

»Blanche, du kennst ihn nicht so gut wie ich. Ich könnte dir Dinge erzählen, wenn ich nur könnte, aber sie unterliegen der dienstlichen Schweigepflicht; dann wüsstest du ganz genau, was er ist!« Juste ließ den Zeigefinger schüttelnd oben. »Dennoch – stetes Pflichtbewusstsein ist die Krone des Charakters!«

Juste Simon versiegelte seine Lippen mit gekreuzten Fingern.

Die Wirtin richtete ihre Augen nach oben und ließ sie rollen. »Krone des Charakters?! Juste, du bist manchmal wirklich schwierig. Wenn Mémé nur schon da wäre. Dann könnte sie uns sagen, wie es ausgeht.« Die Wirtin seufzte.

»Mémé? Du meinst, Mémé kann uns helfen? Blanche, ich bitte dich! Das alte Mädchen würde nur wieder orakeln und keiner würde sie verstehen.« Justes Finger deuteten das nächste Melodram an, sie spreizten sich langsam, legten sich vorsichtig um eine imaginäre Kristallkugel.

»Ich sehe …«, sagte er in düsterem Tonfall, »ich sehe … ja, genau! Ich sehe es jetzt ganz deutlich: ein gelbes Pferd auf lila Wiese.« Juste schloss die Augen und summte »Ommmmm.« Ruckartig riss er die Augen wieder auf. »*Das* würde Mémé sagen und ich könnte den ganzen Tag darauf verwenden, diesen Unfug zu enträtseln. Gelbes Pferd, lila Wiese, sage ich nur, jedes Mal falle ich darauf herein, ich sage dir: Mémé weiß nichts. Absolut nichts.«

»Das sehe ich anders. Mémé würde uns schon mitteilen, wenn etwas wichtig wäre. Man muss mehr fühlen, was sie sagt, dann versteht man es auch.« Blanche Martin wienerte weiter das Mahagoni und Juste blieb nichts anderes übrig, als sich dem Croissant und dem Grand zu widmen.

Er grübelte, während er den Leckerbissen zerkaute, über Pferde mit der falschen Farbe, schob einen Schluck Kaffee nach, beobachtete unwillkürlich die Wirtin. Ihr Busen wogte, das Pailletteninferno glitzerte. Blanches Dekolleté war ein deutlicher Pluspunkt, er mochte es, ihr beim Wischen der Theke zuzusehen. Die feurige Wirtin war zwar ein paar Jährchen älter als er, aber nach seinem Eindruck noch verdammt gut in Schuss und manchmal fragte er sich, ob ihm der Anblick ihres immerwährend tiefen Ausschnitts oder der Geschmack des Croissants besser gefiel.

Nachdenklich wischte der Frühstücksesser einige verfangene Krümel aus dem dunklen Schnauzbart und kam zum Schluss, derlei Denken als unredlich und frauenfeindlich zu betrachten, obwohl es eigentlich eher frauenfreundlich gemeint war; dieses aber im Sinne des herrschenden Moralkodexes als Chauvinismus zu bezeichnen und somit verwerflich sei. Juste Simon schnaubte. Die morgendliche Anstrengung dieser Geistesleistung schaffte ganz schön und wurde zur Erholung mit einem kräftigen Schluck Grand belohnt. Und dennoch, Justes Augen blitzen; das Dekolleté war wirklich sensationell.

***

Merlin stellte sich auf. Gerade, stramm, nur die Augen bewegten sich. Er hätte eine gute Sphinx abgegeben, das Giftgrün rollte den Bewegungen des Menschen hinterher, der die nächste Aussicht auf ein Frühstück bot. Lucien Forest, der Engländer. Er hatte den besten Beruf auf Erden: Fischer. Wie konnte ein Mensch nur über so viel Glück verfügen, gleich ein ganzes Schiff voller Leckereien zu besitzen. Hauptsächlich fischte er große Fische. Wolfsbarsch, Seelachs, Meerforelle. Aber auch viel Beifang. Garnelen, ein paar Austern und Sardinen. Merlin leckte sich das weiße Schnäuzchen und der schwarze Fleck an seinem Kinn, der ihm den Namen des Zauberers Merlin eingebracht hatte, bebte. Die Gummistiefel des Engländers fest im Blick, maunzte der Kater kurz auf. Die Stiefel blieben stehen.

»Salut, Kater!«

Merlin freute sich. Die Begrüßung war nett, wenngleich auch ein bisschen unpersönlich und eher kumpelhaft. Egal, für ein anständiges Frühstück würde er sich auch herunterziehen lassen, denn beim Engländer gab es immer eine Überraschung; so mancher Beifang entpuppte sich als Gaumenfreude.

»Heute nicht, mein kleiner Dieb. Ich habe schon alles verstaut.« Der Engländer ging in die Knie und schaute Merlin tief in die Augen. Die halblangen schwarzen Haare des Seemanns wehten, vom leichten Wind gestreichelt, umher.

»Alles schon weg. Ich habe nichts mehr für dich. Leider!« Er zeigte die leeren Hände und streichelte anschließend ausgiebig den Kopf der zusammengekrachten Sphinx.

Keine Fische?! Merlin duckte sich tiefer. Wirklich keine Fische? Warum in Gottes Namen waren alle heute in so einer unsäglich geizigen Stimmung?

»Morgen denke ich an dich. Bestimmt.«

Die Augen des Katers wurden waidwund. Morgen? Morgen war er vielleicht schon verhungert. Verendet in einer schäbigen Ecke! Vermutlich in einem Winkel, der hungriger Höllenschlund hieß. Von allen vergessen! Irgendetwas in seinen Gedärmen schrie, es war wahrscheinlich der frühe Tod. Merlin wimmerte.

»Oh je. Du wirst schon etwas finden, bei deinem Charme.« Der Engländer lächelte, die groben Hände streichelte Merlins Bauch. »Und bei dem Bäuchlein wirst du vorerst nicht verhungern!.«

Bäuchlein? Ganz langsam hob Merlin den Kopf, die Augen verengten sich zu Sehschlitzen. Was hatten heute alle nur mit seinem Bauch! Er hatte doch richtig gehört?

»Du bist aber wirklich ein gut ernährter Kater.« Der Engländer bekuschelte intensiv die leibliche Rundung, in der Leere tobte. Merlin wurde schlecht, dann fuhr er die Krallen aus, fackelte nicht lange. Mit einem schnellen Tatzenhieb verpasste er diesem unverschämten Kerl eine Strieme direkt auf den Unterarm. Genug war genug! Etwas für zu dick befinden und dann noch darauf herumdrücken! Irgendwann musste man ein Signal setzen. Merlin fauchte.

***

»Blanche! Hast du Alkohol im Haus?«

Die Wirtin sah den hereinstürmenden Engländer verwundert an, mit dem Daumen zeigte sie auf die Wand hinter sich, die angefüllt mit Spirituosen war.

»Such dir etwas aus, Seemann!« Lucien Forest schaute von seinem Arm hoch, die violetten Augen funkelten.

»Nicht zum Trinken. Hierfür!« Er zeigte auf den blutigen Unterarm. »Dieser kleine lausige Kater hat mich gekratzt.«

Blanche griff unter die Theke, zauberte ein braunes Fläschchen hervor.

»Komm her, Lucien. Ich bin eine gute Krankenschwester.« Gezielt schüttete sie einen Schwall Alkohol auf die Striemen, der Engländer jaulte auf.

Juste Simon hatte zugesehen, trank den letzten Schluck des bitteren Grand und grinste.

»Seemänner sind doch echte Helden.« Genüsslich streichelte er seinen Schnurrbart.

»Sei bloß still, du Bleistifthalter!«

»Na, na, na. Wer ist denn früh am Tag schon so unfreundlich. Hat unser Sardinenversteher heute nichts am Haken gehabt?«

»Jungs, wollt ihr wohl aufhören, sonst werde ich böse!«

Der Engländer bedeckte seinen Arm mit Servietten und hielt das Papier krampfhaft fest. Die violetten Augen des Seemannes bildeten eine Einheit mit dem blau-weiß geringelten Shirt, das am Halsausschnitt schon mehrfach eingerissen war. Der Mann, der zwar gebürtiger Franzose war, aber von allen als ›Engländer‹ bezeichnet wurde, weil sein Urgroßvater mütterlicherseits aus Kent stammte, hatte eine ungewöhnliche Ausstrahlung. Mit einundvierzig Jahren, wind- und wettergegerbt, bestand die Raffinesse seiner Persönlichkeit aus einer seltsamen Mischung von Härte im Körper und Sanftheit im Gemüt. Aus dieser reizvollen Synthese ergab sich, dass die Zahl der romantisch verklärten Verehrerinnen das Hafenbecken umspannen könnte, würde er es wollen. Doch er wollte nicht, mehr oder minder charmant wies er sämtliche Bewunderinnen ab, was ihn nur noch reizvoller und geheimnisvoller für die Damenwelt machte.

»Ist irgendetwas, Juste? Du bist so still.« Der Engländer hatte Frieden mit seiner Verwundung gemacht. Juste holte tief Luft, doch die Wirtin kam ihm zuvor und zischte wütend.

»Laval will die Ecole maternelle schließen!«

Eine kurze Stille setzte ein. Lucien Forest pfiff.

»Ach, das ist ja ein Ding! Blanche! Mach mir ein Bier fertig«, sagte er ruhig und setzte sich. »Den Kindergarten schließen!? Das kann Laval doch gar nicht tun!«

Blanche schnaubte.

»Oh, doch. Das kann er! Das Rillettes-Schwein will nämlich seinen stinkenden Haushalt sanieren!«

Die Stirn des Engländers zog sich zusammen.

»Ich mag Laval auch nicht. Aber wieso nennst du ihn Rillettes-Schwein?«

»Mein Gott! Weil Schwein immer Bestandteil meiner Brotaufstriche ist!« Entnervter konnten Worte nicht hingeworfen werden.

»Ach so!«, sagte Lucien Forest nachdenklich. »Und ich dachte immer, da wäre nur Gänsefleisch drin.«

***

Merlins letzter Versuch war das ›Le Ciel‹. Die Wirtin hatte ein freundliches Wesen, doch es gab meist nur Dosenfutter. Fische waren Fische, sie schwammen im Wasser, wurden gefangen und manchmal sperrte man sie in eine Dose ein. Wo sollte da ein Unterschied sein? Merlin redete sich die Notwendigkeit schön, sein leerer Magen befand sogar, dass Fische als Konserven durchaus bekömmlich sein könnten, und knurrte bejahend. Der Lauf des kleinen Katers wurde schneller.

Vor dem Bistro blieb Merlin stehen. Abwartend beäugte er die Menschen darin, das Herz sackte tiefer, als er ausgerechnet den Engländer erblickte. Urplötzlich rauschte die Chance auf ein Frühstück in den Keller und Merlin sah sich nun deutlich am Straßenrand liegen, abgemagert bis auf die Knochen, mit einem starren Blick, der erahnen ließ, dass er sich gerade vor seiner Katzengöttin rechtfertigen musste. Der Kater schüttelte den Kopf, um dieses grausame Bild verschwinden zu lassen.

»Bonjour, Merlin!« Der Anzugträger hatte ihn tatsächlich bemerkt, auch Lucien Forest, der den ersten Schluck eines knallkalten Bieres schlürfte, schaute sich um.

»Oh, nein. Nicht diese Bestie! Verschwinde, du blutrünstige Raubkatze!«

»Lass ihn. Er hat bestimmt nur Hunger.« Juste winkte den Kater herein.

»Komm schon, Merlin. Wir reden hier über zu viel Schlimmes. Komm nur herein, Blanche hat ganz gewiss was Feines für dich.« Merlin setzte vorsichtig eine Pfote in das Bistro.

»Nur zu. Der böse Seemann tut dir nichts.« Die zweite Pfote folgte.

»Sag ihm, dass es heute gegrilltes Katzenfleisch zum Abendessen bei mir gibt!«

»Komm herein. Hör nicht auf den Engländer. Der erzählt nur dummes Zeug.«

»Engländer? Kannst du mal aufhören, mich als ›Engländer‹ zu bezeichnen? Mein Vater war Franzose, meine Mutter ebenfalls, auch meine Großeltern waren Franzosen. Also bin ich Franzose! Nur mein Urgroßvater kam aus Kent.«

Juste hielte inne. Er kannte den wunden Punkt.

»Weißt du«, sagte er grinsend, »keiner kann etwas für seine lausige Vergangenheit.«

»Waaas?« Der Engländer bäumte sich auf.

»Ist jetzt Schluss!« Die Wirtin klopfte vernehmlich mit dem gekrümmten Mittelfinger auf das Mahagoni, bevor eine Endlosschleife an Wortwechseln ihr die innere Ruhe nehmen konnte.

Merlin zuckte zusammen. Er betrachtete die beiden Männer und das klopfende Weibwesen. Die Augen blinzelten abwechselnd, das mimische Wechselspiel brachte das Gesicht zum Tanzen. Die Wimpern zuckten. Ein Sinnbild der Unentschlossenheit und der Pein zwischen Gier und Angst. Der Dialog zwischen den Menschen brach abrupt ab und Merlins Magen gewann. Blitzschnell lief er ins Bistro, umrundete den Engländer in einem großen Bogen und umschmeichelte dann seinen Wohltäter. Juste lachte, als der Kater ihm in einer Achterschleife um die Beine strich und an seinen Füßen schnupperte. Durch die Socken hindurch spürte er die sanften Stupser und die kuscheligen Barthaare.

»Merlin, nicht. Das sind Füße!«

»Also, ich würde die stinkenden Socken auch nicht beschnuppern, es sei denn, ich wäre blöd im Kopf. Da kannst du mal sehen, wie gestört der Minitiger ist.« Der Engländer trank einen ordentlichen Schluck vom frisch Gezapften.

»Lass ihn reden, Merlin. Wir kümmern uns nicht drum.« Als würde der Kater verstehen, ließ er Justes Füße in Ruhe, schaute zu ihm hoch in der festen Erwartung, dass endlich Fisch folgte. Juste lächelte.

»Blanche, mach doch mal eine Dose für meinen Freund auf.« Für Notfälle bewahrte Blanche unter der Theke immer einen Vorrat für hungrige kätzische Gäste auf.

Merlin hatte das Gefühl, gleich in Ohnmacht zu fallen. Er wankte. Endlich wurde er erhört! Die Wirtin öffnete tatsächlich eine silbrige Dose. Es zischte leicht. Thunfisch! Er roch ihn schon. Eine Vorahnung des Genusses, der Gastraum füllte sich mit dem Duft des süßen Versprechens, dass man hier Nahrung bekäme. Merlins nasse Zunge fuhr über die Lippen, er schnurrte. Mit einer kleinen Gabel verfrachtete die Wirtin den Inhalt der Dose auf einen weißen Unterteller, reichte ihn Juste. Der unerträgliche Reiz der Langsamkeit wühlte in Merlin, aufgeregt tippelte er hin und her, dann endlich stellte sein Lebensretter den Teller direkt vor den Pfoten ab.

»Eins noch, mon Ami!« Juste erhob den Zeigefinger. »Ich will kein Rülpsen hören und auch nichts anderes, was laut sein könnte und stinkt.

Ordnung muss schließlich sein!« Juste drehte den Teller sorgfältig in Position, die dicke Seite des Thunfisches so nach hinten, dass der leicht zu erreichende flache Fischteil im Vordergrund stand. Merlin starrte paralysiert den Teller an. Unglaublich! Frühstück!

In Sekundenbruchteilen war sein Kopf im Fisch versunken. Zeit und Raum verloren sich. Wie war eigentlich sein Name? Und was genau mochte mit ›Ordnung‹ gemeint sein? Lautes, gieriges, von Wollust durchtränktes Schmatzen bemächtigte sich des Raumes.

Endlich Futter!

***

Das Portal der Église Sainte-Catherine stand zur morgendlichen Zeit sonnig; das Backsteingebäude glühte in imposant roter Farbe. Dieses Lichtspiel war das einzig Herausragende an der schmächtigen Kirche, die sich gedrückt zwischen zwei Wohnhäuser presste. Die sehr geringe Anzahl spätgotischer Zierelemente verriet, dass es sich um eine Kirche handelte, die für ihre einstigen Bauherren eher pragmatisch als denkwürdig sein sollte, und dass damals vor allem nicht vorhandenes Geld die entscheidende Rolle gespielt hatte. Nebst dem Farbspiel des Backsteins hatte das Rosenfenster, das über der eichenen Haupttür prangte, zwar keine große künstlerische Bedeutung, dennoch ging von dem Radfenster eine suggestive, stark meditative Wirkung aus. Sollte das Rad die Wechselhaftigkeit des irdischen Glücks symbolisieren? Oder waren die durchscheinenden Grundfarben angeordnet ohne jedweden Sinn? Ein hypnotisches Kaleidoskop? Betrachter der Kirche entdeckten es auf jeden Fall als Erstes, die Köpfe gingen in die Höhe, verweilten eine Zeit lang dort und nahmen etwas von der Vollkommenheit des strahlenden Kreises mit.

Abbé Noël umrundete die Kirche, ging den schmalen Pfad zwischen den Häusern zur rechten Seite und anschließend den etwas breiteren zur Linken. Er achtete darauf, dass der schwarze Anzug nicht an die Wände des Gotteshauses geriet, gelegentlich betrachteten seine wachen Augen das Dach. In der Nacht hatte leichter Wind geweht und der Abbé schaute nach, ob das marode Haupt der Kirche, das ihm Kummer bereitete, ein paar Ziegel fallen gelassen hatte. Meistens schlitterten die angeschlagenen

Ziegel in ein eigens dafür befestigtes Fangnetz. Heute aber schien alles in Ordnung zu sein. Keine Ziegel. Kein neues Loch.

Abbé Noël stellte sich vor das Portal auf den kleinen Platz, sah auf die Front der Kirche und lächelte. Sein altes Mädchen, wie er die Église Sainte-Catherine nannte, strahlte ihn an. Es war nicht schön, aber es bot ausreichend Platz, der aber kaum genutzt wurde, denn die Zahl der Kirchgänger nahm stetig ab. Es gehörte zum Kreuz, das er zu tragen hatte, dass die alten Frommen starben, und junge Schäflein sich uninteressiert an Gott und Gebeten zeigten. Gott war wie immer, nur die Zeiten hatten sich geändert. So sprach er die täglichen Abendandachten überwiegend vor einer kleinen Schar, die aus Senioren, Gebrechlichen und an einer Hand abzählbaren Überzeugungstätern bestand. Nur Taufen, Hochzeiten, Kommunionen belebten die Kirche. Punktuelle Frömmigkeit für eine gelungene Feier.

»Mein Mädchen, wir kriegen dich schon wieder flott«, flüsterte der Gottesmann zum schwarzen Haupt der Sainte-Catherine. »Irgendwann bekommen wir das Geld zusammen und dann kaufen wir dir ein schickes neues Dach.«

Heute strahlten die Farben des Radfensters besonders intensiv. Vielleicht, weil das Kaleidoskop wusste, dass der in den Wind gesprochene Wunsch mehr Hoffnung als Aussicht beinhaltete, denn die Kollekten fielen dürftig aus und die Zuwendungen, die über den alljährlichen Zehnten zusammenkamen, deckten gerade eben die laufenden Kosten.

Der Abbé lächelte noch immer. Weißes Haar verlieh ihm jene Alterswürde, die zwischen Demut und Bescheidenheit pendelte und die im Einklang mit dem gestärkten weißen Stehkragen, dem Kollar, stand, der sich von der Schwärze des Anzuges abhob.

»Abbé!«, gellte es über den Marktplatz. Ein paar Tauben flogen auf. »Abbé Noël!«

Der Seelenhirte drehte sich um. Madame Galabru rannte über die schmale Kopfsteinpflasterstraße auf den Platz zu, mit ihren wuchtigen Armen winkte sie aufgeregt. Den graublauen Kittel, der an eine Wurstpelle erinnerte, hatte sie mit einer ebenso engen graublauen Strickjacke bedeckt.

»Abbé!« Schwer keuchend stand die Händlerin vor ihm, eine Hand auf die Brust gepresst, als würde das Platzen ihrer Hauptschlagader unmittelbar bevorstehen. Das gebräunte Gesicht des Gottesmannes verströmte Güte und Weisheit.

»Madame Galabru, was ist denn nur?«

»Haben Sie es schon gehört?« Madame Galabru war zwar keine zuverlässige Sardinenschenkerin, aber was die Gerüchteküche des Ortes anging, so kochte sie ordentlich mit.

»Was genau meinen Sie?«

»Laval …!«

»Meine Gute, holen Sie doch erst einmal Luft!« Der Abbé beklopfte das Rückenteil der graublauen Strickjacke. Staub wirbelte auf und tanzte im Sonnenlicht.

»Laval will heute den Kindergarten schließen!«

Die Augenlider des Abbés kräuselten sich.

»Madame Galabru, das kann ich mir nun beim besten Willen nicht vorstellen.« Sein Kopf schüttelte sich, die weißen Haare gerieten in Bewegung.

»Es kommt noch viel schlimmer!« Die Delikatessenhändlerin hechelte weiter und pfiff bronchial. Ob zufälliger Zuhörer oder bewusster, niemand hätte einen Zweifel daran gehabt, dass es sich bei diesen Tönen um einen in flagranti ertappten Multiorgasmus handelte. Der Abbé schaute indigniert.

»Madame, ganz ruhig! Wir wollen doch kein Aufsehen erregen!«

»Er will die Sainte-Catherine für baufällig erklären!«, presste sie heraus.

Die Augenbrauen des Abbés schnellten in die Höhe.

»Was!?«

Madame Galabru versuchte, sich zu beruhigen, beugte sich nach vorn, stemmte die Hände auf die Knie, atmete kontrollierter. Der Abbé wandte den Kopf zu ihr hinunter.

»Was meinen Sie damit?«

Die Augen der Händlerin, die in sportiver Haltung verharrte, knallten ins Antlitz des Geistlichen.

»Was kann ich schon damit meinen? Sainte-Catherine wird geschlossen! Der Bürgermeister wird es heute in der Ratssitzung verkünden!«

Der Mund des Geistlichen öffnete sich und es hatte den Anschein, als würde er sich niemals wieder schließen.

»Woher haben Sie das?«

Madame Galabrus krummer Rücken wurde wieder gerade, aufrecht verkündete sie die Apokalypse, ohne auf die gestellte Frage einzugehen.

»Es kommt noch besser. Laval will die Genehmigung für ein Etablissement mit charmanter Unterhaltung an Pool und Bar schnell vorantreiben. Ich hoffe, Sie verstehen, was ich damit meine. Charmante Unterhaltung! Dass ich nicht lache! Direkt dort!« Madame zeigte auf das gegenüberliegende Gebäude, einen unscheinbaren, dreistöckigen Fachwerkbau, der schon ein paar Jahre lang leer stand. Er wirkte harmlos, freundlich und unschuldig. Widerstrebend blickte der Abbé auf das Haus. Maß den Abstand zu seinem alten Mädchen.

»Ein Bordell! Hier? Das kann er doch nicht machen.«

»Das macht er! Nur nennen wird er es so nicht und trotzdem ist es nichts anderes. Störende Kirche geschlossen, Etablissement geöffnet, ergibt wenig Ärger und viel Geld für die Stadtkasse. Und der Kindergarten ist eine zusätzliche Maßnahme, um Ausgaben zu vermeiden. Was schert es ihn, wenn die Eltern weite Strecken fahren müssen, um ihre Kinder in den nächstgelegenen Kindergarten zu bringen? Das nennt man kostengünstige Zusammenlegung. Übrigens, das Kindergartengebäude würde sich auch gut für ein Etablissement eignen. Irgendwann sind wir hier ein einziges Bordell!«

»Madame! Genug! Das wäre ungeheuerlich!«

Die Delikatessenhändlerin hatte ihre Figur gestrafft, ihren Atem unter Kontrolle gebracht.

»Abbé Noël, genauso ist es. Bürgermeister Laval ist ein Ungeheuer!« Madame Galabru zog ihre Strickjacke mit Grandezza glatt, verkniff energisch den Mund und stürmte weiter, um die böse Kunde zu verbreiten.

Nur der Abbé stand noch verstört auf dem Platz. Tauben umflogen ihn. Alles drehte sich. Geräusche zerstoben, wurden zu einem Einheitsbrei und verschwanden in einem tiefen Hintergrund. Sainte-Catherine baufällig? Sicherlich, das Dach war nicht mehr ganz in Ordnung und der Innenraum brauchte Farbe, die geschickten Hände eines Maurers wären auch von Nöten und eine neue Kanzel nicht schlecht, aber ›marode‹ war dafür ein unschönes Wort. Renovierungsstau, das wäre ein besserer Ausdruck; oder auch pekuniär bedingte Erneuerungsverzögerung. Aber ›marode‹? Das Rosenfenster funkelte. Sah es die Dinge genau so? Um den Abbé herum ließen sich Tauben nieder, weitere kamen im gestreckten Flug an, bremsten ab und liefen in einer konfusen Suche nach Nahrung um den Nachdenklichen herum. Der Platz wirkte romantisch, duftete angenehm frisch geputzt. Sauber, blitzblank und rein, eine Mischung aus grüner Seife und verdunstendem Wasser kräuselte sich in der Nase. Diametral dazu stieg das Odeur auf von soeben produziertem Taubenkot.

***

Das Haus, in dem am heutigen Tage über die Zukunft von Arnaud entschieden werden sollte, war das Rathaus. Noch ruhte es. Die erleuchteten Fenster wirkten heimelig, der helle Bau trug zwischen den Fenstern der obersten Reihe eine im zarten Wind leicht flatternde Tricolore. Vögel zwitscherten und ließen sich auf den sorgfältig geschnittenen Buchsbäumchen nieder, die in den beiden großen Blumenkübeln vor dem Eingang standen. Ein Ort, an dem Napoleon zur friedlichen Ruhe hätte finden können oder an dem Robespierre zur Erholung von den Schrecken der Revolution gefahren wäre; sofern das romantische Trugbild lange genug standgehalten hätte.

Das Zimmer des Bürgermeisters befand sich im hinteren Teil des Erdgeschosses, direkt am begrünten Innenhof. Gediegene dunkle Teakmöbel dominierten den Raum, der gewaltige Schreibtisch bildete den markantesten Punkt. Madame Pascal, die rothaarige Sekretärin des Bürgermeisters, öffnete beide Flügel des Bodenfensters und der Blick auf die Terrasse wurde frei. Frische Luft für den ersten Mann der Stadt. Das fröhliche Vogelgezwitscher drang ein. In der Hecke, die die Terrasse umsäumte, hatte ein Zaunkönig sein Nest gebaut. Ordnungsliebend rückte die junge Vorzimmerdame beide Gardinenschals zurecht und verließ eilfertig den Raum. Bettelrufe der Jungvögel im Nest ertönten. Fünf Stimmchen, die um Nahrung riefen.

Ein schabendes Geräusch mischte sich zu den Stimmchen, die oberste Schublade des Teakschreibtisches wurde geöffnet. Rollender, menschlicher Husten, aus unzähligen Zigaretteninhalationen hervorgebracht, schloss sich an. Die kleine, grazile Zaunkönigmutter tippelte aufgeregt auf dem Terrassenfußboden hin und her, verschreckt hörte sie den bellenden Lärm. War alles gut? Lauerte Gefahr? Nach einem kurzen Moment entspannte sie sich, Gelassenheit kehrte ein, alles ruhte. Wusste das Vögelchen nicht, dass Ruhe ein Alarmsignal sein konnte? Neugierig wechselte das Vogelköpfchen die Position, sondierte erneut. Ihr Vogellied, der Stimmfühlungsruf, erklang. Alles gut, das begriffen jetzt auch die Jungen im Nest.

Aus der Schublade wurde langsam ein Holzgerät entnommen. Sachte Bewegungen. Die Hand, in der es lag, agierte unmerklich. Zwei Schritte vor, Mutter Zaunkönig war wissensdurstig und hungrig. Gab es Nahrung in der Dunkelheit des Raums? Ewig schreiende Brut, permanente Nahrungsbeschaffung. Das Holzgerät wurde gespannt, es knarrte leise. War wirklich alles in Ordnung in dem Zimmer? Das rotbraune Gefieder, das am Bauch heller wurde, zitterte. Was würde obsiegen? Neugier oder Angst? Hunger oder Klugheit?

Sekundenschnell in den Tod, das Erstaunen darüber erzeugte groteske Vogelmutteraugen, deren nussbraune Iris auffloderte. Als das zischende Geräusch in die Wahrnehmung der Zaunkönigin eindrang, war ihr Kopf bereits abgerissen, eine spärliche Blutlache sickerte auf den steinernen Fußboden. Ein roter Rohrschachkleks in Miniatur. Was sollte er aussagen?

Zerschossenes Gefieder und hauptloser Torso zeigten eine Collage des Grauens.

Ein beantwortetes ›Warum‹ macht klug, eines ohne Antwort ratlos.

Langsam legte die Hand des Schützens die Zwille in die Schublade zurück. Bald würde Stille einkehren, der Ruf der hungrigen Jungen ersterben. Bellender Husten setzte ein und endete in einer gewaltigen Lachsalve.

***

Abbé Noël saß auf der hintersten Bank von Sainte-Catherine, er war zurückgewankt in die Arme seiner Kirche. Marode. Baufällig. Schließen. Worte, die einen immensen Strudel verursachten, der das Denken des Geistlichen herumwirbelte, es abwärts zog und hoffnungslos in ohnmächtiger Schwärze zurückließ.

»Noch eine Prüfung, Herr?« Abbé Noël faltete seine ungewöhnlich zarten Hände. Sie zeugten von wenig körperlicher Arbeit und zeigten ein Ebenmaß, das nur selten an einer Männerhand zu finden war. Die

Knöchel der Finger wurden weiß, der Druck auf die innig gefalteten Hände stärker. »Warum? Hast du mich nicht schon oft genug mit Prüfungen beschenkt?«

Die Hände zitterten, auch dieses ›Warum‹ würde mit keiner Antwort belohnt werden. »Mein Mädchen ist nicht alt! Es ist nur nicht mehr ganz jung.« Das Licht des Rosenfensters streichelte den Abbé im Rücken, rosarote Helle liebkoste seinen Kopf.

»Es ist doch nur Geld, um das es sich dreht. Mehr nicht! Elendes Geld!«

Die Sonneneinstrahlung wechselte, das Farbspiel wurde violett. Die Farbe des Vergehens.

»Sainte-Catherine darf nicht geschlossen werden. Wir sind zwar nur eine kleine Gemeinde und nicht mit Prominenz beschenkt, aber wir sind auch jemand!« Hatte Gott ihm gerade zugeraunt, dass seine Gemeinde unwürdig wäre? Mitnichten. Gott schwieg. »Die jungen Leute fehlen in der Kirche, ich weiß das. Es gibt nur wenige, die zu dir finden, die Zeiten sind anders geworden, es ist eine Welt voller Arbeit, Geld, Computer, Handys und Fernsehen, da bleibt keine Zeit für innere Einkehr. Alles andere ist wichtiger und interessanter, auch wenn es die Menschen am Ende leer zurücklässt.«

War noch Blut in seinen Fingern? Die Knöchel knackten. »Wir leisten eine achtbare Arbeit, Herr. Wir kümmern uns um die Alten und Gebrechlichen und die Kirche ist gut besucht an Feiertagen. Weihnachten ist es dermaßen voll, dass wir keine Sitzplätze mehr haben und zu Ostern erfreut es mein Herz, wenn ich den Andrang sehe. Es sind sehr viele, nur im Alltag vergessen sie dich, Herr. Die Menschen sind nicht bei sich und nicht bei dir. Es ist halt so.«

Der Abbé senkte das Haupt auf die Hände, sein Körper zeugte von stiller Demut, doch noch etwas lag in ihm. Es war ein winziger Kern. Gezähmt und eingezäunt. Für niemanden sichtbar, ummantelt von einer dicken Schicht aus Frieden, Freundlichkeit und Philanthropie. Doch was geschieht, wenn ein bedeckter Kern erschüttert wird? Wenn ihm Unrecht widerfährt oder gar Böses? Hält der Deckmantel? Oder bekommt er Risse?

Grüne Augen erhoben sich und sahen in den Raum, nüchtern betrachtete der Abbé die Sainte-Catherine, nüchterner noch, als ihm lieb war. Die Malereien aus der Gründerzeit der Kirche verblassten und blätterten ab. Wie sah die Jungfrau Maria aus? Hatte sie volle Lippen und wasserfarbene Augen? Dort, wo das Gesicht sein sollte, hatte aschgrauer Putz der Jungfer ihr Antlitz gestohlen, eine Tragödie, die sich täglich ausweitete. Sie zerfraß, was einst geschaffen wurde, um Freude über die Geburt Jesu zu verkünden. Eine Trilogie der Werdung, Ankunft und des Wirkens, doch schon die Werdung war nur noch unvollständig zu erkennen. Ein schwangerer Leib, beschützt von einer nicht mehr vorhandenen Hand. Sah das gut aus? Nur ein Kopf in der Krippe. Wo war der Körper des Säuglings geblieben? Der Sohn Gottes ohne Mund. Bedeutete das Blasphemie?

Und die Kanzel? Das Herzstück des Mädchens. Hoch erhoben, von den Zimmerleuten des Ortes errichtet, besaß sie die Macht, demjenigen die Kraft der Überzeugung zu geben, der in ihr die Messe las. Nur, wie lange würde das noch möglich sein? Die Kanzel knarrte bei jedem Schritt und es gehörte eine Menge Gottvertrauen dazu, ohne Angst zu predigen. Wie tief würde er fallen? Vermutlich würde der Abbé sogleich vor seinem Richter stehen und müsste als Erstes Rechenschaft darüber ablegen, warum er kein guter Beschützer des Gotteshauses gewesen war. Keine schöne Vorstellung, die erste Begegnung mit einem ›Entschuldigung!‹ zu beginnen.

Dann schaute der Geistliche empor, seitlich im Dach klafften Löcher, der ausgefranste Himmel darin zeigte sich in eisblauer Farbe. Kälte kroch in Abbé Noël hoch und wand sich in seinem Herzen, voller Schmerz gab er zu, dass das Dach bereits so undicht war, dass es hineinregnete. Nur notdürftig konnten immer wieder Ziegel ersetzt werden, ein mühevolles Flickwerk gegen die Zeit.

Die intensiv grünen Augen des Abbé stachen in die Leere. Kleine braune Einsprenkelungen im leuchtenden Grün zogen sich von der Pupille bis zum Rand der Iris. Ein Feuerwerk von Erdfarben, das verkündete, wie schwer die Last der Verantwortung zu tragen war.

»Gott!«, rief Abbé Noël, tief einatmend. »Schick mir Geld!«

Doch schon in dem Augenblick, in dem er den Wunsch ausgesprochen hatte, stockte er.

Durfte ein Pfarrer um Geld bitten? Er kannte die Antwort: bitten um das Goldene Kalb. Tanzte auch er jetzt um das Tier? Ihm war bewusst, wie eigennützig und falsch er handelte, aber die Not war auch real, denn ein Wunder würde es nicht geben und allein Geld konnte noch helfen.

»Vergiss die Bitte.« Er schüttelte den Kopf. »Es war nicht richtig, um Geld zu bitten! Vergiss es! Es reicht, wenn du bei uns bist!« Enttäuschung war vorprogrammiert. In beiden Fällen.

Verzweifelt legte er den Kopf wieder auf den Handrücken. Es schien, dass alles am Ende war. Ein Pfarrer ohne Kirche. Wie viel Druck hielt der kleine Kern aus? Ein bisschen Druck war erträglich, etwas mehr noch möglich, doch der Abbé sah vor seinem inneren Auge ein Schild an der Kirchentür, darauf stand: »Bis auf Weiteres geschlossen!«

»Verdammt!«, schrie der Abbé, der Kopf zischte in die Höhe und die braunen Einsprenkelungen im satten Augengrün loderten. »Verdammt! Das kann man sich doch nicht gefallen lassen!«

Die Worte knallten an die Wände, wurden zurückgeworfen und hatten einen bemerkenswert widerborstigen Klang. Ein ›Verdammt!‹ in einer Kirche glich einem ›Halleluja‹ in der Hölle, selbst der Geruch nach altem muffigem Holz, in dem der Wurm tanzte, wurde in Bewegung gesetzt.

»Ich lasse mir das nicht gefallen!« Der Abbé sprang in die Höhe, die Brust straffte sich. »Sainte-Catherine wird nicht zum Spielball der Gier! Gier ist an allem Schuld. Bordell gegen Glaube, das ist es, was hier gespielt wird! Geld gegen Gott. Nicht Geld *für* Gott!« Der Teufel hatte ein Gesicht bekommen.

»Laval!«, zischte Abbé Noël. Zugleich bekam Satan ein Haus, eines aus hellem Fachwerk, direkt im Angesicht von Sainte-Catherine. Direkt in der Linse des Herrn.

»Sei bei uns, Vater! Dann werde ich Satan … ich werde Satan … ich werde …« Was würde er nur?

»Ich werde den Satan verprügeln!«

Der Satz stand unerschütterlich. Rechter Glaube machte Mut, das Denken wurde eins mit festem Willen und dieser vereinigte sich mit dem Leib des Gottesmannes. Die Tür von Sainte-Catherine flog auf. Weit ausgebreitete Arme, ein wirrer Blick. Der Anzug flatterte. »Ich strecke dich nieder!«, brüllte Abbé Noël in die Leere des Platzes. Nur die Tauben erschraken.

***

»Monsieur Duc!«, kreischte Madame Galabru.

»Bonjour, Madame Galabru! Ich bin in Eile!« Er ging ungestört weiter, legte sogar noch an Tempo zu. Malo Duc hoffte, dass die Delikatessenhändlerin einfach ihren Mund halten würde.

»Excusez-moi. Ich vergaß; Bonjour, Monsieur Duc! Ich komme ein Stück mit Ihnen. Haben Sie es gehört?«

»Was?«

»Das mit dem Kindergarten.«

»Ja.«

»Und?«

»Wir werden sehen.«

»Wir werden sehen? Monsieur Duc, wie kann man das nur sagen: ›Wir werden sehen‹?«

»Was soll ich sonst sagen?«

»Also … also … ich denke …«

»Ja?!«

»Ich kann Ihnen doch nicht sagen, was Sie sagen sollen.«

»Eben!«

Madame ließ nicht locker.

»Aber, Sie finden es doch auch nicht gut?«

»Richtig!«

»Na, dann ist ja gut!«

»Genau.«

Die Delikatessenhändlerin rannte neben dem Einsilbigen die Gasse zum Rathaus hinunter.

»Und das mit dem Haus mit charmanter Unterhaltung?«

»Charmante Unterhaltung?«

»Dem Bordell!«

»Bordell?«

»Ja! Das wissen Sie noch nicht? Gegenüber von Sainte-Catherine wird ein Bordell eröffnet und die Kirche wird geschlossen!«

Stille. Die kurzen Beine des Angestellten erreichten das Höchsttempo.

»Und?«, fragte Madame Galabru gereizt.

Stille.

»Was denn nun? Finden Sie Bordelle etwa gut?«

»Ja!«

»Waaas?«

»Bordelle find' ich gut.«

Abrupt blieb Madame Galabru stehen. Schwieg. Ihr Mund stand offen. Malo Duc hatte sein Ziel erreicht, das Rathaus und das Andere.

***

Die Haushälterin des Abbé sah ihren Brotherrn festen Schrittes über den Place Sainte-Catherine laufen. So viel Energie schon am frühen Morgen. Sie schüttelte ihren dauergewellten Grauschopf, der unter einem Kopftuch hervorquoll und bog mit einer leeren Einkaufstasche, die im Wind flatterte, in die Seitengasse.

Das Fachwerkhaus des Anstoßes, auf das sich der Abbé zubewegte, bildete einen Teil einer runden Ecke aus mehreren stilistisch gleichartigen Häusern, die sich nur in Höhe und Farbe unterschieden. Im Erdgeschoss hatte die Fassade eine dunkelhölzerne Verblendung. Altbackene Gemütlichkeit in Verbindung mit bürgerlicher Strenge, so bot sich die Hauptansicht dar und im Vorübergehen beduftete das Haus den ahnungslosen Passanten mit jenem Geruch von altem Holz, den er sonst vornehmlich aus Museen kannte.

Die Geschäfte, die ehemals in dieser Gemütlichkeit ihre Waren feilgeboten hatten, waren schon vor einiger Weile geschlossen worden. Eine Erbstreitigkeit hatte zur Entmietung des Hauses geführt, doch nun waren offensichtlich die Querelen beendet oder, was wahrscheinlicher war, der gebotene Verkaufspreis fiel so hoch aus, dass es unmoralisch gewesen wäre, ihn abzulehnen.

Das alte Haus stand reizvoll da. Wie viele Generationen hatten hier schon gewohnt? Welche Dinge mochten darin verkauft worden sein? Gab es Menschen, die ihr ganzes Leben hinter diesen Mauern verbracht hatten? Von der Wiege bis zur Bahre?

Der Abbé rannte wütend auf das Haus zu. Er kannte es ohnehin schon so lange, dass er den besonderen Reiz nicht mehr wahrnahm. Noch nicht einmal ein klein wenig vom traurigen Charme der Verlassenheit. An den Schaufenstern der Geschäftszeile klebte unwürdig ein Sichtschutz, dünnes Papier, das von Sonneneinstrahlung vergilbt und von Feuchtigkeit gewellt war.

Abbé Noëls Bauch fühlte sich zornig an. Der Zorn trat nach ihm; der Abbé presste die Lippen fest aufeinander. War das dünne Papier im Schaufenster gleich seinem inneren Kern? Brüchig von den Jahren? Fragil in Bezug auf die Belastbarkeit?

Die Frage, die den Geistlichen umschwebte, als wäre sie eine regenschwangere Wolke direkt über seinen Kopf, war seltsam weit entfernt. Regen kündigte sich mit Wolken an. Antworten mit Fragen. Warum machte ihm in letzter Zeit die Bewältigung von Problemen mehr zu schaffen? Und warum verließ ihn immer öfter die Gelassenheit? Früher oder später würde eine Antwort auf ihn lauern.

»Ich nehme es auf mit dir!«, brüllte der Abbé, ballte die Hand zu einer Faust und zeigte dem Haus und seinem satanischen Bewohner, wie stark sein Wille war.

»Gott ist bei mir!« Die Stimme überschlug sich. Einige Fenster wurden geöffnet, Gardinen beiseitegeschoben. An einem langweiligen Dienstagmorgen gab es selten ein interessantes Spektakel, nur zu gern nahmen die Anwohner des Platzes Futter entgegen, das am Abend bei einem Pastis durchgehechelt werden konnte.

»Zeig dich!« Abbé Noël erhob die Faust und schlug sie gegen die hölzerne Tür. Staub wirbelte auf. Ein hohles, leeres Geräusch. Stand das Haus gänzlich leer?

»Satan, zeige dich!« Erneut schlug er gegen die Tür, als könnte sie das Tor zur Hölle sein, aus dem sogleich Feuersbrunst, schreiende Seelen und ein Pferdefüßiger hervorkamen.

Eine wahrlich ehrenhafte Aufgabe für einen Christen, dem einzigen Widersacher gegenüber zu treten. Innerlich wurde er zum Retter der Kirche, des Hexagons und der gesamten Christenwelt. Er sah seine Hände schon an der Gurgel Luzifers, sah den verzweifelten Versuch des Seelenfängers, sich zu retten, fühlte das Winden des Bösen, den heißen Schwefelgeruch im Nacken und frohlockte über den letzten Atemzug des Stinkenden. Doch nichts von alledem tat sich. Das Haus friedete vor sich hin. Kein Satan, kein Kampf. Ein Duell ohne Duellanten? Ein leises Geräusch drang an die Ohren des Abbé. Es wurde lauter. Die Tür bewegte sich. Vorsichtig, nur einen Spalt, öffnete sich die Tür. Die grobzinkige Nase eines mit Farbe verschmierten Mannes trat zuerst in Erscheinung. Große, fragende Augen folgten.

»Ich bin … ich bin … nur der Maler«, stotterte er und hielt zur Untermauerung einen langen Stielpinsel in die Höhe.

Der Abbé rang nach Atem. Sah Satan so aus? Kein Dreizack? Dafür ein Billigpinsel aus dem Baumarkt. Das fleischliche Farbinferno mit abstehenden Ohren und einem Bürstenhaarschnitt grinste ängstlich. Manchmal wohnte das Böse in einem Schaf. Aber konnte es dermaßen blöde aussehen? Die Beurteilung des Abbé war ohne Fehl und Tadel.

»Wo ist dein stinkender Herr?«

»Wer?«

»Der, dem du dienst!«

»Der Architekt?«

»Herrgottnochmal!«

»Er … ist …« Der Grobzinken zitterte. »Er ist nicht hier!«

Kurz stachen die grünen Augen des Abbé ins Gesicht des Malers. Durchbohrten ihn. Log er? Der Abbé kniff die Lider zusammen. Sagte er die Wahrheit? Der Geistliche suchte nach einer Antwort in der vollgesprenkelten Visage.

Ruckartig drehte sich der Abbé um. Er hatte befunden: Dies war kein Satanist. Vor sich hin schimpfend entschwand er über den Platz in die Arme seines Mädchens, die Rettung der Menschheit wurde vertagt. Fenster schlossen sich. Gardinen wurden zugezogen. Der Maler rieb sich das Ohr.

Manchmal war ein Dienstagmorgen doch nicht so harmlos, wie ein Dienstagmorgen sein sollte.

***

»Malo Duc, wann gewöhnst du dir endlich an, pünktlich zur Arbeit zu kommen?« Die Lippen der rothaarigen Sekretärin des Bürgermeisters schmollten, die Dreißigjährige beendete den Wink mit einem nervösen Schwung der schulterlangen Haare. Das Orangerot flammte in allen Schattierungen. »Es sind schon alle da.« Die Sekretärin stand auf und tippelte zur Tür, die zum langen Flur führte, an dessen Ende der große Sitzungssaal lag. Der kleine Stadtangestellte folgte ihr.

»Nadine, sei nicht immer so hart zu mir. Ich musste noch Staub saugen.«

»Warum musstest du am frühen Morgen Staub saugen?«
»Bernadette fand es schmutzig.«
»In der Frühe?«
»Prämenstruelles Syndrom.«
»Oh! Das ist fatal.«
»Ich muss dann immer Staub saugen.«
»Warum macht sie es nicht selbst?«
»Geht nicht.«
»Warum nicht?«
»Bernadette schreit dann lieber.«
»War sie deswegen schon mal beim Arzt?«
»Ich denke schon. Aber Staub saugen muss ich immer noch.«
Die Sekretärin klopfte ihrem Kollegen mitfühlend auf die Schulter.
»Du Armer!«
»Außerdem bin ich Madame Galabru begegnet.«
»Ah, ja. Gibt es Neues?«
»Nein. Aber sie hat mich gefragt, ob ich Bordelle gut finde.«
»Und?«
»Ich finde Bordelle gut.«
»Tatsächlich?«
»Ja.«
»Und weiter?«
»Ich war deswegen noch nicht beim Arzt.«
Die Sekretärin kicherte. Malo lächelte, er mochte Nadines Kichern, es hatte den Geschmack eines jungen Champagners. Die Rothaarige blieb stehen, mit ihrem Zeigefinger versiegelte sie die vollen Lippen. Ein großer Schwung und die Tür zum Ratssaal war geöffnet …

Kapitel 2

Juste Simon saß allein im Sitzungssaal. Der Bürgermeister und die beiden Beiräte waren inzwischen gegangen. Die Atmosphäre lastete noch immer drückend, dunkel und unerfreulich, und als läge ein Fels auf seiner Brust, sog er schwer Luft ein. Schemenhaftes Licht fiel in den Raum, es spielte mit den Staubteilchen.

Die Luft roch abgestanden, der Geruch von kaltem Kaffee gesellte sich dazu. Wie in Gottes Namen sollte er diese Ratsentscheidung seiner Ex-Frau beibringen? Die Zunge fragte sich das auch und klebte am Gaumen, das angeklebte gefühllose Fleischteil hinterließ einen pelzigen Geschmack und den Eindruck, dass es von nun an für alle Ewigkeit dort seinen Platz gefunden hätte. Es gab Dinge im Leben, die forderten den ganzen Mann. Mit oder ohne Zunge.

Marguerite, seine Ex-Frau, war ein zutiefst emotionaler Mensch und vor allen Dingen war sie ein Mensch, der Dinge nicht wortlos hinnahm. Fast nie. Das war mit ein Grund dafür, dass ihre Ehe nicht funktioniert hatte. Wäre Marguerite verstandesbetont, kühl und gradlinig gewesen, hätte es klappen können. Aber so …

Juste strich über den trockenen Hals. Wie brachte man einem Menschen bei, der im günstigsten Fall als dynamisch zu bezeichnen war, dass er gerade den Arbeitsplatz verloren hat? Juste bemerkte, wie sich seine Nackenhaare aufstellten. Bekam er etwa eine Gänsehaut? Er schüttelte sich, der Geist rebellierte, Emotionen waren eklig.

Rational musste die Angelegenheit überdacht werden, am besten eisig. Gefühllos kreiste er das Problem ein. Umrundete es. Gefrorenes bildete sich. Warum überhaupt sollte ausgerechnet *er* die schlechte Botschaft überbringen? Schulteranziehen und wieder fallen lassen – so ging es nicht. Die Hände zitterten. Es fiel ihm schwer, gleichmütig zu sein. Warum nur?

Juste kannte die Antwort: Es fiel ihm schwer, weil er Marguerite immer noch liebte und weil er sich entschieden hatte, die Scheidung zu ignorieren. Im Grunde war er immer noch verheiratet. Im Endeffekt spielte es ohnehin keine Rolle, ob er der Botschafter des Grauens war oder ein anderer, Marguerite würde schäumen und ihm einen Teil der Schuld übertragen, unabhängig davon, ob er schuldig war oder nicht.

Bürgermeister Laval hatte ganze Arbeit geleistet; Einstimmigkeit in der Entscheidung. Justes Augen bohrten sich in die dunkle Holzvertäfelung. Hatte Laval die beiden Stimmen gekauft? Oder waren die Beiräte einfach nur hinterherlaufende Abnicker ohne eigenen Willen? Sie trafen eine falsche Entscheidung, falsch für Arnaud und falsch für die Kinder. »Synergieeffekte«, sagte Laval. Synergieeffekte, sie kosteten Marguerites Job. Einige Lehrer würden ebenfalls arbeitslos werden und die Köchin. Es gab genug Personal im Nebenort. Wie konnte ein Mensch mit einem Wimpernschlag über andere entscheiden? Dachte Laval überhaupt nicht nach? Oder gab es andere Gründe, warum die Ecole maternelle weichen musste? Gut, es stimmte, in Arnaud lebten immer weniger Kinder, genauso wie in Grenelle.

Aber warum ein großer Kindergarten in Grenelle? Warum nicht ein großer in Arnaud? In Grenelle musste man bauliche Veränderungen vornehmen, in Arnaud nicht. In Grenelle war das Haus teuer gemietet, in Arnaud im Besitz der Stadt, doch der Hauptgrund, der für Arnaud sprach, war, dass mehr Kinder in Arnaud als in Grenelle wohnten. Es wäre besser und logischer gewesen, so wenig wie möglich Eltern und Kinder mit einem Umzug zu belasten. Die Entscheidung war unlogisch!

Justes Zunge trocknete weiter vor sich hin, die Gefühllosigkeit wuchs und erreichte den graumelierten Schnauzbart. Um weiteren körperlichen Ausfällen vorzubeugen, wackelte er mit der Oberlippe. Sie war das Einzige, was sich im Zimmer bewegte, die Zeit im Raum schien sich im Gegensatz zu den Naturgesetzen nicht eindimensional vorwärts zu bewegen, sondern an Schwung zu verlieren.

Einhergehend mit dem Ende des Schnauzerwackelns bremste die Zeit endgültig und machte eine Rückwärtsrolle. Juste sah Marguerite im Vorgarten des Horts stehen, in einem buntgeblümten Baumwollkleid inmitten einer Gruppe lachender Kinder. Eine Szene von vor zwanzig Jahren, Flora war damals noch nicht geboren. Von der Sommersonne beschienen und mit unbeschwerter Leichtigkeit spielte Marguerite mit den Kindern. Die ganze Horde bildete einen Kreis, die Kinder gaben leise

Wörter ins Ohr des Nebenstehenden weiter und lachten über das verzerrte Wort am Ende der Kette. Unbemerkt stand er am schmiedeeisernen Zaun, Marguerite sah bezaubernd aus. Eine schlanke Figur, blondes halblanges Haar und dunkelblaue Augen wie ein tiefer Bergsee in glühender Sommerhitze. Die perfekte Fusion von Mütterlichkeit und Zartheit. Er schloss die Augen, um diesen Eindruck noch intensiver in sich aufzunehmen. Das Naturgesetz war unbarmherzig, es katapultierte ihn unversehens zurück.

All das sollte nicht mehr sein? Das war ein Unding! Für Marguerite bedeutete die Tätigkeit mehr, als nur einen Job zu erledigen. Sie liebte ›ihre‹ Kinder. Seine Ex-Frau konnte zwar fürchterlich anstrengend sein, aber Fürsorge und ein großes Herz, auch das war Marguerite. Als ›Fremdenführer für Kleinstlebewesen‹ bezeichnete sie ihren Beruf. Und jetzt? Mit einem Schlag stand sie ohne Job da. Keine Kinder mehr. Keine Fremdenführerin mehr. Juste suchte nach einer eleganten Beibringensweise für unschöne Lebensumstände. Er rieb sich die Stirn. *Fata suam viam invenient.* Der Kopf rumorte. Das Schicksal findet seinen Weg.

***

Mémés dünne graue Augenbrauen hoben sich, gemächlich legte die Greisin eine Skatkarte auf dem Tisch ab, dann noch eine und noch eine. Peu à peu formte sich auf der Baumwolltischdecke eine sechszählige Kartenreihe, die von der nächsten Sechserreihe zur Hälfte bedeckt wurde. Die Alte wackelte mit dem Kopf, ihr Haar, das einer Dornenkrone ähnelte, stand widerborstig ab.

»Na, Mémé, was bringt die Zukunft?« Die Wirtin des ›Le Ciel‹ rieb mit einem Leinentuch ein Bierglas sorgfältig trocken. Blanche Martin mochte ihren Dauergast, der jeden Tag kurz vor acht Uhr erschien, meist ungekämmt, und selten endete der Besuch vor sechzehn Uhr. Dann folgte eine Pause vor dem Nachtbesuch. Patiencen legen. Orakeln. Schweigsame Lebenshilfe. Die Greisin war niemandes Großmutter und doch aller. Nur in diesem Augenblick kam keine Antwort von Mémé.

»Mémé, hörst du nicht?«, flötete die Wirtin. Der schmächtige Körper der Greisin verharrte regungslos. Blickte sie hinaus aus dem Bistro?

Beobachtete sie das im Eingangsbereich sitzende Liebespaar, die kleinen Boote, den Himmel, die Möwen oder das Nirwana? Dem Blick war kein Nachhall zu entnehmen. Ein Starren um des Starrens willen? Gedankenverloren legte die Alte die nächste Karte aus und gab einen knurrenden Laut von sich. Knurren war ein Zeichen; ein ungutes.

»Was ist los?« Blanche warf das blau karierte Geschirrtuch auf die Theke. Neugier wurde zur Ahnung, zur Spannung, zur Angst. Mit einem Schwung umrundete die Wirtin die Theke und setzte sich Mémé gegenüber.

»So! Ich will es wissen! Was ist los?«

Der braune, lederartig bespannte Körper wandte sich der Wirtin zu, die Lederbespannung grinste, aus der dunklen Mundhöhle stach ein einziger gelblicher Zahn hervor.

»Der Tod wird sichtbar!«, flüsterte die Alte und das dunkle Loch der Mundhöhle zog alle Aufmerksamkeit auf sich. Aufgeregt bewegte sich die Greisin, die Füße baumelten in der Luft; entweder war der Stuhl zu hoch oder der Mensch zu kurz.

»Mémé!« Die Wirtin versuchte, Ruhe zu bewahren. »Wer stirbt?«

Graue Augen nahmen die Wirtin ins Visier, ein unangenehm durchdringender Blick, im Hier und doch nicht vor Ort. Blanche Martin wich unwillkürlich zurück.

»Mémé! Wer zum Donner stirbt?«

»Wir werden alle sterben!«, hauchte die Alte. Als suche sie nach Antwort im Gegenüber, wiegte sie den Kopf hin und her. »Blaue Zeit!«, fügte sie hustend hinzu, dann wechselte die Tonart. Mémé kicherte. Ein eigentümliches Kichern; unmelodisch, scharf und hexenhaft.

***

»Monsieur Duc! Auf ein Wort!«

Der Stadtangestellte drehte sich um. Madame Galabru! So ein Ärger! Er ging schneller.

»Wohin des Wegs, Monsieur Duc?«

Eine überflüssige Einleitung des Gespräches zur Erlangung von Informationen, verbunden mit dem unterschwelligen Versuch, das Gespräch als belanglos emotional zu beginnen, um dann sogleich, nach

Einzahlung der weichen Werte, harte Fakten zu erhalten.
»Nach Hause.«
»Mittag beim Frauchen. Wie schön!«
Malo Duc wurde übel.
»Ich muss auch in die Richtung.«
Er wusste, dass man die Suppe immer auslöffeln musste, die man sich eingebrockt hatte. Doch womit hatte er diese Suppe verdient? Die einfache Antwort: Er war zum falschen Zeugungsurknall angekommen und nicht auf der ehelichen Polyesterbettdecke als Eiweißklecks gelandet, sondern in der Gebärmutter seiner Mutter und das vor über fünfzig Jahren. Grundsätzlich etwas, worüber jeder dankbar sein sollte, aber so lange es Menschen wie Madame Galabru, Bernadette und Laval auf Erden gab, blieb nur punktuelle Dankbarkeit, die ihn durchfloss. Wie viel es doch ausmachte, den richtigen Zeitpunkt zu erwischen.
»Was gibt es denn Leckeres?«
»Suppe.« Sein Magen rumorte. Eilig, hungrig, mit einer Spionin im Schlepptau.
»Welche Suppe?«
»Eiweißhaltige.«
»Fischsuppe?«
»So ähnlich.«
»Gibt es Neues aus dem Rathaus?« Jetzt war der Zeitpunkt gekommen, die weiche Währung in harte Münzen umzurubeln.
»Mir ist schlecht!«
»Was??«
Malo Duc erbrach seinen Pausenkaffee in den Rinnstein und war selbst verwundert über die Malade. Aber manchmal stimmte einfach der Zeitpunkt, gelegentlich war er sogar perfekt.

***

Merlin lag unter dem Tisch. Er schnarchte. Der Katzenhimmel öffnete sich gerade weit, der Kater träumte von einer rasanten Kätzin mit weißgeflecktem Gesicht. Schönes Weiß, je mehr Weiß, desto besser, es galt ein ungeschriebenes Gesetz, dass Kätzinnen mit weißem Fell besonders triebhaft waren. Sein Trugbild ebenso. Das Gesäß der hellen Perle nahm den ganzen Sehkreis Merlins ein und ohne zu sabbern, hätte kein Kater diesen Anblick ertragen können. Was für ein mörderisches Teil! Hell, samtig, vollkommen. Ein Hinterteil der Premiumklasse! Aber vor allen Dingen rollte sie sich, leckte sich unablässig zwischen den Beinen und gab Töne von sich, die nicht von dieser Welt stammten – genau der richtige Zeitpunkt für den Liebeseinsatz, um sie von der Qual der Lust zu befreien. Sapperlot! Dieses Rollen war so sündig, Merlin drehte sich unruhig im Schlaf. Lärm zerstörte den Traum, drang in sein Unterbewusstsein und knipste das geistige Licht wieder an.

Schlagartig fand Merlin sich auf Erden wieder. Wer? Wo? Was war los? Der Kater erblickte baumelnde, lederne Schrumpelfüße mit einem nicht unerheblichen Odeur. Warum, verdammt, konnte er nicht ewig träumen? Die zerplatzte Traumseifenblase von weißem Fell, vollkommenem Hintern und eruptionsartiger Lust platzte endgültig. Jäh wusste er wieder, wo er war: im Bistro, unter dem Tisch der Greisin. Lautstärkebenommen blickte Merlin auf das Höllengerät, das seinen Traum zerstört hatte. Der Eiscrusher. So waren Feuchtträume bestimmt nicht möglich!

»Wo bleibt Juste?«, brüllte die Wirtin ihrem einzigen Gast im Innenraum zu. Der Crusher wurde ekstatisch, die Frage ging im Lärm unter. Mémé hörte ohnehin nicht mehr gut und die beiden Gäste, die vor dem Bistro saßen, waren ineinander versunken. Das Dröhnen verstummte, gecrushtes Eis landete im Orangensaftglas, die Wirtin nahm einen großen Schluck. Die Flüssigkeit im Glas gluckerte. »Was meinst du, Mémé, wird der Kindergarten geschlossen?«

Mémé legte ein neues Kartenbild aus. Nun war ein keilförmiges Gebilde, auf dem nur wenige Karten doppelt lagen, zu sehen. Manchmal fragte sich die Wirtin, warum noch niemand auf die Idee gekommen war, Mémé in ein Altenheim zu geben. Zu ihrem Besten, wahrscheinlich würde sie dort mehr Gesellschaft finden. Doch würde sie unter Gleichaltrigen tatsächlich noch Kontakt bekommen? Mémé schien immer einsam zu sein, unabhängig davon, wie viele Menschen sich in ihrer Umgebung aufhielten. Blanche vermutete, dass die Alte lieber einsam mitten im Leben als isoliert unter Siechenden war, und daher würde Mémé sicherlich immer hier sein, genau wie der Hafen vor dem Bistro, die Wellen des Meeres oder wie die Luft, die seetangreich roch.

»Möchtest du noch einen Kaffee, meine Liebe?«

Mémé nickte. Die Wirtin lächelte, ergriff einen Becher und befüllte ihn.

»Die schützende Hand wird geleert!«

Blanche sah auf.

»Heißt das, der Kindergarten wird geschlossen?«

Die Lederfinger legten eine neue Karte aus.

»Von der einen Hand zur anderen.«

»Was? Mémé, sag mir sofort, was du damit meinst!«

»Ich brauche einen Grand!« Eine männliche Stimme ertönte aus dem Hintergrund.

»Hier ist ein Mann, der sich gerade für den restlichen Tag freigenommen hat und etwas Starkes zu trinken braucht.«

»Oh, Juste! Endlich!« Blanche Martins Augen strahlten, bewusst verkniff sie sich die sofortige Frage nach dem Ausgang der Ratssitzung. Weise Wirtinnen wissen, dass Männer erst einmal ruhen müssen, bevor sie mit Fragen überfallen werden dürfen. Und nicht nur das Ruhen war wichtig, sondern auch eine einfühlsame Art, die Fragen an den Mann zu bringen.

»Mémé!« Zum Gruß tippte Juste sich mit zwei Fingern an die Schläfe. »Na, geht die Welt unter?« Mémé kicherte, die Beine baumelten aufgeregt hin und her, Schwaden von längst vergangenem Sauermilchkäse stoben hoch.

»Sag mal, Blanche, weißt du eigentlich, dass die beiden jungen Leute vor deinem Geschäft gerade heftige Zungenküsse austauschen?« Der Stadtbuchhalter setzte sich auf den Barhocker.

»Nein, ist das denn wichtig? Sie sind jung, da macht man so etwas!« Blanche hantierte an der Kaffeemaschine.

»Und ganz offensichtlich haben sie kein Schlafzimmer.«

»Juste, du bist altmodisch. Heute stört es niemanden mehr.«

»Wenn es altmodisch ist, dass Sexualität Privatsache ist, dann bin ich altmodisch.«

Blanche drückte den silbernen Knopf an der Kaffeemaschine. »Es ist natürlich und es ist gut so! Es sind doch nur Küsse, junge Liebe halt.«

Juste und Blanche beobachteten unwillkürlich die speichelnden Zungenküsser, der dicke Fleischlappen des Jünglings befüllte gerade komplett den weiblichen Mundraum. Juste schluckte.

»Es gibt viele Dinge, die natürlich sind und die ich nicht gerade im Eingangsbereich eines Bistros machen würde.« Die beiden ließen den Blick nicht von der säftelnden Szene, der gierige Mundwerker zog den rosa Lappen aus dem Objekt der Begierde heraus.

»Und welche wären das?«, fragte die Wirtin spitz.

»Locus necessitatis.«

Blanches wandte sich Juste zu.

»Wage es ja nicht, mir das zu erklären!«

»Ich wollte doch nur …«

»Ich weiß, was du wolltest!«

»Blanche!«

Merlin kroch ungehalten unter dem Tisch hervor und trabte hinaus. Ruhe war hier offensichtlich nicht möglich. So ging das nicht! Er brauchte ein ruhiges Plätzchen für ein winziges Mittagsschläfchen, einen Ruheflecken, wo von der Farbe Weiß im Allgemeinen und von Hintern im Speziellen geträumt werden konnte.

Blanche hielt den befüllten Grandbecher in der Hand, donnerte ihn Juste auf den Tisch, der in Wallung gebrachte Kaffee schwappte hoch und ein kleiner Tropfen Kaffee bildete eine Krone auf der Schwappsäule. Die Wirtin stemmte die Hände in die Hüften, zeigte mit einem gespannten Zeigefinger auf den Stadtbuchhalter. Die Schwappsäule landete im Becher, vorsichtig trank Juste einen Schluck Grand und schaute reuevoll über den Becher hinweg.

»Und du«, der weisende Zeigefinger wurde eindringlich, »denke nie wieder darüber nach, wie du mein Bistro beschmutzen willst. Nie wieder! Hörst du!«

»Aber …«, setzte Juste an. »So war es doch nicht gemeint.«

Grundsätzlich würden weise Wirtinnen einen Mann niemals hastig mit Wissensdurst überfallen und sie wussten auch, dass Fragen einfühlsam an den Mann zu bringen waren, aber in der Ausgestaltung der täglichen Mann-Frau-Beziehung konnte es dennoch zu emotional bedingten atmosphärischen Störungen kommen.

»Und außerdem«, die Stimme der Wirtin wurde schneidend. »Was war in der Ratssitzung los? Hat Marguerite ihren Job verloren?«

Juste blieb der gerade eingenommene Schluck des Grands im Halse stecken. Er keuchte. Verdammt!

Da war es wieder, sein Problem. Es bohrte sich in sein Fleisch, drückte ihm den Hals zu, gleichzeitig hatte er das Gefühl, dass es größer geworden war, seitdem er das Rathaus für die Mittagspause verlassen hatte. Blanche und das Bistro versanken in einem Bad der Eindrücke. Bald würde er Marguerite mitteilen müssen, dass sie arbeitslos war. Es war seine Pflicht! Seine verdammte Pflicht! Wie konnte er es schonend anstellen? Irgendwie war heute kein guter Tag.

***

Nadine Pascal tippelte den Flur entlang zum Ausgang. Den Lippenstift hatte sie frisch nachgezogen, die Farbe ›Sommerglut‹ leuchtete im dunklen Behördenflur. Nebst der lachsfarbenen Lippenöffentlichkeitsbemalung trug die Sekretärin den Duft ›Après L'Ondée‹ – ›Nach dem Regenschauer‹ – von Guerlain, auch wenn Ende Juli kein Regenschauer zu erwarten war. Helle, freundliche Töne von Zimt und Zitrone mischten sich mit Aktenstaub und Linoleumputzmittel, und selbst die dunkle Note des Ambers konnte nicht über den stickigen Amtsgeruch hinwegtäuschen. Nadine Pascal unternahm einiges, um nicht nach den Räumen zu riechen, in denen sie arbeitete.

Das Tippeln hörte auf, mit einem Kontrollblick schaute sie auf ihre Nylons, keine Laufmasche. Das Leben konnte so schön sein! Trotzdem hatte die Sekretärin ein flaues Gefühl in der Magengegend. War es Hunger? Die Mittagspause hatte sie heute spät begonnen.

Eine weitere Parfuminvasion nebelte hoch. Der Regenschauer war eindeutig ein Sommerschauer, der duftete, als würden plötzlich graue Wolken aufsteigen, Wind über Blumenfelder von Jasmin, Mimose und Veilchen wehen und Leben in die zarten Blumenkörper einhauchen. Kurz wäre der Schauer, trotzdem fielen dicktropfige Regenperlen auf die Erde, wühlten diese auf und ein Duft der tiefen Bitterkeit stiege empor. Kein Regen mehr, das Spiel zwischen Sonne, Wolken und Wind als fragiles Intermezzo, jetzt eine Spur von Anis. So viel konnte in einem Parfum stecken und so wenig in einem Leben im Büro.

Madame Pascal zerrte an der Ausgangstür, sie war schwer zu öffnen.

Mehrfach schon hatte sie den Hausmeister gebeten, die Scharniere zu ölen, doch offensichtlich nahm er sie nur als ein Püppchen ohne Biss wahr.

Die Tür entließ das Püppchen, es machte einen Sondierungsblick und entnahm der frischen Luft eine ordentliche Portion. Freiheit für eine Stunde, welch süßer Geruch, woher kam nur das ungute Gefühl? Dann sah der Rotschopf die Ursache: Sie hatte die Farbe graublau, konnte hastig laufen und gab schrille Töne von sich.

»Madame Pascal, auf ein Wort!«

Im Sommer konnte es Regenschauer geben und manchmal kam der Schauer sogar ohne Regen.

***

Das Rosenfenster der Kirche Sainte-Catherine hatte sein kräftiges Funkeln verloren, der mittägliche Sonnenstand ließ das bunte Glas zahm vor sich hin dämmern. Unabsichtlich hatte sich das Gemüt Abbé Noëls der Stimmung des Rosenfensters angepasst, die morgendliche Satansbekämpfung wich der Vernunft. Noch war nichts entschieden über die Schließung seiner Kirche und vielleicht kochte die brodelnde Gerüchteküche des Ortes zu heftig. Vermutlich alles nur Hirngespinste.

Der Gottesmann stand auf der hölzernen Kanzel und suchte seine Lesebrille. Unbemerkt öffnete sich die Kirchentür des Hauptportals, ein kräftiger Windhauch wehte, die weiße Kerze auf dem Altar flackerte. Der Windhauch schärfte die Aufmerksamkeit des Abbé. Um diese Zeit ein Christ?

Dann sah er genauer hin. Graublau! Auch für einen professionell Gläubigen gab es das Zusammenzucken des Widerwillens, wenngleich das christliche Programm für spontane Negativgefühle keinen Platz vorsah. Kontrolliert befahl er seinem Geist, auf Hirtenamt und Nächstenliebe zu schalten.

»Madame Galabru! Ich bin hier!« Der Geistliche lächelte mild. Nichtwollen mit Wollen zu verbinden und daraus Güte entstehen zu lassen, das bedeutete ganz große Virtuosität.

»Juhu!« Zwei fleischige Arme schwangen hoch, schon von Weitem konnte er den knallroten Nagellack erkennen. Die Delikatessenhändlerin hastete den Mittelgang entlang, drückte sich durch die dunklen

Holzbankreihen, kam wieder aus diesen hervor und blieb direkt unter der Kanzel stehen. Der Abbé beugte sich herunter und verließ die Kanzel absichtlich nicht; das blaue Schaf weit unter ihm; so war es ihm recht.

»Haben Sie es schon gehört?«

»Was meinen Sie?« Angst schwang in der Frage mit, das Wort schauderte. War seine Saint Catherine doch verloren?

Madame Galabru seufzte ungnädig, deutlich war zu sehen, dass es der Händlerin wahre Lust bereitete, zu foltern. Sie richtete ihre Frisur, leckte genüsslich die Zähne und spitzte den Mund. Der Abbé klebte an ihren Lippen, die Spannung wuchs. Nächstenliebe, befahl sich das Hirtenhirn beruhigend.

»Der Kindergarten wird geschlossen! Jetzt ist es amtlich.«

Es entstand eine Zeitstockung, die Minute zuckte, dehnte sich und knallte zur Ist-Zeit zurück.

»Und was noch?«, brüllte der Abbé. Gerade noch in der Zeitverzerrung verharrend, prallten ungewohnte Emotionen auf das graublaue Schaf.

»Reicht das nicht? Das ist doch schrecklich!«

Abbé Noël schnaubte.

»Ja. Ja. Das ist ganz schrecklich, aber …«

»Ach, so!« Madame Galabru grinste süffisant. »Die Sainte-Catherine auch.«

Eine Minute konnte gedehnt, gezogen und gezerrt werden, aber auch in sich zusammenfallen und das tat sie gerade. Der Abbé schluckte, dann rannte er die knarrenden Stufen der Kanzel herunter.

»Geschlossen?« Das Wort prallte ins Gesicht von Madame Galabru, sie wurde kleiner.

»Nicht ganz.«

»Was-verstehe-ich-unter-›nicht-ganz‹?« Gepresster konnte eine Frage nicht gestellt werden.

»Zuerst wird ein Gutachten erstellt, vermutlich kommt bald jemand vorbei und dann wird geschlossen.«

»Wieso dann ein Gutachten?« Der Abbé entwickelte einen verständnislosen Blick.

»Es wird vom Freund des Schwagers von Laval erstellt.«

»Vom Freund des Schwagers von Laval?«

»Ja. Es muss alles seine Richtigkeit haben.«

»Und der Freund des Schwagers ist der Gutachter?«

»Ja. Und dann wird geschlossen!«

Schlagartig ging der Abbé in die Knie, bekreuzigte sich. Sainte-Catherine war dem Untergang geweiht. Madame Galabru hatte mit einer derartigen Reaktion nicht gerechnet, befangen nestelte sie mit den Fingern an ihrer Strickjacke.

»Gott erbarme dich unser!« Der Geistliche sank zusammen, er barg das Gesicht in den Händen. Weinte er gar? Madame Galabru verlagerte ihr Gewicht von der rechten Seite auf die linke und zurück. Gab es hier noch Kunde zu verbreiten oder nicht? Wurde es brenzlig? Oder nicht? War der Zeitpunkt zum Gehen gekommen?

»Satan!«, schrie der Hirte auf, die Delikatessenhändlerin zuckte zusammen. »Ich werde dich zur Strecke bringen!« Die Hände des Abbé zeigten gen Himmel.

»Luzifer! Hebe dich hinweg aus meinem Haus!«

Madame Galabru knubberte an den Fingernägeln, der sichtliche Beweis für die Aufnahme von neuen Informationen und für die Theorie, dass abblätternder Nagellack nicht in jedem Fall von schlampiger Pflege herrührte.

»Wir werden jetzt beten!« Abbé Noël sah auf.

»Wir?«

»Wir beten jetzt!«, zischte der Satanshasser. Madame Galabru schaute sich um, verbrachte einen weiteren Finger in den Mund. War sie gemeint?

»Ich?«, nuschelte sie kläglich.

Der Hirte des Hasses ergriff den graublauen Kittel und riss ihn samt Inhalt herunter, die Händlerin quietschte. Mehrere Höhenzentimeter in einer Sekunde.

»Zu Boden!«

»Aber … ab… ab…«, stotterte sie, »ich bin doch schon unten!«

Der Gottesmann griff in die Betonfrisur und drückte die Widerspenstige mit dem Kopf nach unten. Madame juchzte. Der Hirte läuterte leise in einem unverständlichen Singsang und ließ die Hand nicht ab vom verängstigten graublauen Schaf, dessen Wange fest am Steinfußboden haftete.

»Wir beten jetzt!«

Große runde Augen starrten hoch.

»Jetscht?«

»Vater unser, der du bist, im Himmel. Geheiligt werde dein Name. Dein Reich komme. Dein Wille geschehe, wie im Himmel, so auf Erden.« Madame Galabru war noch niemals in so einer beklemmenden Lage gewesen, ängstlich näselte sie das Vaterunser nach.

Der Abbé schrie zornig auf. »Und erlöse uns von dem Bösen!« Die Worte donnerten durchs Kirchenschiff, unter der Hand des Hirten begann das große Zittern.

»Denn dein ist das Reich und die Kraft und die Herrlichkeit in Ewigkeit. Amen.«

Entspannt schloss der Abbé die Augen, auch das Schaf unter seiner Hand senkte bibbernd die Lider. Jeder der beiden schickte eine Bitte zum Herrn, der Abbé bat um einen Sieg über Satan und Madame Galabru bat um Erlösung.

***

Merlin suchte nach einem Ruheplatz für die Fortsetzung seines mittäglichen Feuchttraumes. Er schlich die Rue Fambourg entlang. Dann bog er in die schmale Gasse mit den alten Häusern und ihren maroden Balkonen ein, um sich letztendlich im Weg mit der verlassenen Kate am kleinen Bach zu finden. In diesem verwunschenen Garten hatte er gelegentlich mit Mäuschen gespielt, die anschließend zur Mahlzeit wurden; obwohl er zugeben musste, dass Mäuse ihm im Grunde seines Katerherzens nicht schmeckten. Fad, fest und flink. Drei F's, die er fies fand, aber seine Überlebensdevise lautete: In der Not frisst der Kater Mäuse, auch wenn die Mahlzeit quietschte, verlaust und unwillig war.

Er durchquerte den bunt blühenden, völlig ungebändigten Garten. Wilde Kamille, verwucherter Rosmarin und Salbeidüfte durchzogen die Nase des Katers. Rosen und Lavendel bezirzten mit süßlichem Versprechen, verholzte Kräuter rangen um die Nase des Eindringlings, trockene Erde und zerquetschtes Gras bildeten die olfaktorische Grundlage des berauschenden Duftteppichs, der sich träge in der sommerlichen Mittagssonne wog.

Süß, herb, trocken und nass, selbst für eine erfahrene Katernase stellte der duftende Garten eine besondere Herausforderung dar – war dies nicht der richtige Ort für einen schamlosen Schlummer?

Eine Libelle durchquerte sein Denken, hypnotisiert starrte Merlin auf das blitzende Farbspiel der Flügel. Libellen waren gut – lecker, läuselos und laut, eben Chips für einen Gourmet. Das Knacken beim Zerkauen hatte einen intensiven Crunch. Der Kater leckte sich das Schnäuzchen. Das blaugrüne Insekt lockte kokett mit seiner Sterblichkeit.

Merlin duckte sich, kippte die Ohren nach hinten. Das Libellenweibchen tanzte direkt vor seiner Nase. Nur nicht nervös werden! Zittrig im Schlussmoment. Zu schnelles Kommen hat schon zu manchen Verlusten geführt. Die Welt um den Kater versank. Kein Geruch, kein Straßenlärm, auch nicht die wilde Duftsinfonie vertrieben die Libelle aus seinem Sinn. Das Flügelwesen stand in der Luft. Tiefe Erregung durchtränkte den Augenblick. Merlins Herz stand still. Gleich war es soweit. Crunch!

Die Libelle sah das anders, ihre Flügel schlugen schneller. Ein Fluchtversuch – Merlin hob an, schlug zu, sprang in die Leere und landete auf einem verholzten Rosmarinbusch. Er jaulte. Das blaue flirrende Geschöpf drehte sich um, verharrte kurz, zeigte dem Kater ausgiebig die Rückseite und entflog über die Wiese.

Merlin lag auf dem Boden, der ganze Körper schmerzte. Nach einer Weile Fell lecken und sich strecken, richtete er sich auf. Ohne das Knusperchen schlich er langsam voran, während sich vor seinen Augen tanzende Libellenchips über ihn sich lustig machten. Wo fand er endlich Ruhe? Sündiger Schlaf brauchte Rast.

Er huschte über die Straße, hinein in die Rue de Grenelle. Merlin empfand den heutigen Tag als bemerkenswert ungut. Dann erblickte er den Garten vor dem großen Sandsteinhaus, der offenbar gerade geharkt und mit Wasser besprengt worden war. Ein frischer Eindruck in der Hitze des Tages. Elegant schlängelte sich der Kater durch den schmiedeeisernen Zaun, eine idyllische Terrasse mit Heckenbepflanzung lockte. Alles wirkte so ruhig! Wie schön!

Im Erdgeschoss des Hauses stand die Terrassentür offen. Saßen dort störende Menschen? Merlin spitzte die Ohren, aber alles blieb still. Kein Laut zu hören. Die Nase bewegte sich. Wonach roch es hier? Ein intensiver Duft von Vogelfedern lag in der Luft. Er ließ sich nieder auf der Terrasse und genoss den leckeren Vogelfedergeruch. Beim Wort ›lecker‹ dachte er ungewollt an Weiß und bei Weiß dachte er an Sünde.

Der Katerkörper rekelte sich kurz, bevor er das Haupt bettete und sich einrollte. Das Kopfkino konnte starten. Weiß, wollend und willig. Ein unmoralisches Sonderangebot.

Plötzlich hörte er etwas. Ein Knacken. Merlins Kopf schnellte hoch, die Ohren sondierten. Knacken von Holz! Dann wieder Stille. Eigentlich schien doch alles harmlos. Oder nicht? Da knackte es wieder. Holz unter Spannung! Merlin schaute aufmerksam, suchte und ahnte nicht, dass ein schon zu Beginn unguter Tag noch sehr viel unguter werden konnte.

***

Mit einem Quietschen drückte er die Haustür auf. Malo Duc zerrte am Schlüssel, das Schloss ließ den Eigentümer nicht los, die verschwitze Lockenpracht des Stadtangestellten zappelte aufgeregt, dann endlich gab das Schloss nach und die Frisur ruhte. Im Inneren der Wohnung blieb es still, zugezogene Gardinen ließen schemenhaft Licht ein.

»Ich bin es, Schatz!«

Stille.

»Dein liebendes Ehemännchen!«

Malo Duc sah blass um die Nase aus, das Erbrechen, der Tag und sein Leben steckten ihm immer noch in den Knien.

»Wer sollte es auch sonst sein!«, gellte es aus dem Wohnzimmer.

Nervös lächelte der kleine Angestellte.

»Ich habe Neuigkeiten mitgebracht.« Er warf den Schlüssel auf die Flurkommode, zog seine Schuhe aus und betrat das Wohnzimmer. Bernadette lag im rosafarbenen Bademantel auf dem Sofa, eine Pralinenschachtel auf der üppigen Brust, und schaltete den Fernseher an. Leise ertönte Werbung.

»Es sind schlechte Neuigkeiten.«

Bernadette mampfte einen weißen Trüffel.

»Welche?« Zwischen Speichel und dem Trüffel matschte das Wort hervor.

»Der Kindergarten wird geschlossen und die Kirche für baufällig erklärt.«

Das Gesicht von Bernadette gefror, das bespeichelte Praliné kam zum Stillstand.

»Und? Ist das alles?«

Malo Duc lächelte zittrig, er nahm seinen Mut zusammen.

»Mein Täubchen! Kindergarten zu, Kirche zu!«

Bernadette verdrehte die Augen.

»Wen soll das interessieren? Ich gehe nicht in die Kirche und Kinder haben wir auch keine, du elendes Paket!« Schokoladenverklebte Finger drückten auf die Fernbedienung. Der Fernseher reagierte prompt und wurde lauter.

Malo Duc reagierte auch. Er wurde allerdings nicht laut, er schluckte nur. Seine Mittagsübelkeit war noch nicht endgültig besiegt. Ihn erfasste der Gedanke, dass es einen ganz speziellen Charme hätte, wenn sein Mageninhalt noch ausreichen würde, um in Bernadettes Pralinenschachtel zu kotzen. Malo Duc sah kurz auf die verschmierte Fernbedienung. Ein beneidenswertes Gerät. Auf Druck mit Lautstärke zu reagieren – was für ein Leben.

***

Juste Simon stand nachdenklich vor seinem ehemaligen Haus, starrte auf die Fenster im ersten Stock und zog den grauen Anzug glatt. Er hatte sich eine Schlechte-Nachricht-Strategie zurechtgelegt. Jetzt, in der Mittagspausenzeit, hielt Marguerite sich zu Hause auf und er war erleichtert darüber, dass ihm ein sensationeller Schlachtplan eingefallen war. Seine dunklen Augen leuchteten frohen Mutes in bernsteinfarbener Tönung. Er trug immer noch den Haustürschlüssel der gemeinsamen Wohnung am Schlüsselbund – nur für den Notfall, hatte Marguerite ihm ausdrücklich eingeschärft. Genauso sah er es auch. Und jetzt lag ein Notfall vor.

Der Schlechte-Nachricht-Plan schöpfte aus der Vergangenheit. Früher kam Marguerite, sobald es klingelte, zumeist aufgeregt zur Haustür gerannt, da sie normalerweise in der Küche mit irgendetwas beschäftigt war, das fantastisch duftete und ebenso schmeckte. Kochen war ihre Leidenschaft und sie war eine fantastische Köchin. Doch heute konnte er ihre Erstaufregung nicht gebrauchen. Also würde er selbst die Tür ruhig öffnen, leise nach ihr rufen, Marguerite erschiene und er zöge sie ins Wohnzimmer. In seiner Gedankenblase sah sie wunderschön aus, ein bisschen erstaunt zwar, aber schön. Auf dem Sofa sitzend, nähme er ihre

Hände in die seinen, mit weichen Worten gäbe er ihr die unweigerliche Wahrheit preis, dass sie bald arbeitslos sein würde. Marguerite sähe immer noch bezaubernd aus, ihre blauen Augen allerdings würden weinen, gewiss, doch er dürfte sie trösten, ihr kleines zartes Gesicht in die Hände nehmen, es liebkosen, um dann in wohldosierten Abständen einfühlsam über das lockige Haar zu streicheln. Möglicherweise bewirkte die Not auch etwas Gutes und ihre Zuneigung würde wieder erwachen.

Siegessicher betrat er das Treppenhaus, stieg die knarrenden Stufen hinauf zur ersten Etage. Roch er etwa ein Cassoulet? Bohnenduft drang an seine Nase und der intensive Geruch von Speck. Er lächelte. Eine sensible Tröstung und ein Cassoulet – das nannte man Glück im Unglück.

Juste hatte die Haustür erreicht, die er schon so viele Male aufgeschlossen hatte. Der alte, hölzerne Bestandteil seines Ex-Lebens schien ihn zu erwarten, bereitwillig öffnete sich die Tür.

Im lichtdurchfluteten Flur roch es nicht mehr nach einem Cassoulet, der wunderbare Geruch war verschwunden. Die große Standuhr vor dem Wohnzimmer tickte vernehmlich, der beigefarbene Velourssteppich dämpfte den Schritt. Die Wohnung sah bis auf wenige Dinge noch genau so aus, wie er sie damals verlassen hatte. Er roch ein Parfum, schwer und moschusdurchtränkt. Keines, das er kannte. Wo hielt sich Marguerite auf? Er war bereit für die Tröstung.

»Marguerite!« Weichheit lag in seiner Stimme. Im Wohnzimmer fand er sie nicht, er vermisste auch den karierten Ohrensessel. Warum hatte Marguerite ihn weggeworfen? Er hätte ihn doch gern in seine neue Wohnung mitgenommen. Egal, nicht zu ändern. Fehlanzeige auch in der Küche. In Floras Kinderzimmer war ebenfalls niemand. Hier hatte sich nichts verändert, das hätte seine Tochter auch niemals zugelassen. Flora liebte die Farbe Violett und alles, was in Violett zu bekommen war, trug auch diese Farbe. Außerdem lagen Bücher auf dem Tisch, darunter, teils aufgeschlagen und einige zu einem ansehnlichen Turm verbaut. Auf das Bett hatte sie Shirts geworfen, sogar ein Paar Sneakers lagen obenauf. Es war also hier alles genauso wie immer – das tat richtig wohl. Die Badezimmertür stand zwar einen Spalt offen, aber eine nähere Inspektion erübrigte sich, denn das Bad war so winzig, dass es einen Besucher sofort preisgegeben hätte. Wo aber war sie? Die Standuhr tickte dunkler. Im Schlafzimmer raschelte etwas.

Juste drehte sich um. Marguerite im Schlafzimmer! Der ranke Körper des Stadtbuchhalters richtete sich auf, befüllte den Brustkorb mit Luft, die Schultern erreichten die größte Spannbreite. Männliche Hilfe sollte immer beherrschend daherkommen, er strich seinen Schnauzer ordentlich. Juste Simon nahm den Türgriff in die Hand, am Finger glänzte immer noch der Ehering. Hier, mein Schatz, kommen die Wahrheit und die Wohltat! In exakt derselben Sekunde, in der er den Türgriff herunterdrückte, hörte er ein Quieken, es klang wie das Quieken eines Eichhörnchens im Moment seines Todes. Er kannte das ungewöhnliche Geräusch, doch es war zu spät, er hatte die Tür bereits aufgedrückt.

»Marguerite!«, schrie Juste. Die Luft flirrte plötzlich. Sah er eine Fata Morgana? Oder die Wirklichkeit? Die Angesprochene schwang herum, schrie noch lauter als zuvor. Das Eichhörnchenkreischen wurde schrill.

»Was tust du da?« Eigentlich eine Frage rhetorischer Natur, brandete ihm doch das nackte Hinterteil seiner Ex-Frau entgegen. Zwei behaarte Beine lugten darunter hervor, das mintfarbene Bettzeug war um die Täter drapiert. Das Bettzeug kannte Juste nicht, offenbar eine Neuanschaffung. Mint war nicht seine Farbe.

»Wir sind verheiratet, Marguerite! Komm sofort da runter!«

Marguerites verwuschelte Haare stockten in der Bewegung, die blauen Augen wurden groß. »Wir sind geschieden!«, keifte sie, griff zum Kopfkissen und bedeckte die baumelnden Brüste damit. Juste befand, dass Marguerite trotz allem einen ausgezeichneten Sitz hatte, nur die Unterlage war falsch.

»Marguerite, WIR sind katholisch!«, erklärte er fast ruhig. »Und WIR sind nicht geschieden!«

»Was?? Ich bin geschieden! Seit zwei Jahren! Vor Gericht!«, fauchte Marguerite.

Justes Handkante schlug einen Spalt durch Luft.

»Der Allmächtige allein kann uns trennen! Also geh endlich da runter, das ist eklig!«

»Hast du nicht mehr alle? Genau deshalb sind wir geschieden. Du bist ein elender Prinzipienreiter!«

Juste rang nach Luft.

»Ich bin kein Prinzipienreiter! Aber geh jetzt endlich runter von den haarigen Dingern, das ist …« Juste schüttelte sich. »Bäh!«

Die angesprochenen Beine bewegten sich, der Oberkörper des Bespaßten bog sich um die Reiterin herum. Zwei Lippen und ein hellblonder Vollbart.

»Darf ich auch etwas dazu sagen?«

»NEIN!« Juste und Marguerite schnauzten gleichzeitig.

»Wo hast du *den* denn her? Von hier ist er nicht!«

»JUSTE!« Marguerite tanzte mit den Kindern manchmal die Vornamen, gegenwärtig gellte sie den Seinen. »Warum, zum Donner, bist du hier?«

»Warum? Der Kindergarten wird geschlossen!«

»Was?«

»Du wirst entlassen!«

»Was?« Marguerite starrte ihren Vielleicht-Mann wie irrsinnig an.

»Dies ist ein Notfall!« Juste stellte die Situation vorauseilend klar, um sicherzustellen, dass er nicht der unberechtigten Benutzung des Haustürschlüssels schuldig gesprochen wurde.

»Hau ab! Verdammt noch mal! Hau endlich ab, du Prinzipienreiter!« Marguerite schwankte zwischen Unverstehen und Entsetzen.

»Schwachheit, dein Name ist Weib! Trotz schändlichen Sündenfalls, Weib, solltest du in einer stillen Stunde über die Verwendung eines gepflegten Tonfalls nachdenken. Fluchen und Ehebruch sind keine Lappalien!«

Marguerite schnaubte, griff zum Kissen und erhob sich vom Sattel. Juste beobachtete unwillkürlich ihre Erhebung, er schluckte. Bei Gott! Ein feuchtes Ding! Er starrte es an. Seine Tröstmission hatte er sich anders vorgestellt, Marguerite sollte eigentlich termingerecht weinen, aber offenbar hatte seine Frau gerade Spaß gehabt. Das Corpus Delicti stocherte in Juste Simons fragilen Gefühlen. Es roch nach Lust und Sperma. Juste würgte. Das mintfarbene Kissen flog, die Tür gewitterte zu.

Für eine Weile stand Juste Simon bewegungslos und nicht mehr würgend da, das Kissen lag auf dem Fußboden. Er stierte das Bettzeug an, die Standuhr tickte immer noch erbarmungslos im Gleichmaß. Sein Körper stellte sich auf Autopilot. Einatmen, ausatmen, einatmen, der Automatismus, der den Brustkorb mit Odem füllte, war irritierend. Marguerite beim Sex mit einem anderen Mann. Was für ein Desaster, bestehend aus einem Bartträger und zwei haarigen Beinen. Juste ließ sich von der drastischen Entschleierung seiner Ehe überkommen; er hatte gehofft und ausgeharrt. Hoffnung war das halbe Glück – ihm hatte sie gereicht. Glasklare Erkenntnis legte sich über die Gedanken. Nun war es wirklich endgültig: Er liebte sie – sie ihn nicht. Juste fühlte sich unendlich leer.

Warum konnte im Leben nicht alles einfach sein? Lieben hieß, geliebt zu werden. Einfallswinkel gleich Ausfallswinkel. Ein physikalisches Grundgesetz in analoger Anwendung. Eine Ehefrau sollte ihren liebenden Ehemann lieben, nicht mehr und nicht weniger und das dauerhaft.

Juste atmete immer noch, die Standuhr funktionierte, das natürliche Licht im Flur verlosch nicht. Alles ging seinen Gang. Dabei wäre jetzt ein guter Zeitpunkt, die Welt untergehen zu lassen.

***

»Ach, Schätzchen, davon geht die Welt nicht unter!« Blanche Martin saß auf einem Barhocker neben ihrer Nichte und schlug den Arm sie. Seitdem ihre Schwester und ihr Schwager nach Südfrankreich gezogen waren, hatte die Wirtin Nadine unter die Fittiche genommen. Le Midi war weit weg und sie war jetzt der Rest der Familie.

Die beiden Frauen verschmolzen miteinander. Mehrere Kaffeetassen standen auf dem Mahagoni, an einigen klebte Lippenstiftrest, dazwischen lag ein in Zeitungspapier eingewickelter Fischkörper, dessen Fischseele ihn schon verlassen hatte.

»Schau Kleines, der Engländer ist ein ganz besonderer Mann. Ich denke, er will sich nicht mehr binden. Oder er sucht eine besondere Frau.«

»Ich bin eine besondere Frau! Er muss nicht mehr suchen!« Die lachsfarbenen Lippen spuckten den Satz aus, die roten Haare flogen herum. Im Hintergrund legte Mémé ein Kreuz aus Tarotkarten auf. Völlig in sich versunken, nahm sie nur als bewegliches Bühnenbild am Zusammensein im Bistro teil.

»Nadine, das weiß ich doch. Du bist etwas ganz Besonderes, aber ich denke, wenn überhaupt, sucht er nicht so ein hübsches Püppchen wie dich. Er sucht eine handfeste Frau zum Pferde stehlen. Eine, die er mit auf das Schiff nehmen kann und die dem Leben trotzt, die sich nichts gefallen lässt und die richtig anpacken kann.«

»Tante Blanche, ich bin eine handfeste Frau! Und ich kann auch Pferde stehlen, anpacken und trotzen, wenn ich will!« Die Lippenstiftfarbe ›Sommerglut‹ bebte.

Blanche Martin seufzte.

»Schau dich an, Kleines. Hochhackige Schuhe, Röckchen, geschminkte Lippen und Nylons. Nadinchen, was ist daran handfest?«

Die Sekretärin Nadine Pascal schaute an sich herunter. Schwarze Pumps mit zehn Zentimeter hohen Bleistiftabsätzen, die ein kleines Vermögen gekostet hatten, satinglänzende Nylons und ein enger grafitfarbener Rock mit seitlichem Gehschlitz.

»Du meinst, Tante Blanche, ich soll mir etwas anderes anziehen?«

Die Wirtin seufzte.

»Das ist es nicht allein. Du musst auch eine Andere sein.«

»Wie soll ich denn sein?«

»Schatz, du bist gut so, wie du bist. Nur für Lucien Forest bist du nicht die Richtige.«

»Ich will aber so sein, wie er es will. Ich kann das!«

»Versteh doch! Liebe kann man nicht erzwingen, sie passiert. Es ist nicht gut, sich zu verstellen. Wenn man sich verstellt, um geliebt zu werden, wird man am Ende feststellen, dass man selbst die Liebe nicht erntet, sondern die Konkurrenz und das ist unschön, insbesondere, wenn man gleichzeitig die Konkurrenz ist. All das führt nur zu Verwirrungen. Früher oder später.«

»Aber er ist so süß!«

Blanche Martin sah ihre Nichte an; ein nettes Mädchen, aber ein hoffnungsloser Fall. Eigentlich war sie ein helles Köpfchen, schließlich arbeitete sie als Sekretärin des Bürgermeisters, doch die Liebeslitanei ging schon seit einem Jahr. Lucien hier, Lucien da. Der Engländer mochte ein ganzer Kerl sein und zweifellos ergäben die beiden ein hübsches Paar, doch Lucien Forest hatte ein gebrochenes Herz, das nicht heilen wollte. Ein ›Püppchen‹ hatte es einst gebrochen und daraufhin hatte er lauthals verkündet, dass mit dem zarten Harten nun Schluss sei und bis dato hatte er sich daran gehalten. Vermutlich bedeutete das: keine Chance für Nadine.

»Weißt du, Tante Blanche, ich habe neulich todschicke Jeans gesehen!

Die sah handfest aus. Im Schaufenster bei ›Jeunesse‹.« Ein kleines Lächeln huschte über ihr blasses Gesicht. »Mit goldenen Knöpfchen an der Seite.« Lachsfarbene Fingernägel, die Ton in Ton mit dem Lippenstift übereinstimmten, zeigten an der Hüfte die Position der goldenen Knöpfe an.

Blanche Martin lächelte gequält. Es würde Verwirrungen geben, Ärger und Tränen. Unweigerlich. Früher oder später. Die Wirtin stand auf, schob den Hocker zur Seite, nahm ihre Nichte in die Arme und küsste sie auf die Stirn.

***

»Mamie!« Juste duckte sich durch die niedrige Terrassentür des roten Backsteinhäuschens. In der Küche simmerte etwas im Topf vor sich hin, seine Großmutter konnte also nicht weit sein. Es war eine seltsame Küche, mit der Gegenwart und der Vergangenheit verschmolzen, denn obwohl ein moderner Elektroherd in der Küche stand, benutzte Mamie den alten Ofen, der noch mit Holz befeuert wurde. Eingelassene Eisenringe als Herdplatte regulierten durch Entnahme eines Teils der Ringe die Hitze. Eine anachronistische Art des Kochens, aber egal, welche Feindschaft man gegen dieses Ungetüm hegte, die Speisen, die sie darauf zubereitete, mundeten vorzüglich. Juste schnüffelte, aber er konnte beim besten Willen nicht ermitteln, was dort köchelte; ein Cassoulet war es jedenfalls nicht und das war gut so.

»Mamie! Wo bist du?« Hoffentlich lag sie nicht im Schlafzimmer, seine Gedanken schlugen einen Purzelbaum rückwärts. Fantasie war ein Blitz, schneller als der Verstand. Juste schüttelte sich klar. »Mamie!« Bestimmt putzte sie in den oberen Räumen oder wienerte das Bad. Er duckte sich erneut, um in den Flur zu gelangen. Jedes Mal, wenn er das Haus seiner Großmutter betrat, kam er sich vor, als wäre er Gulliver im Land der Zwerge. Liliputland mitten in Arnaud.

»Mamie!?« Er drückte die extrem schmale Kellertür, die mehr eine Ansammlung von Holzbrettern als eine ernst zu nehmende Tür war, auf.

»Junge! Was machst du schon hier? Musst du nicht arbeiten?« Einen Weidenwäschekorb in der Hand, sichtlich abgekämpft, schob sich die alte Dame durch die Öffnung. Das runde, erhitzte Gesicht, umrahmt von einer frisch ondulierten Frisur, die in Hellviolett strahlte, wirkte fragend.

»Es ist etwas Schreckliches passiert!« Juste kam ohne Umschweife zum Thema, Großmutter Simon sondierte augenblicklich das Gesicht ihres Enkels genauer.

»Etwas ganz und gar Entsetzliches!«

»Junge! Was ist?«

»Etwas Grauenhaftes. Mit Marguerite!«

Sie ließ den Weidenkorb fallen. Griff sich an die Brust, die mollige Figur erbebte.

»Ist sie … Ist sie etwa? «

»Viel Schlimmer, Mamie!« Er nahm seine Großmutter in den Arm. Flüssigkeit sammelte sich in seinen Augen, in ihm lief das Kopfkino.

»Juste, so sag doch!«

»Ich habe sie in flagranti erwischt!«

Die Sekunde stand still und suchte ein Versteck, um nicht erwischt und erschossen zu werden. Dann endlich; Mamie übernahm die Führung, drückte ihren Enkel langsam von sich.

»Mit einer Frau?« Große Augen stellten große Fragen. Juste sah seine Großmutter direkt an. Zeit brauchte Zeit, der Verstand auch.

»Wieso mit einer Frau?«

Großmutter Simon rückte ihre hellvioletten Wellen zurecht.

»Du sagtest doch, dass es schlimmer als der Tod sei.« Sie zog aufgeregt die gerüschte Halbschürze glatt. »Ogottogott! Das ist ein Elend!«

»Mamie! Es war ein Mann!«

»Ein Mann! Ach so, Junge. Sag' das doch gleich!«

»Wieso? Ist das weniger schlimm?«

»Ich habe ein feines Ragout auf dem Herd. Hast du Hunger?«

Juste hasste diese Übersprunghandlungen seiner Großmutter, sie ließen ihn immer sprachlos und mit offenem Mund zurück.

Mamies Credo der Verarbeitung von Verzweiflung war einfach: Über große Probleme empörte sie sich, aber kleine Probleme würde ein gutes Essen schon richten. Sie wusste, dass der Weg vom Mund zum Herzen kurz war und umso schneller zurückgelegt wurde, je besser die Leckerei mundete.

Scheidungen-Streitigkeiten-Blasenentzündungen wurden somit genussvoll verspeist.

»Es ist ein Hühnchenragout. Das magst du doch so gerne. Mit etwas Salbei und viel Zitronenmelisse.«

Justes Schnurrbart wackelte. Es schien zwar nicht ganz credogemäß, die Marguerite-Katastrophe zu verspeisen, Empörung wäre hier angemessen gewesen, auf den Punkt gebracht: Monumentale, spektakuläre, titanische Empörung, aber wenn ein Hühnchenragout wenigstens dabei half, zwei widerliche, schwerstbehaarte Männerbeine aus dem Gedächtnis zu eliminieren, warum nicht? Einen Versuch war es wert.

»Das Ragout braucht noch ein paar Minuten. Wir können so lange ins Wohnzimmer gehen und du erzählst mir alles.«

***

Es war spät geworden, die Luft duftete süß und der Mond schien silbrig, als Juste das Haus seiner Großmutter verließ. Er hatte Sämtliches bekommen: eine sanfte Tröstung, Pasteten mit Hühnchenragout, ein Schläfchen auf dem Sofa und die Liebe seiner alten Mamie. »Loslassen musst du!«, hatte sie gesagt und dazu irgendetwas, das ihn anfeuern sollte, endlich das eigene Leben in die Hand zu nehmen. Aber was genau war ein ›eigenes Leben‹? Aufstehen-Arbeiten-Hinlegen? Sollte daraus etwa das Leben bestehen, das er künftig führen würde? Nur daraus? Juste bilanzierte. Welchen Stellenwert hatten seine Freunde im Bistro? Blanche, der Engländer und Kollege Malo Duc? Besaß er damit nichts oder besaß er alles?

Die beiden festen Säulen im Leben waren Mamie, die ihn großgezogen hatte, nachdem seine Eltern früh gestorben waren, und seine Tochter Flora. Aber wie fest standen diese Säulen? Flora wurde erwachsen, er sah sie kaum noch und Mamie würde in ein paar Monaten ihren wohl letzten runden Geburtstag feiern – instabile Komponenten für tragende Lebenskonstrukte.

Milchiges Licht des klaren Mondes und ein sternengesättigtes Firmament verstärkten das Einsamkeitsgefühl. Marguerite tauchte in seinen Gedanken auf, bisher war sie sein Alles gewesen und jetzt plötzlich war alles nichts. Warum liebte er Menschen, die ihn zum Weinen brachten? Trotz Tröstung verursachte die Erinnerung an ihr Bild einen tiefen, dumpfen Schmerz. Wie oft war ein Stich ins Herz zu ertragen, bevor die Seele daran starb? Viele kleine Nadeln setzten ihm zu, gefühlt mindestens so viele wie Sterne am Himmel. Juste nahm die kühle, weiche Sommernachtsluft in sich auf und der Mond durchflutete ihn mit schimmerndem Licht.

Er spazierte am Rathaus vorbei; in ein paar Stunden würde er hier wieder arbeiten, im gleichen Haus wie Laval. Keinen Millimeter würde dieser Mensch vom Vorhaben, den Kindergarten zu verlegen, abweichen, ganz zu schweigen davon, die Sainte-Catherine in Ruhe zu lassen. In der Kirche hatte er damals seine Marguerite geheiratet und im Kindergarten war Flora groß geworden. Wie auch immer es mit ihm und Marguerite weiter gehen mochte, zwei Säulen des Ortes, die für die Gemeinschaft wichtig waren, würden verschwinden und das durfte einfach nicht geschehen. Das Wort ›Säulen‹ markierte einen Widerspruch. Säulen durften nicht fallen, sonst wurde alles instabil und einsam.

Gleichwohl würde er Laval grüßen und mit ihm reden, so wie jeden Tag – nur mit ihm reden, statt ihm die Meinung zu sagen. Warum durften Menschen wie Laval alles zerstören, ohne jemals eine Quittung für ihr Verhalten zu bekommen?

Juste Simon ging gerade am Haus mit dem seltsam verwilderten Garten vorbei, als ihm die Antwort einfiel. Vermutlich konnten die Lavals dieser Erde nur deshalb alles durchsetzen, weil die Simons dieser Erde es wortlos geschehen ließen. Juste blieb abrupt stehen, auf dem Gehweg vor seinen Füßen wucherte ein kümmerliches hellblaues Pflänzchen mit nächtlich geschlossenen Blüten. Es hatte sich ein wenig Platz erobert. Ein Pflänzchen gegen den Rest der Welt. War der eigentlich entscheidende Teil des Bösen der Gutmensch? Machte ein Zuviel an Gutsein das Böse stark?

In der Gedankenspirale von Schuld und Güte verhakt, hörte er als Randerscheinung ein klagendes Geräusch, das ihn an ein weinendes Kind erinnerte. Juste hob den Kopf. Das Klagen war leise genug, um es zu überhören, aber doch interessant genug, um ihm nachzugehen. Was genau hörte er da? War es ein Maunzen? Kräuter, Büsche und schlafende Blumen, auf den Pflanzen des wilden Gartens changierten Mondlichttupfer, das laue Sommernachtslüftchen streichelte die Fülle.

»Ist da wer?« Justes Frage beinhaltete Neugier und Furcht, eine Antwort bekam er nicht. Ihm schien es, als würde das einsame, alte Haus ihn belauern. Knarrend schwang ein Fensterladen auf und schlug gegen die Wand. Vollmondnächte trieben gerne Unfug. Wurden nicht Menschen zu Werwölfen bei diesem Licht? Juste schauderte und entschied sich, schnell weiter zu gehen.

Da war es wieder! Eindeutig ein klägliches Maunzen. Der Wehruf eines Kätzchens. Wer konnte diesem Jammern widerstehen? Ein Mensch mit Herz jedenfalls nicht. Juste überblickte das Terrain, entdeckte aber nichts. Mit einem großen Schritt betrat er den Garten, die Äste unter seinen Sohlen knackten.

»Wo bist du denn? Miez-Miez-Miez.«

Zertrampelter Rosmarin. Geknickte Wildrosen. Ein Mohnstängel ließ sein Leben unter den glanzpolierten Schnürschuhen des Eindringlings.

»Gib Laut, Mieze. Wo bist du?«

Antwortend maunzte es wieder, direkt hinter dem dicken Rosmarinbusch musste es sein, schwarz-weiß geflecktes Fell leuchtete durch den Busch. Juste ging in die Hocke, schob den Rosmarin behutsam beiseite. Merlin! Es war Merlin!

»Merlin! Was machst du denn hier?« Der Kater maunzte noch intensiver, als könne er allen Schmerz dieser Welt herausschreien und Antwort geben.

»Was ist denn nur passiert?«

Dann sah Juste das Problem. Blutüberströmtes Fell. Zwei schwere Wunden. Eine am Bauch und die andere am Kopf. Juste berührte Merlin, der Kater fauchte ihn an.

»Ist schon gut. Alles gut. Ich tu' dir nichts.«

Der Helfer untersuchte den geschundenen Körper. Die Wunden waren punktförmig aufgerissene, tiefe Löcher, genau so sahen Einschusslöcher aus. Entweder von einem Gewehr verursacht oder von einer Zwille. Er vermutete aufgrund der Lochgröße, dass es sich um eine Zwille handelte. Wer konnte ein so abscheuliches Verbrechen begehen? Was für ein unglaublich perverser Mensch hatte das getan? Oder waren es nur Kinder gewesen, mit dem falschen ›Spielzeug‹ in der Hand?

Juste holte tief Luft, suchte eine Problemlösung und fand sie.

»Hier kann ich nichts für dich tun, mein Kleiner! Ich bringe dich zu Großmutter. Mamie kann alle Wunden heilen.« Er zog seine Anzugjacke aus. Merlin jammerte, als er aufgenommen wurde. Vorsichtig bettete der

Stadtbuchhalter ihn in feinstem Zwirn. Mein Gott! Was für Menschen es gab!

Der Katzenretter hielt das fragile Päckchen fest im Blick, ungelenk stolperte er aus dem Garten zurück auf den Gehweg, er musste die Rue Grenelle überqueren. Um diese Zeit noch Autos? Sein Kopf hatte den Gedanken bereits abgehakt, das Päckchen wimmerte um Aufmerksamkeit. Plötzlich! Helligkeit! Juste Simon lief direkt in zwei grelle, katzengleiche Augen. Bremsen quietschten. Hupen. Entsetzen, Schmerz und Schwärze. Der Rabe, der auf einem Strommast saß, flog auf.

In die Dunkelheit des Fühlens bahnte sich ein warmes, freundliches Licht den Weg, er konnte das Licht sogar spüren, auf der Haut und in der Seele. Wo war er? Unwissenheit ist die Nacht des Geistes ohne Mond und Sterne. Doch wen interessierten jetzt Sterne? Noch nie hatte er sich so wohl gefühlt, aus den Weiten des Raumes tönte der liebliche Klang einer Celesta und es duftete nach Hühnchenragout. Marguerite stand ein paar Meter von ihm entfernt. Angezogen! In einem zarten Sommerkleid mit einer Unzahl von violetten Streublümchen. Sie lachte und tanzte. Die Streublümchen kicherten mit.

»Marguerite!« Die sehr junge Frau in fließender Hülle drehte sich, sprang auf eine rosafarbene Wolke, die sie gänzlich einhüllte, um gleich danach aus ihr wieder hervorzutauchen. Marguerite winkte ihm zu. »Komm!«, signalisierte die anmutige Hand, die hypnotische Wirkung auf ihn ausübte und ihn tiefer ins Licht zog. Er roch Kaffee – leckeren, frisch gebrühten Kaffee. Juste drehte sich um, Blanche wütete ihn an, wortlos hob sie den Arm und zog ihm einen Kaffeebecher über den Schädel.

Schmerz! Scharfer, hässlicher Schmerz in der Schläfengegend. Er fasste an die Stelle, sah dann auf seine Hand. Kein Blut. Nichts. Die Hand löste sich auf, ihm war es egal.

Wo war Marguerite? Juste erfasste sie, die Schöne kniete in der rosa Wolke, rasch verzog sich der puffige Nebel, zwei haarige Beine blitzen unter ihrem knienden Dasein hervor. Juste schrie. Er schrie infernalisch, knallte mit dem Kopf gegen etwas Hartes. War das wieder der Kaffeebecher? Diesmal kam der Schmerz viel deutlicher, intensiver und realer. Juste sank zurück.

Nur kurz brauchte der Verstand, um sich im Platzhalter wieder einzufinden. Was war das für eine Decke, zehn Zentimeter über ihm? Plafond, Metall, Auspuffrohr. Wieso Auspuffrohr? Jemand zerrte an seinen Beinen. Schmerz durchzuckte ihn. ›Beine‹! Ein entsetzlich fühlbares Wort. Er brüllte.

»Juste! Geht es dir gut?« Der Engländer klopfte ihm zunächst auf die Schulter, um dann auf die Wange überzugehen. »Verdammt! Wieso rennst einfach auf die Straße? Ich habe doch noch gehupt!« Die klopfenden Hände hörten auf mit der Zuwendung, zwei scharfe Augen nahmen Juste ins Visier, die rechte Augenbraue hob sich.

»Du kannst jetzt aufhören zu brüllen!«, sagte der Engländer bedächtig, als spräche er zu einem Umnachteten. Leise, eindringlich setzte er nach: »Jetzt! Sofort!«

Juste hörte auf, schaute seinen Freund mit offenem Mund an. Schwumerant war ihm, die Sterne in der Höhe waren wieder zu sehen, aber sie drehten einen wahnsinnigen Kreisel.

»Geht es dir gut?«

»Ich weiß nicht!«, lallte Juste. »Wo ist Marguerite?«

»Marguerite ist nicht hier.«

»Und die tanzenden Blumen?«

Der Engländer antwortete nicht, nur der Unterkiefer mahlte etwas nicht vorhandenes.

»Ist meine Hand wieder da?«

»Bleib ganz ruhig liegen. Ich hole Hilfe.«

»Ich will keine Hilfe!« Juste griff den Pullover des Engländers. Seine Hand war eindeutig wieder da, er zog sich schwerfällig damit hoch. Stöhnend hielt sich der Stadtbuchhalter den Kopf, rieb an der Schläfe, lange Minuten tat er nichts anderes. Er hörte noch immer das zauberhaft süße Geklingel der Celesta, dann ergriff er plötzlich den Arm des Engländers. »Wo ist Merlin?«

Merlin war unter dem Laster trotz Dunkelheit gut zu erkennen. Aus der Anzugjacke gerollt, lag er dicht neben dem Hinterrad. Der Engländer kroch näher an das blutige Fellknäuel heran und presste die Lippen aufeinander, als er den Kater vorsichtig berührte.

»Merlin!« Kein Jammern, kein Klagen war zuhören, als er den Kater unter dem Laster herauszog und ihn bedacht in den Armen bettete. Der

Engländer sprach kein Wort. Wo Worte selten sind, haben sie Gewicht. Juste wusste sofort, was das zu bedeuten hatte.

»Merlin! Du kannst doch nicht einfach sterben!«

Sanft streichelte der Engländer den Kater, das zerschundene Köpfchen lag bewegungslos angeschmiegt in seiner Armbeuge, grobe Arbeitshände zogen zarte Bahnen über das Fell. Die violetten Augen des Fischers bekamen Glanz.

»Hey, kleiner Tiger. Die Welt wartet doch noch auf dich!«

Kein Laut mehr. Keine Regung. Die Welt mochte auf Merlin warten, doch Merlin wartete nicht mehr auf die Welt. Er ging ganz leise, wie es sich für einen richtigen Kater gehörte – elegant, geschmeidig und schleichend. Hinauf in den Katzenhimmel, zu den geflügelten weißen Kätzinnen und einer immervollen Schüssel mit Thunfisch.

Weit oben am Himmelszelt löste sich eine Sternschnuppe und der Rabe vom Strommast erhob seine dämonischen Schwingen. Ein würdevoller Abschied in der Stille der Nacht.

Doch nur selten kommt Unglück allein, oft folgen ihm schlimme Gesellen. Der schwarze Vogel der Nacht zog bedächtig Kreise über dem verwunschenen Garten. Bot er Begleitschutz für die emporfahrende Seele? Oder lebte er nur seinen Bewegungsdrang aus?

Aus welchem Grund auch immer der Rabenvogel über dem Garten flog, er folgte wie Merlin seinem Schicksal. Die Flügel schlugen schneller, ein neuer Kurs in Richtung Hafen, den Kreis verlassend, die beiden Stromleitungen übersehend; es zischte kurz, als der Strom den Vogel durchzuckte – so schnell kann Leben leblos sein und fallen. Der Unglücksrabe stürzte in den Garten, direkt neben den Rosmarinbusch. Kampfer, Kiefernduft und Weihrauch, der Duft des Strauchs nebelte ihn ein. Was für ein seltsames Gemisch – Düfte für einen langen, schweren Traum und etwas Ewigkeit.

***

24 Uhr 00 Minuten – Mitternacht. Ein gellender Schrei zerriss die Stimmung im Bistro. Blanche Martin ließ einen Kaffeebecher fallen, das Gefäß zersprang. Mémés Stuhl kippte nach hinten und lag auf dem steinernen Fußboden.

Wirres graues Haar und eine zittrige Hand, die sich nach etwas ausstreckte, das nicht im Raum war.

»Rosa Elefanten!«, würgte die Seniorin mühsam hervor, der letzte gelbe Zahn zitterte. Blanche Martins Körper überzog sich mit einer Gänsehaut. Die Alte krächzte. »Das Sterben der rosa Elefanten beginnt!«

Kapitel 3

Man sagt, dass Geborgenheit und Liebe die schönsten Gefühle im Leben eines Wiegenkindes seien. Allabendlich wird der Spross ruhig und rhythmisch mit einem melodischen Kinderlied in friedlichen Schlummer geleitet, im Gepäck die zwei wichtigsten Empfindungen. Das Lied, um den Schlag des Herzens der Mutter nachzuahmen und das Schaukeln der Wiege als Ersatz für die Bewegung, während sie das Kind geschützt im Leib trug. So angenehm kann Sicherheit sein. Doch wie viel Sicherheit davon ist real und welcher Anteil ist nur Trug? Seit Beginn unseres Lebenslichts sind wir der Ansicht, dass eine zarte Melodie und ein leichtes Schaukeln untrüglich mit Nestwärme und Schutz zusammenhängen. Nichts kann uns geschehen …

Der Tag in der Rue Lepic begann mit dem trillernden Ton einer Blaumeise, die einschmeichelnde Melodie lockte allmählich die noch schlafende Sonne hervor. Erste warme Strahlen trafen die Dächer und erreichten das weit geöffnete Fenster mit dem eisernen Fenstergitter zum Innenhof der Hausnummer zehn. Die Welt wirkte sauber und friedlich.

Juste Simon drehte sich unruhig um, das Bett schaukelte hin und her, völlig im Gleichmaß. Ein frischer Tag, fröhlicher Gesang und Sonnenstrahlen, die die Zehenspitzen kitzelten – was konnte es Beruhigenderes geben? Wer würde so etwas verachten?

Der scheinbare Schläfer befand dagegen, dass der Tag gerade im Begriff war, widerlich zu werden. Schon in dem Augenblick, als er sich das erste Mal bewegte, ahnte er Ungemach. Heftige Kopfschmerzen dröhnten durch seinen Schädel und die Glieder taten weh, bewusst ließ er die Augen geschlossen, er wollte sich so einem Tag nicht stellen. Das klebrig-süße Geplärre des zweibeinigen Wirbeltieres mit Federn und Flügeln bohrte sich in sein Hirn und richtete dort vermutlich noch mehr Schäden an, als ohnehin zu verzeichnen waren. Minuten vergingen, dann ein Viertelstündchen, eine halbe Stunde.

Der Erwachte, der immer noch so tat, als würde er schlafen, lauschte der Zwangsbeglückung Meisengesang. Das Tier legte eine so enorme Energie in sein Trällern, dass Juste vermutete, dem überschnappenden Vieh gleich notfallmedizinisch helfen zu müssen. Er fand es bedauerlich, dass man aus Blaumeisen keine Suppe kochen konnte – mit Hühnern klappte es doch auch. Das Bett schaukelte fortgesetzt unerträglich, lange würde der Magen dieses Hin und Her nicht mehr mitmachen. Eventuell half es, ein Lid anzuheben? Er hob eines.

Sonnenlicht war über sein Zimmer hergefallen, die alten Möbel strahlten freundlich – mit oder ohne Kopfschmerz, er mochte die kleine Wohnung. Bis zur Scheidung hatte er noch mit Marguerite zusammengewohnt, getrennt von Tisch und Bett zwar, aber trotzdem unter einem Dach. Nach der Scheidung hatte er schnell diese charmante Wohnung mit den vielen Ecken und Winkeln in der Rue Lepic gefunden, schräg gegenüber der ehelichen Wohnung. Genauer gesagt, Marguerite hatte sie gefunden. Dennoch gefiel sie ihm, sie lag günstig in der Nähe von Flora und die geforderte Miete war erschwinglich.

Mittlerweile konnte er sogar behaupten, dass die Wohnung ganz passabel eingerichtet war, zwar mit einem Sammelsurium von gebrauchten Möbeln, aber vielleicht wirkte sie gerade deswegen gemütlich. Blanche hatte ihm überzähliges Besteck und Gläser für den Neuanfang geschenkt. Mamies Dachboden war geleert worden und er erhielt ein altes eichenes Bett und mehrere Kleinmöbel – und von Malo Duc stammten die Vorhänge, die Bernadette nicht mehr leiden mochte. Juste mochte sie auch nicht leiden, die beiden Schals hingen nun rechts und links vor seinem Fenster und warnten mit einem rotbraunen psychedelischen Muster vor Scheidungsfolgen.

Juste starrte auf das wirre Muster, mit etwas Glück würde es ihn in heilenden Schlaf versetzen, aber auch nach längerem Hinstarren tat sich nichts. Wohl oder übel blieb ihm kaum etwas anderes übrig, als aufzustehen und den Tag zu besiegen. Kaffee bei Blanche, ein Arbeitstag im Rathaus und vielleicht einen Pastis trinken am Abend. Es war nicht er, der den Oberkörper hob, das Bein aus dem Bett zog und sich hochdrückte. Oder doch? Jede Faser seines Körpers schmerzte, es war wohl keine gute Idee gewesen, sich von dem klapprigen Lastwagen überfahren zu lassen. Ertrage es und sei hart, der Schmerz wird dir einst nützen!, dachte Juste und fiel zurück ins dicke Kissen. Es schwappte über dem Kopf zusammen, hüllte ihn ein, der schon erkämpft geglaubte Tagesverlauf war zunichtegemacht. Er schloss die Augen vor der Niederlage. Wozu sollte Schmerz überhaupt nützlich sein?

Monoton und laut atmet Juste ein und aus, das Schaukeln des Betts war eigentümlicherweise verschwunden. Gerade noch mit einer Danksagung dafür beschäftigt, vernahm er plötzlich, dass die Blaumeise aufhörte, zu trällern. Gab es heute irgendwo Suppe? Stille in der Rue Lepic. Warum schauderte ihn plötzlich?

Dann fühlte er das Mächtige, es drang in den Gehörgang, Juste riss die Augen auf, schwere Schwingen flappten im Innenhof zusammen, ein großer Vogel zog ungelenk suchend Kreise, bevor er sich auf das Eisengitter des Fensters mit den dämlichen Mustergardinen setzte. Dort blieb er stumm sitzen und inspizierte das Zimmer.

Juste schnellte aus seinem übermächtigen Kissen hervor. Es war ein hässlich zerzauster Rabe. Der Rabe krächzte. Was für ein grausiger Laut! Justes Kopf hielt dagegen und schrillte, mit einem Riesenamboss schlug irgendjemand auf seine Schädeldecke. Er stöhnte. *Non, si male nunc, et olim sic erit.* Er beruhigte sich, saß auf der Bettkante und hielt seinen Kopf. *Non, si male nunc, et olim sic erit.* – Jetzt ist es schlimm, aber es wird wieder besser. Ein gesäuseltes Gebet. Ganz bestimmt! Jedenfalls, wenn nichts anderes dagegensprach.

»Gibt es hier Thunfisch?« Der Rabenvogel krächzte die Frage, die kein Mensch verstand, wiegte den Kopf hin und her, Wind zauste die Federn. Halsschmerzen? Merlin fragte sich, wozu diese Schmerzen gut waren. Kater kannten so eine Pein nur selten, doch er war heute Morgen neben dem Rosmarinbusch aufgewacht, mit wunder Kehle und steifen Beinen. Der Duft des Busches war intensiv gewesen. Plötzlich hatte er aus ihm einen Strom voller Lebensenergie gefühlt. Merkwürdig. Unsicher war er aufgestanden, ein paar Schritte gegangen, gelaufen und hatte sich im nächsten Augenblick in der Luft wiedergefunden. Seltsamerweise konnte er fliegen. Aber Kater können nicht fliegen!

Zunächst flog er tatsächlich nicht. Er knallte gegen das marode Haus, als Nächstes schrammte er ein rotes Auto, dann stürzte er ab, fing sich und zog erst allmählich seine erste große Bahn über den verwunschenen Garten. Kleine Menschen unter ihm, noch kleinere Katzen – und Mäuse konnte er sogar kaum noch erkennen. Es war eigentümlich, fliegen zu können, nie zuvor hatte er davon gehört, dass ein Kater flog. Kätzinnen auch nicht, warum sollten sie auch fliegen, aus seiner Sicht waren Kätzinnen ausschließlich zum Vergnügen da. Kätzinnen und fliegen! Was für ein Unsinn! Merlin knarzte einen Empörungslaut.

Diese Stimme! Auch sie klang seltsam, früher schnurrte er oder miaute, jetzt entsprangen dem Hals solch fürchterliche Laute. Vermutlich eine Erkältung. Er hatte so viele Fragen und so wenige Antworten, außerdem verspürte Merlin Hunger; irgendetwas von der der Größe eines Wales mit Thunfischgeschmack würde er am liebsten mit einem einzigen Happen vertilgen. Summa summarum ein schlechter Zeitpunkt, um das Denken zu befeuern und sich selbst Fragen zu beantworten. Das Wesentliche schien sein Magen zu sein und der knurrte. Zumindest das war nicht neu.

»Thunfisch! Hunger!« Merlin hüpfte von einem Bein auf das andere, das Fell juckte, er kratzte. Warum fühlte sich sein Fell plötzlich fedrig an? Schon wieder eine Frage, die die Futterbeschaffung unterbrach. So oder so, er war heute nicht er selbst. Merlin blickte nach unten. Zwei Beine nur; wo waren die anderen beiden geblieben? Genug jetzt mit den Fragen! Aber warum hatte sein Lebensretter von gestern so einen denkwürdigen Gesichtsausdruck? Und so große Augen? Dieser Blick – einfach unheimlich.

Juste Simon stierte den Vogel an, sein Herz pochte. Der Rabe war groß und alt, einige Federn schwarz, andere grau und zerzaust. Auf der Stirn prangten sechs blau leuchtende Zahlen. Juste wischte sich die Augen klar, er sah wirklich blaue Zahlen. Sein Radiowecker zeigte fast die gleichen blau leuchtenden Zahlen, nur war so etwas bei Weckern normal, bei Raben nicht. Die gefühlte Aura des Federviehs war grausig, ein eisiger Windhauch schien durch das Zimmer zu wehen.

Juste ergriff unauffällig das Kopfkissen und sprang auf. Kopf und Magen nahmen die Bewegung übel, aber manchmal forderte das Leben Tribut. Er schleuderte das Kissen in Richtung Rabenvogel, traf ihn, der Vogel kippte nach hinten und das Kissen verschwand im Innenhof. Juste hörte das Flappen der schweren Flügel und kurz darauf das Fluchen des Concierge.

***

»Bonjour Malo!« Blanche drückte kraftvoll das quittengelbe Wischtuch über der Spüle aus, im Hintergrund des ›Le Ciel‹ plärrte leise Musik aus dem Radio.

»Salut!«

»Du bist heute aber zeitig dran. Hat Bernadette dir keine Hausarbeit gegeben?«

»Doch!«

»Und?«

»Ich habe schon im Morgengrauen damit anfangen.«

Blanche Martin wischte sich die Hände trocken, die Haartracht ›Bienenkorb‹ hatte sie gebändigt und zu einem dicken schwarz-brünetten Zopf zusammengebunden. Die schwarz umrandete Lesebrille, das schwarze T-Shirt und die ebenso dunkle Hose bildeten einen gradlinigen Stil, die neue Schlichtheit des Tages passte zu den kargen Worten.

»Kaffee?«

»Ja. Und ein Baguette mit Rillettes.« Der Stadtangestellte hüpfte auf den Barhocker.

»Ein Baguette?

»Ja.«

»Du isst doch normalerweise morgens nichts.«

»Stimmt.«

Das Radio bekämpfte gerade einen Funkausfall, knisterte atonal in unterschiedlichen Lautstärken und war damit beredsamer als die zwei, aber die Wirtin holte auf.

»War es zu viel Arbeit? Hast du deswegen Hunger?«

»Ja! Ekelhaft viel Arbeit!«

»So schlimm?«

»Ja! Grausam!« Malo Duc schnaufte. Er schnaufte nur selten, aber jetzt schnaufte er.

Eine frische Brise Seeluft wehte ins Bistro, zwei Möwen stritten sich lauthals um das Frühstück und ein Reinigungswagen fuhr langsam und lärmend vorbei. Die endlose Wiederholung der täglichen Szenerie schaffte es, dass die Hintergrundgeräusche kaum wahrgenommen wurden, obwohl sie durchaus unüberhörbar waren. Wiederholungen ermüden, nur Neues will erforscht werden.

»Bernadette arbeitet nicht, da kann sie doch die Hausarbeit erledigen.

Sag ihr das! Ich finde, du solltest nicht so viel im Haus schuften müssen.«

»Das finde ich auch!« Malo schnaufte schon wieder und dieses Mal klang es, als ob Säcke schleppen oder Kohle abbauen dagegen ein Kinderspiel wären.

»Meine Güte, Malo. Was musstest du denn heute alles erledigen?« Blanche reichte ihm den Kaffee und das belegte Baguette. Ihre Stirn verfiel in Sorgenfalten. Der Stadtangestellte nahm den Becher Kaffee und blickte in das braune Nass.

»Sex.«

Blanche Martin zuckte zusammen. Unmerklich hoben sich die Augenbrauen.

»Ach!« Die Unterhaltung ruhte für einen Augenblick, wurde dann jedoch trotz einiger Vorbehalte und Unsicherheit wieder aufgenommen.

»Und das ist schlimm?«

»Ja!«

Blanche dachte darüber nach, warum sie eigentlich der Ansicht war, dass Männer *es* immerzu wollten, überall und am liebsten in einer hohen Taktzahl. Die Zeit war zu kurz, um zu ergründen, aus welchem Grund sich dieses Vorurteil bei ihr eingeschliffen hatte. Vermutlich floss nicht allen Männern Casanovas Blut in den Adern.

»Also, wenn du nicht willst, dann solltest du dich dagegen wehren!«

»Geht nicht!«

»Warum nicht?«

»Dann wird es bestimmt noch schlimmer.«

»Glaube ich nicht.«

»Doch! Sie schreit immer: Wehr dich, du Schwein!«

»Oh.«

Blanche stockte, ihr Kopf signalisierte völlige Leere. Diese Lage war sehr speziell. Ohne moralische Schäden würde sie den Pfad nicht weiter verfolgen können. Kluge Menschen wussten, wann sie innehalten sollten, außerdem gaben kluge Menschen keine ungebetenen Ratschläge. Weise noch nicht einmal einen Erbetenen.

»Blanche, was würdest du in meiner Lage machen?«

Jetzt schnaufte die Wirtin, denn noch hatte sie das elende Bild eines wehrhaften Schweins im Kopf.

»Das ist wirklich ein … sehr interessantes Problem.«

Sie holte zwei Whiskygläser aus dem Regal, stellte sie auf die Theke, bückte sich, entnahm dem Kühlschrank eine dunkelgrüne Flasche und schenkte mit ruhiger Hand die Gläser zur Hälfte voll, dazu goss sie etwas kaltes Wasser.

»Trink!«

Malo leistete keinerlei Widerstand. Widerstand war sowieso zwecklos, die Frauenwelt würde ihn ohnehin zwangsassimilieren. Er kippte den gelb-milchigen Pastis herunter.

»Ich finde auch, dass ich ein interessantes Problem habe. Aber ich fühle, es nebelt sich gerade ein.«

Blanche lächelte, prostete ihm zu. Bevor es neue Dinge über Schweine und grausamen Sex zu hören gab, wollte sie auch lieber betäubt sein und leerte ihr Glas mit einem Zug. Das Radio verschluckte sich, revoltierte und spie Jacques Brels anklagende Stimme aus. Sie sang vom Vergessen des Vergangenen. Von Missverständnissen, von vergeudeter Zeit und davon, dass die Frage ›Warum?‹ das Glück zerstören kann.

***

»Monsieur Simon!« Concierge Hernand kreischte den Namen seines Mieters genau in der Sekunde heraus, als dieser die Tür zum Innenhof passierte. In grüner Arbeitsjacke und mit Schiebermütze rannte der dürre Mann auf Juste zu, wild fuchtelnd, die Gesichtshaut mit Wutröte überzogen. »So geht das nicht!«

Justes Stolz darüber, aus dem Bett hochgekommen zu sein, einen unheimlichen Vogel vertrieben und den Kopfschmerz verdrängt zu haben, verflog in Sekundenbruchteilen. »Sie können doch nicht einfach Kissen aus dem Fenster werfen! Wo kommen wir denn da hin?«

Justes Schnurrbart zuckte. Er wusste auch nicht, wo man hinkam, wenn man Kissen warf. Vielleicht sollte der Hausmeister lieber Marguerite danach fragen, die wusste es sicherlich. Aber momentan bewirkte Schweigen vermutlich mehr als ein kluger Hinweis oder eine Entschuldigung. Er brummte also nur.

»Der Innenhof ist keine Müllhalde!«

Juste wusste, dass der Innenhof keine Müllhalde war.

»Wir sind ein ordentliches Haus!«

Juste wusste, dass dies ein ordentliches Haus war.

»Hier macht man so etwas nicht!«

Auch das wusste Juste; hier machte man so etwas tatsächlich nicht. Eigentlich hätte Concierge Hernand zufrieden sein können, mit sich, mit dem Mieter und der Welt, doch die Zornesröte in seinem Gesicht verfärbte sich dunkler.

»Ja, sind wir denn hier in Amerika?«

Sie waren nicht in Amerika.

»Zwischen brennenden Mülltonnen und schlechtem Essen?«

Keine Mülltonnen, gutes Essen. Nicht Amerika.

Juste holte Luft – Concierge Hernaud auch.

»Monsieur Simon, glauben Sie etwa, dass man seinen Hausmeister mit Kissen bewerfen darf?«

Er glaubte nicht, dass man generell Hausmeister mit Kissen bewerfen durfte, besonders natürlich Monsieur Hernand nicht. Juste stand still da, gerade und aufrecht. Der Anzug signalisierte Seriosität, die Aktentasche auch, sein Gesichtsausdruck mimte verhaltene Aristokratie. Nichts half. Monsieur Hernand – in grüner Arbeitsjacke – schimpfte infernalisch.

»Ich will keine Kissen im Innenhof!« Die Aussage war eindeutig. »Nie wieder!«

Juste schaute ihn ruhig an. Warum hatte der Concierge Zahlen auf der Stirn? Sie lugten unter der Schiebermütze hervor – blaue Zahlen auf rotem Grund. Harmonisierende Primärfarben und das, obwohl Hernand so ganz und gar nicht harmonisch wirkte.

»Haben Sie mich verstanden?«

Juste antwortete zweckmäßig.

»Ja, ich habe verstanden.«

Warum sahen die Zahlen so aus, als stammten sie vom Display seines Radioweckers? Konnte Hernand die Zahlen nicht fühlen, immerhin loderten sie in schrillen Farben? Was war das nur für ein blaues Leuchten? Augenscheinlich der gleiche Farbstoff wie bei dem unheimlichen Raben. Juste ging einen Schritt auf den Hausmeister zu, Hernand trat einen Schritt zurück – gibt man kein Vertrauen, so erhält man kein Vertrauen. Juste lächelte gewinnend, charmant, sogar einlullend, winkte den Vertrauenslosen wortlos mit dem Zeigefinger heran – ein Lächeln kann umarmen, eine Geste einladen, das Fragezeichen im Gesicht des dürren

Mannes wurde groß, doch er machte den zurückgewichenen Schritt wieder vorwärts, wenngleich auch mit misstrauischer Miene. Juste hob den Daumen, befeuchtete ihn mit Speichel und drückte ihn wischend auf der Stirn des Concierge. Die Schiebermütze fiel nach hinten, die Zahlen aber verschwanden nicht. Langsam sickerte die Tat durch, Monsieur Hernand bäumte sich schreiend auf.

»Sind Sie denn von allen guten Geistern verlassen?«

Mit dem grünen Jackenärmel wischte er den Speichel weg und machte einen Satz nach hinten. Vertrauen war ein verhuschtes Wesen.

»Sie sind ein Verrückter!«

Juste zuckte mit den Schultern. Gestern war er angeblich noch ein Prinzipienreiter gewesen, heute also ein Verrückter. Bedeutete das einen Aufstieg? Er ging an dem Fluchenden vorbei, ließ die Schimpftiraden zum Hintergrund werden. Alles im Leben hatte nur die Bedeutung, die man ihr zugestand. Das Geschrei überzog immer noch den Innenhof, die Straße, den nächsten Häuserblock. Erst, als Juste in die Einmündung zum Hafen einbog, hatte er das Gefühl, Monsieur Hernand nicht mehr zu hören.

***

Die Kühle des anbrechenden Tages hatte es mit sich gebracht, dass kleine Wasserperlen die Tische vor dem Bistro überzogen. Die Nässe lackierte Tische, Stühle und auch die Glastür, die zusammengefaltet den Einlass zur Hälfte begrenzte. Das Bistro erwachte allmählich zum Leben, wusch sich den Schlaf aus den Augen, belebte sich. Vorn am Tresen saßen zwei Männer von der Müllabfuhr mit einer Kanne Kaffee, am Ecktisch las die Frau des Apothekers vor dem Marktbesuch Zeitung und trank dabei ihre obligatorische Tasse Jasmintee. Mémé war noch nicht da, würde aber sicher bald erscheinen. Die Wirtin füllte frische Milch in den Aufschäumbehälter der Kaffeemaschine.

»Salut, Blanche!«

»Bonjour, Juste. Wie immer?« Die Wirtin drehte sich nicht um, sondern war intensiv mit dem blitzblanken Automaten beschäftigt. Düsen, Öffnungen und Einfüllstutzen zischten heißen Dampf aus.

»Nein. Einen doppelten Pastis und ein Baguette mit Rillettes.«

Blanche versteifte, drehte sich langsam um. Ihr Gast legte gerade seine Aktentasche auf den Stuhl neben sich. Über ihre Lesebrille hinweg stellte sie fest, dass er eine dicke rote Beule an der Stirn hatte, übernächtigt aussah und eine mutmaßlich auf schwere körperliche Arbeit zurückzuführende, gebeugte Haltung aufwies.

»Du auch?«

»Wieso? Ich auch?«

Die Stirnbeule zeugte von Wehrhaftigkeit, die Wirtin beugte sich zu ihrem Gast hinüber, schaute ihm tief in das Antlitz.

»Sex?«, flüsterte sie, rückte ihre Frisur gerade, ein helles Hicksen schloss sich an.

»Was?«

»Schweinesex?« Blanche Martin sog ihre Unterlippe ein, so als hätte sie etwas gesagt, das sie nicht sagen wollte, es aber so sehr lastete, dass es herausgesprudelt werden musste, ungeachtet der sittlichen Kosten.

»Geht es dir nicht gut? Was für einen …? Ich bin Buchhalter!«

»Haben Buchhalter so etwas nicht?«

»Nein!«

»Mmmmmhh.« Blanche summte die Antwort. »Das tut gut, Juste!« Sie zog zwei Gläser aus dem Regal und die dunkelgrüne Flasche aus dem Kühlschrank. »So gut!« Beschwingt goss sie beide Gläser halb voll und versetzte das Getränk mit Eiswürfeln. Die Müllmänner vom Eingang brachen auf und die Apothekerfrau blieb hinter ihrer Zeitung verschwunden.

»Ich sehe Zahlen, Blanche.«

Die Wirtin schob die Gläser auf Kurs, ihre Stirn wellte sich in Falten, eine losgelöste Strähne aus dem gebundenen Zopf schob sich über das Gesicht. Abermals beugte sie sich ihm verschwörerisch zu.

»Ist das bei Buchhaltern nicht vollkommen normal?«, wisperte sie.

»Blanche, ich hatte gestern einen schlimmen Tag! Vormittags traf mich die angekündigte Schließung von Kindergarten und Kirche wie ein Keulenschlag, nachmittags habe ich Marguerite beim Seitensprung erwischt, Mamie fand das sogar in Ordnung, abends habe ich Merlin verletzt gefunden, dann sind wir beide überfahren worden, Merlin ist tot und ich sehe seit heute Morgen blaue Zahlen!«

»Merlin ist tot?!«

»Ja!«

»Ach je, ich mochte den kleinen Frechdachs. Er ist wirklich tot?«

»Ja.«

»Überfahren?«

»Unter anderem.«

»Verdammt!«

»Kein gutes Wort, aber es trifft!«

Blanche Martin nahm das Glas Pastis in die Hand, sie bewegte sich unsicher.

»Auf Merlin! Möge er im Himmel sein!« Die widerborstige Strähne wippte nach vorn, Juste erhob ebenfalls das Glas und war unschlüssig, was er von seiner Trinkgesellin halten sollte.

»Auf Merlin!«

Der Pastis rann geschmeidig die Kehle hinunter, ein kräftiger Anisgeschmack und ein bisschen Fenchel breitete sich auf seiner Zunge aus, die kalt-milchige Flüssigkeit sorgte für Entspannung.

»Du hast Glück, mein lieber Stadtbuchhalter.« Blanche lächelte.

»Wieso Glück?«

»Es sind keine roten Zahlen!« Sie gluckste in das Glas und nahm noch ein Schlückchen. Juste ließ die Schultern fallen, rückte den Anzug gerade, in seinen Augen spiegelte sich das Bilanzieren seines Gegenübers.

»Ich glaube, dir fehlt die nötige Reife für die Erörterung meines Problems!«

»Mmmmmhhh«, summte die Pastisgenießerin. »Kannst du das auch auf Latein sagen?«

»Nein! Wie viel von dem Zeug hast du heute schon getrunken?«

»Genug.«

»Du trinkst doch sonst nicht.«

»Es gab einen schweren Notfall.«

»Willst du reden?«

»Nein, ich will trinken.«

»Blanche!« Er drückte das Glas, das sie gerade zum Mund führte, wieder herunter. »Alkohol ist keine Lösung.«

»Er ist doch nicht verboten!«

»Quod non vetat lex, hoc vetat fieri pudor.« – Was das Gesetz nicht verbietet, verbietet der Anstand.

»Siehst du, ich wusste, dass du es kannst. Was heißt das?«

»Trink nicht so viel!«

Die Wirtin beugte sich weit vor, ganz dicht an Juste heran. Nur eine Theke und zwei Zentimeter trennten sie noch.

»Du bist ein Gott, Juste. Ein Gott!«

»*Errare humanum est!*«

»Was?«

»Du hast Recht, Blanche!«

Zwischen einem Prinzipienreiter, einem Verrückten und einem Gott existierte offensichtlich nicht viel Spielraum. Juste fragte sich, welche Rolle wohl am besten zu ihm passte, grübelte, wendete die Sache von der einen Seite zur anderen, kam aber zu keinem sinnbringenden Ergebnis. Bei dieser Gelegenheit mischte sich das Schicksal ein. Es ließ Gott Juste plötzlich etwas erahnen – etwas spüren. Tiefe, dunkle Schwingungen lagen auf seinem Brustkorb, er versuchte das Fühlen einzuordnen; dann erkannte er es wieder; das Flügelflappen des dämonischen Rabenvogels.

Die Gottheit erhob sich mit steinerner Miene, ging ein paar Schritte zum Fenster, suchte den Himmel ab, doch er entdeckte das unheimliche Tier nicht und hörte es auch nicht mehr. Weit und breit nichts zu sehen.

Urplötzlich tauchte der Rabe über dem Hafenbecken auf. Möwen flogen nicht mehr, kein streitendes Gekreische. Der Vogel krächzte seinen gruseligen Ruf. Juste schauderte. Vom Grauen bemächtigt, ging er ein paar Schritte rückwärts, als könnte er damit die Bestimmung abwenden.

Der Rabe krächzte abermals, der Ton rollte über den Hafen. *Thunfisch! Hunger!*

Justes Adamsapfel zitterte, als das Tier näher kam. Ein Direktflug zum Bistro, näher und näher kam der schwarze Dämon, unvermittelt ein Knall. Die Glastür vibrierte. Die Apothekerfrau spuckte den Jasmintee aus, Blanche ließ ihr halb volles Pastisglas fallen, der milchige Schnaps ergoss sich über die Theke.

Juste stierte entsetzt. Dann sah er sie. Direkt auf der Stirn des am Boden liegenden Vogels; blaue Zahlen. Blaue, nunmehr blinkende Zahlen.

»Zahlen! Da-da-da!«, stotterte er und wies mit dem Zeigefinger auf den Vogel. Starre offene Augen, bizarr verdrehte Glieder und blaue, hektische Zahlen. Ein Direktflug gegen eine Glastür war der Gesundheit nicht förderlich.

»Siehst du, Blanche? Siehst du die Zahlen?«

Blanche schaute zum sterbenden Vogel, sah genau hin, umrundete schnell die Theke und hielt sich gegen die Fliehkraft an der Kante des Mahagonis fest.

»Ich sehe nichts!«

»Da. Sie blinken! Du musst sie doch sehen!«

Die Wirtin schärfte den Blick, so gut es ging.

»Da sind keine Zahlen!«

In diesem Augenblick verlosch das blaublinkende Feuer, es roch nach Jasmintee und Anis. Nur den Raben kümmerte das Geschehen nicht mehr. Der Rabe war tot.

Juste Simon stand in der Mitte des Bistros an einem Sommermorgen, kein Lufthauch, keine Regung, die Welt schwankte minimal und er fror, als stünde er an einem kalten Wintertag auf einem gottverlassenen Friedhof in einer Einöde. Vermutlich war er doch nur ein Verrückter, das mit dem Gott wäre auch zu schön gewesen. Eine kleine klamme Wespe, die vom herunterstürzenden Raben begraben worden war, beschlich ebenfalls das Gefühl, dass die Welt eisig kalt war und dass sie soeben einen Friedhof besucht hatte. Schwerfällig setzte sie zum Flug an.

Thunfisch … bsss … Hunger … bsss …

***

Es war Mittag in Arnaud geworden, ohne dass es zu weiteren bemerkenswerten Ereignissen gekommen war. Ein Polizist notierte falsch parkende Autos, einige Müßiggänger flanierten am Hafen und der Himmel verströmte die Fröhlichkeit einer Prostituierten, die tatsächlich Spaß an der Arbeit hatte. Nur zwei kleine Kumuluswolken wiesen vorsorglich daraufhin, dass der Wahn kurz war, die Reue lang.

Nadine Pascal sprang die Stufen des Rathauses hinunter. Der Bau, aus dem sie die Jahreszeiten nur durch das Fenster erlebte, verlor sich schnell hinter ihr, das Gesicht der Sekretärin glühte vor Aufregung. Nadines Arbeitsplatz war zwar grundsätzlich kein Brutkasten kreativer Denkprozesse, doch gestern Nachmittag hatte sie, während sie das langweilige Protokoll des Bauausschusses abtippte, beschlossen, einen mutigen Vorstoß bei Lucien Forest zu wagen. Die Zurechtlegung der ausgeklügelten Strategie, um den Fischer einzufangen, erforderte den gesamten Rest des Nachmittags und war deutlich interessanter als jedes Bauprotokoll dieser Erde.

Schon als sie am Morgen das Büro betrat, hatte sie das Gefühl, dass ihre Strategie aufgehen würde und ein Sieg sicher war. Kollegen und sogar der Pförtner hatten ihre ungewöhnliche Bekleidung sofort bemerkt: Jeans und eine kurzärmelige Shirtjacke mit einem goldenen Reißverschluss waren in der Tat bemerkenswert für jemanden, der sonst nur Rock und Bluse trug. Sie erntete viel Lob. Die Jeans saß so knackig, dass sie jede Rundung ihrer Figur detailgenau ablichtete und männlicher Fantasie kaum Raum ließ. Im Krieg und in der Liebe war es Sitte, jeden Vorteil zu nutzen.

Nadine sah sich die Welt auf dem Weg zum Boot von Lucien an, sie hörte Vogelzwitschern, Wellen, sah den blauen Himmel und die zwei Schäfchenwolken, roch die Sommerluft und das frisch geschnittene Gras aus den Gärten, die Luft war seidenweich und hatte einen eindringlichen Champagnerduft. So schön konnte die Welt sein. So schön, wenn nur der Fokus darauf gerichtet war.

Die Eingebung sagte ihr, dass der heutige Tag vermutlich jener Tag war, der die rosige Zukunft einläutete. Ein neues Leben mit Lucien, vielleicht Heirat, ein paar Kinder irgendwann und einen Golden Retriever im schmucken Vorstadthäuschen mit Glücksgarantie. Liebten Frauen Männer oder nur die unerfüllten Sehnsüchte?

Nadines inneres Bild von einer Leine mit frisch gewaschener Wäsche, die wild im Wind flatterte und spielenden Kindern darunter, erzeugte ein Glücksgefühl, das Flugzeuge im Bauch generierte. Ihr Blick schweifte über den Rasen, auf dem das Bild ruhte, sah das freundliche Licht, die lachenden Kinder und den dicken Hund, der ein Mittagsschläfchen machte. All das könnte sie haben, wenn Lucien ihr sein Herz schenken würde, all das und noch viel mehr. Bei dem ›viel mehr‹ lief ihr ein wohliger Schauer über den Körper. Der kraftvolle Engländer war bestimmt ein guter Liebhaber, ausdauernd und leidenschaftlich, die sonnengebräunte Haut und das halblange schwarze Haar in Verbindung mit einem muskulösen Oberkörper, der von harter Arbeit zeugte, ließen sie seufzen. Nadine wollte diesen Traum leben, einen Traum, der für die Ewigkeit geträumt werden konnte, sofern Lucien nur mitspielte.

Gerüstet mit dem Traum Familienidyll und sexueller Hochleistung flanierte Nadine fröhlich am Bistro vorbei. Tante Blanche war nicht zu sehen, lediglich Mémé legte Karten, die Beine baumelten.

Mit wenigen Schritten erreichte sie das Revier von Lucien. Sein Boot war über einen hölzernen Steg zu erreichen, an dem noch viele andere Fischerboote schaukelten. Im Wasser schwammen ein alter Fahrradreifen, zwei tote Fische, abgerissene Äste und ein Kunststoffbeutel mit dem Aufdruck des Supermarktes Carrefour, der kurz vor Grenelle lag. Eine Möwe beobachtete von einem Pfahl aus die Lage. Als Nadine den Bootssteg betrat, flog sie auf.

»Lucien!« Von weitem winkte Nadine ihrer Sehnsucht zu. Der Fischer im Overall hörte sie nicht, er saß auf dem Kajütenrand und war mit dem Flicken des Netzes beschäftigt. Nadine setzte ihr schönstes Lächeln auf, lief weiter den schmalen Bootssteg entlang, die Holzplanken knarrten.

»Salut, Lucien!« Freudestrahlend stand sie neben dem Boot, nur durch das Wasser getrennt vom Objekt ihrer Begierde, die Blicke verhakten sich ineinander. Der Unterkiefer des Fischers begann eine nichtvorhandene harte Nuss zu mahlen, er blieb stumm.

»Bonjour!« Eine Spur weicher, eine Oktave verwirrter wiederholte sie den Gruß. Der strenge Geruch von Fisch und Seeluft umschmiegte das Hafengebiet, keiner der beiden nahm ihn wahr.

»Nadine!« Er nickte ihr zu, die zermahlene Nuss war gelöst, eine komprimierte Stille entstand. Die Sekretärin schaute zu Boden, Lucien flickte das Netz weiter.

»Willst du Fisch kaufen?«, raunte er ihr zu.

»Nein«, antwortete sie, so fest wie möglich, und nahm allen Mut zusammen. »Ich möchte dich etwas fragen.« Der Fischer unterbrach das Flicken, eine neue harte Nuss hatte den Weg in seinen Mund gefunden.

»Frag!«

»Hast du Lust, mit mir am übernächsten Wochenende nach Grenelle zum Weinfest zu fahren?« Das Ansinnen stand in der Luft, schwebte über dem Boot, fiel herab und donnerte ins Gesicht des Fischers.

»Zum Weinfest?« Luciens Gesicht hatte sich zu einer verhärteten Maske verzogen, er nahm das Netzeflicken wieder auf.

»Ja! Zum Weinfest!«

Die Sekunden spannten sich. Nadines Herz pochte wild und ohne

Unterlass, sie wünschte sich eine Reaktion, jetzt, hier, in diesem Moment. Wann fand er endlich die Worte, die mit ›Ja‹ begannen und mit ›gerne‹ endeten? Warum suchte er?

Der Fischer aber sagte nichts, er warf das Netz zu Boden. Stand auf. Schultern und Oberarme spannten sich. Nadine hatte das Gefühl, dass ein Ja so eingeläutet werden konnte, sie lächelte, die Augen blitzten.

»Nadine. Du bist ein hübsches Mädchen.« Lucien schaute sie an. Das üppige Haar flutete in multiplen übergeschnappten Rottönen, die vollen Lippen, die schlanke Figur, der Fischer hielt den Blick an ihr fest. »Du bist sogar ein sehr hübsches Mädchen.«

Nadine war durchaus bewusst, dass man auf unendliche Möglichkeiten Ja sagen konnte, doch die Spannung wurde jetzt unerträglich, ihr Herz schlug bereits im Hals, die Knie zitterten. Liebe war nichts für Feiglinge. Warum sprach er keine klaren Worte? Wieso Worte? Es musste nur eines sein. Ja!

»Aber das mit uns beiden, das funktioniert nicht.«

Ein langer Satz. Welche Bedeutung hatte er nur? Langsames Erschließen, dann Öffnen, Zugang ertasten. Worte aus Beton. Nadine schluckte.

»Aber … aber …?«

»Es funktioniert nicht.«

»Warum?« Es war schwer genug, danach zu fragen, dessen ungeachtet schoss der weibliche Reflex hervor.

»Weil solche … weil es nur Schwierigkeiten gibt.«

Nadines verwirrter Geist suchte die Antwort darauf, was an ihr Schwierigkeiten machen würde, und was bedeutete überhaupt ›solche‹? Solche was? Solche Püppchen wie sie? Im Körper des Püppchens sammelte sich eine Welle, zog sich kurz zurück, um sich aufzutürmen.

»Lucien Forest! Wenn du glaubst, ich bin nur ein Püppchen, dann hast du dich verdammt noch mal geschnitten«, pustete sie heraus. »Ich kann auch anders. Ich bin nicht jedermanns Püppchen, nur weil man eine Meinung über mich hat, die nicht stimmt. Wenn ich es will, dann kann es funktionieren! Ich kann alles, wenn ich es nur will!«

Die Welle kam unvermutet, zuerst kräuselte sich die Stirn des Fischers, dann erschienen freundliche Augenfalten, bis er endlich herzhaft loslachte. Keine Riesenwelle, nur ein Schwappen. Püppchen blieben

Püppchen, auch wenn sie es nicht wahrhaben wollten. Ein Naturgesetz; auch Möwen blieben Möwen. Oder gab es Möwen, die lieber Adler sein wollten? Oder gar Ex-Möwen, die früher Adler gewesen waren? Der Engländer hielt sich den Bauch, Tränen sickerten aus den Augen, er verschluckte sich und hustete, ein Knopf von der Brusttasche des Overalls hielt dem Lachanfall nicht stand, barst und fiel zu Boden. Ein weiteres Naturgesetz. Was oben war und nicht gehalten wurde, das fiel herunter.

»Du bist unmöglich!« Nadine stampfte mit ihren weißen Bootsschuhen auf. »Was gibt es da zu lachen?« Die Fäuste geballt, das fahle Gesicht verzerrt, selbst damit wirkte sie nicht sonderlich wehrhaft auf den Seemann, der nun noch lauter lachte.

»Hat dich Jeanne so verbittert gemacht?«

Sofort brach das Lachen ab. Er schaute sie auf sonderbare Weise an. Die violetten Augen starrten auf etwas, das nicht sichtbar war, weder auf dem Bootssteg noch überhaupt im Hafengelände, sondern versteckt in der Zeit. Ein kurzer Blick in die Vergangenheit, ein Schlucken, dann kam er zurück zum Gegenwartspüppchen. Lucien drehte sich um, griff etwas vom Kajütenrand.

»Hier!«, brummte die raue Stimme des Fischers und ein Gegenstand flog am Kopf der Sekretärin vorbei, ihre Augen folgten dem Luftstoß. Am Holzpfahl schwang ein Messer mit einer langen Klinge.

»Du willst eine Seemannsbraut werden? Du kannst doch noch nicht einmal einen Fisch töten und ausnehmen!« Aus der Nase entwich hämische Luft in Tateinheit mit dem Klappern eines Metalleimers und einer weiteren heftigen Windbewegung. Nadine erkannte den zweiten fliegenden Gegenstand sofort. Lucien warf tatsächlich einen Fisch nach ihr! Das Schuppentier wirbelte durch die Luft, drehte sich um seine eigene Achse. Sie versuchte, es abzufangen, doch das Meerestier entwickelte eine ungeahnte Flugbahn und prallte erst an ihrer Brust ab. Reflexartig griffen die Hände nach der Beute, die wild zappelte und einen Fluchtweg suchte. Nässe und Glitschigkeit überall. Der Fisch war groß und verfügte über einen starken Überlebenswillen, sich windend knallte der Körper in die überraschte Blässe des Gesichts der menschlichen Kontrahentin. Nadine schrie auf. Von weit her hörte sie das Lachen Luciens. Dann griff sie wütend zu. Der Fisch glupschte aus ihren Händen, zog einen weiten

Bogen und landete im Hafenbecken neben den alten Reifen. Nadine sah ihm ungläubig hinterher, das Tier schwamm benommen im Wasser, die wulstigen Lippen formten ein ›O‹, es schien ebenso erstaunt über die Freiheit zu sein wie Nadine über die Niederlage.

Die verhinderte Seemannsbraut sah auf ihre glitschigen Hände, musterte das durchnässte hellblaue Jäckchen und die knackigen Jeans mit dem feuchtfischigen Muster. Am liebsten hätte sie losgeweint, Reststolz vernichtete diesen Impuls. Lucien hatte nicht aufgehört zu lachen und gerade, als sie sich besah, prustete er noch lauter. Nadine fixierte ihn; sah unwillkürlich die Wäscheleine mit der frisch gewaschenen Wäsche davon fliegen, die herzigen Kinder darunter lösten sich auf und der Golden Retriever lief davon.

»Ich hasse dich!« Gebrüll aus der tiefsten, dunkelsten Seelenecke einer schwer verletzen jungen Frau. Urlaute, die sich vermutlich bis zu den weiblichen Verwandten aus dem Neandertal zurückverfolgen ließen. Und diesmal war die Emotion kein Schwappen, sondern eine richtige Welle, sie hallte durch den Hafen, erfasste die Freizeitboote, die Spaziergänger, fliehende Fische und ergoss sich anschließend im Bistro, in dem Mémé Karten legte und Blanche Servietten zusammenfaltete. Nur in einem Punkt versagte die laute Welle: Nadines brennende Sehnsucht endgültig wegzuspülen. Der Weisheit ist es bekannt: Schreien löscht das Feuer nicht.

***

Die Zeit stand regungslos da, Nadines Schrei hallte sogar noch ohne Ton nach. Im Bistro war Blanche Martin zu einem fleischlichen Denkmal samt Servietten erstarrt, langsam drehte sich der Kopf in Richtung ihres einzigen Gastes.

Blanche stierte Mémé an, Mémé starrte Blanche an.

»Das war Nadine«, sagte Blanche, die sich nach dem Mittagsschläfchen wieder nüchtern fühlte.

»Ja«, sagte die Alte leise und legte die Karten beiseite. Wieder nickte die Zeit ein.

»Ich trinke auch einen Pastis«, unterbrach die Greisin den Nullpunkt.

Blanches Lider bewegten sich, dann bewegte sie sich, mehr aus einem eingeübten Trieb heraus. Trinken bedeutete erst eingießen, eingießen bedeutete Bewegung.

»Woher weißt du, dass ich einen Pastis trinken wollte?«

Mémé hüpfte vom Stuhl, schlurfte zur Theke und bezwang den Barhocker.

»Ich sah es«, flüsterte die Greisin. Ihr Grinsen warf die Frage auf, wie lange der letzte überlebende gelbgraue Zahn noch seinen Dienst verrichten würde. Bald würde das Relikt fallen und eine tiefschwarze Mundhöhle würde jedwedes Lachen verdunkeln. Blanche goss den Pastis zitternd ein.

»Und was siehst du noch?«

»Einen feuerroten Engel.«

»Das ist kein Kunststück«, erwiderte Blanche betont ruhig. »Den sehe ich auch. Siehst du sonst noch etwas?«

»Eine dunkle Wolke über Arnaud.«

»Mémé! Bevor es regnet, sieht man immer dunkle Wolken. Viele davon sogar!«

Die Greisin kicherte, das braune Hängerchenkleid raschelte.

»Aber keine Wolken mit Schwefelgestank«, gluckste sie. Mit dem Zeigefinger verschloss sie ihren Mund und flüsterte mit verschwörerischer Miene weiter. »Und auch keine, die Blut regnen.«

***

Juste hatte die Aktentasche im Büro gelassen, sein Mittagshunger folgte einem noch aufzuwärmenden Ratatouille von Mamie, das im heimischen Kühlschrank stand. Die Erwartung auf eine leichte, leckere Zwischenmahlzeit ließ ihn den Knoten der Krawatte lockern. Justes Kopf schmerzte immer noch, aber die Arbeit hatte den Schmerz ein wenig beiseite gedrängt und er war mittlerweile ein Stückchen von der Ansicht abgerückt, jemals blau leuchtende Zahlen gesehen zu haben.

Vielleicht war alles nur ein Hirngespinst. Einbildung durch emotionalen Stress. Was auch immer, es musste sofort Schluss damit sein. Ein Hausmeister mit blauen Zahlen auf der Stirn sowie ein Rabe mit den gleichen Zahlen, die auch noch blinkten; von solch einem Phänomen hatte er noch nie etwas gehört, also gab es das auch nicht. So viel stand fest. Und: Basta! Nach dem ›Basta!‹ fühlte er sich wohler, standfester, sogar mächtiger.

Die träge Atmosphäre der Mittagsstunde, die geöffneten Fenster und das ›Basta!‹ schafften es, dass dem Mittagsmüßiggänger ein Erleichterungsseufzer entfuhr. Nur noch die Straße überqueren, ein paar Stufen hinauf und das Ratatouille konnte in Angriff genommen werden.

Im Hof hielt sich niemand auf, das war gut so. Kein anstrengender Monsieur Hernand und auch kein redseliger Nachbar, der Geschichten erzählte, die mit den Worten anfingen »Als ich noch ganz klein war …« Glück kam zu denen, die es nicht erwarteten. Juste pfiff fröhlich vor sich hin und sein Schritt war leicht, doch plötzlich klebte er auf dem Fußweg fest.

Der Stadtbuchhalter sah auf seine blank polierten Schuhe, verwundert, dass er nicht weitergehen konnte, doch der rechte Schuh blieb hartnäckig wie am Boden verankert. Er hob das Bein bewusst kraftvoll an.

Der Fuß hob zwar ab, der Schuh aber bewegte sich nur einen knappen Zentimeter in die Höhe, ein unangenehm matschiges Gefühl gesellte sich dazu. Ein zweiter Versuch ergab das Resultat: Zäh klebrige, helle Masse unter der Sohle, ein ausgespucktes Riesenkaugummi inklusive bereits festgerotteten Schleims zog sich vom Boden hoch.

Juste rief sich innerlich zur Ordnung. Fluchen und Schimpfen passten nicht zum Auftreten eines Stadtbuchhalters. Aus der Anzugtasche zog er ein Papiertaschentuch, angewidert rückte er damit dem Übeltäter zu Leibe.

Condemnatum sit! – Es sei zu verachten! Ganz ruhig bleiben! Etwas zu verachten, hieß nicht, es zu verfluchen. Vermutlich war nur einem unschuldigen Kind ein versehentliches Missgeschick passiert. Juste zog und zerrte. Das Kaugummi leistete Widerstand. Als er in einiger Entfernung Schritte hörte, klebte die zähe Masse, die niemand wirklich brauchte, am Daumen. Angewidert schüttelte Juste die Hand, dennoch blieb der unappetitliche Unhold am Däumling kleben. Nach menschlichem Ermessen hätte nun ein Fluch erfolgen müssen, doch nur das Gesicht des Buchhalters bekam eine unnatürliche Farbe.

Die Schritte, die er hörte, waren kurz und kräftig, er kannte diese Stechschritte. Sie kamen in beklemmende Nähe – und stammten eindeutig von Concierge Hernand! In großer Eile wischte Juste den Daumen am

Steinfußboden ab, viele kleine weiße Papierschnipsel ratschten über den Grund, verbanden sich mit der rauen Oberfläche des Bodens und bildeten eine helle Schleifspur. Die kleinen Papierfähnchen flirrten in lauer Luft – ein beinahe romantisches Bild. Ungeachtet der flatternden Papierschnipsel widmete sich Juste dem Schuh, wie von Sinnen kratzte er damit auf dem Boden hin und her. Aus den Augenwinkeln sah er den Hausmeister nahen, der Jetzt-aber-weg-Impuls erwischte ihn.

Juste humpelte zum Treppenaufgang, jeder Schritt knackte. Hatte der Concierge ihn gesehen? Stand er schneller, als er wollte, vor dem jüngsten Gericht? Er hastete die Treppen hoch. Oben angekommen, mit pochendem Herzen, hörte er genau hin. Kein Laut. Kein Schrei. Hatte der kleine Mann die Schleifspur noch nicht entdeckt? Die Stille im Treppenhaus schlug Juste auf den Magen, dieser grummelte und der Darm schloss sich an, doch draußen schrie niemand. Die Inquisition schien knapp an ihm vorbeigeschrammt zu sein. Erleichtert öffnete er die Wohnungstür, trat ein und zog die Schuhe aus.

Der Schutz der eigenen Wohnung erwies sich als wohltuend für seine Gedärme. Zuerst zog er sich Hausschuhe an, anschließend schrubbte er im Badezimmer an seinen Fingern, bis sie einen kreischroten Farbton angenommen hatten. Aus dem Innenhof drang kein Laut. Vermutlich würde der nächste Regen, wann immer er auch kommen mochte, den Papierschnipsel-Kaugummibrei und damit auch das Problem lösen.

Juste ging ins Wohnzimmer – das Ratatouille spielte nach dem Desaster nur noch eine Nebenrolle – zog das Sakko aus und legte es über die Armlehne. Ausruhen, auch wenn es nur für einen kurzen Moment war. Die Stickigkeit im Raum drückte auf die Lunge, im Sonnenlicht tanzten Staubpartikel. Juste öffnete das Fenster weit, unten war – außer der Schleifspur – nichts zu sehen. Hatte Hernand in letzter Sekunde den Kurs gewechselt? Juste legte sich auf das Sofa. Irgendwie verlief sein Leben in letzter Zeit seltsam, den Beginn der unglücklichen Ereignisse bildete Marguerites Kindergarten und seitdem tappte er von einem Ungemach ins nächste.

Im Grunde war er doch unbeugsam, ein gradliniger Mensch mit Grundsätzen, dachte er. Warum ausgerechnet Monsieur Hernand ihn jetzt so aus der Bahn warf, konnte er sich nicht erklären. Heute Morgen hatte er dessen Strafpredigt doch geschmeidig überstanden; vielleicht lag es am Zwischenfall mit dem Raben. Es war wohl einfach mieses Karma, ein schlechter Lauf, vielleicht aber bewertete er auch alles falsch – das Glück des Lebens hing von der Beschaffenheit der Gedanken ab.

Juste ordnete mit dem Verstand seine Gedanken, aber das Einzige, was er erhielt, war ein schmerzender Schädel. Und die Beule am Kopf schien ihren Umfang verdoppelt zu haben. Er sehnte sich nach ein wenig Schlaf, nur ein Viertelstündchen, sein beherrschter Blick glitt durch das Zimmer, ruhte auf den Möbeln, dem Stuhl, dem Hocker. Das Muster auf den Gardinen würde ihn schon einlullen. Aus den Augenwinkeln nahm er wahr, dass der Anrufbeantworter auf dem Schreibtisch blinkte. Er stöhnte. Noch nicht einmal ein bisschen Ruhe. Vielleicht war es Flora oder Marguerite. Etwas Wichtiges. Brauchten sie ihn? Er stand widerwillig auf, drückte den Wiedergabeknopf, erhielt die maschinelle Mitteilung, dass er eine Nachricht erhalten habe, und die Stimme von Mamie ertönte. Mamie schien ein wenig aufgeregt zu sein und im Unterton lag Empörung. Juste merkte auf.

Empörung bei Mamie? Gab es noch mehr Malheur? Er hatte doch gerade beschlossen, dass mit dieser Plage endlich Schluss sei. Sie bat ihn, morgen Abend vorbei zu kommen. Mamie hatte etwas Wichtiges zu besprechen, das sie nicht am Telefon erledigen konnte. Was wollte Mamie nur?

Zeitgleich mit dem Endpiepen des Anrufbeantworters schrie etwas in der Tiefe des Innenhofes. Juste zuckte zusammen. Gerade noch damit beschäftigt, den Grund für Mamies Anruf zu erforschen, zerstoben die Gedanken.

Bei Gott, kam das von Monsieur Hernand? Juste schluckte. Also, so schlimm war die Kaugummischleifspur nun auch wieder nicht! Dieses winzige Häufchen Klebmasse mit zerbröseltem Papier auf einen Meter gezerrt, wen konnte das dermaßen erzürnen?

Beim Allmächtigen, noch ein Schrei. Hernand würde ihn erwischen, das war so sicher wie das Amen in der Kirche, dieser Mann war ein Trüffelschwein für häusliche Vergehen. Aber wie konnte der Concierge überhaupt zwischen ihm und dem Kaugummi eine Verbindung herstellen? Hatte er ihn doch noch gesehen, als er die Stufen hinaufrannte?

Justes Adamsapfel zitterte, er wollte in die Tiefe sehen, hinunter zum Schreihals, verwarf die Regung.

Es war still im Hof. Juste pustete. Danke Herr! Ich liebe dich!

Juste feierte nur einen kurzen, süßen Sieg, dann ertönte ein tiefes, unheimliches Gurgeln. Juste knabberte an seiner Faust. Monsieur Hernand würde diesmal alle Register ziehen, ihm blühte nicht nur ein lausiges Verhör im Innenhof wie heute Morgen. Mitnichten! Vermutlich würde er ihn unter einer Lampe, die grelles Licht absonderte, im Hausmeisterbüro foltern. Juste schwitzte sein Vierundzwanzigstundendeo binnen einer Sekunde aus.

Er musste einfach aus dem Fenster sehen, es ging nicht anders. Ad hoc fiel ihm keine andere Möglichkeit zur Klärung ein, er machte einen Schritt vorwärts, er erreichte das Fenster, krampfte die Finger am Gitter fest und schaute ruckartig nach unten.

Monsieur Hernand erkannte er deutlich. Er lag mittig im Innenhof, auf dem Boden, quer zur Kaugummischleifspur. Die grüne Arbeitsjacke wirkte wie ein längliches Rasenstück inmitten des grausteinigen Wegs. Ein T-Stück aus einem Menschen und einem lang gezogenen Genussmittel. Juste fiepte.

Durch die Wohnung, ins Treppenhaus, die Stufen hinunter – Juste Simon rannte. Dass er keine Schuhe trug, bemerkte er nicht, auch dass er freiwillig zu seinem Folterknecht sauste, nahm er nicht wahr. Der Mensch brauchte offensichtlich Hilfe, trotzdem blieb Juste für einen Augenblick im Türrahmen stehen. Der bessere Teil der Tapferkeit war Vorsicht. Er sah Hernand, die Schiebermütze lag auf dem Gesicht, nach menschlichem Ermessen schien von ihm keine Gefahr auszugehen, aber wer wusste das schon genau. Er ging auf Zehenspitzen weiter vorwärts.

»Monsieur Hernand!«, sagte er leise. Der Gerufene blieb regungslos liegen. Mit der besockten Zehenspitze stieß Juste sanft gegen den Arm von Hernand. Zwei rasche Schritte zurück. Nichts.

»Monsieur Hernand! Ich mache das auch nicht wieder!«, flüsterte Juste. »Bestimmt nicht! Ich weiß, dass man so etwas nicht macht! Dies ist ein ordentliches Haus.«

Trotz der Beteuerung bewegte sich der kleine Hausmeisterkörper keinen Zentimeter. Juste beugte sich herunter, zog sacht die Schiebermütze vom Gesicht. Er schreckte zurück. Unglaublich! Konnte er seinen Augen trauen? Blau blinkende Zahlen. Er biss sich in die Fingerknöchel und winselte.

Es wurde noch schlimmer, das Blinken stolperte, wurde aufgeregter und eindringlicher. Die gleichen Zahlen, die er heute schon einmal gesehen hatte. Juste durchzuckte es; ein verendender Rabe war so etwas Ähnliches wie ein sterbender Hausmeister. Schlagartig begriff Juste, was es mit den Zahlen auf sich hatte, sein Blick bohrte sich entsetzt ins Blink-Crescendo, das plötzlich abbrach.

Monsieur Hernand sah sonderbar blass aus, kein Atem drang mehr aus dem Leib, der Concierge war offensichtlich aus der Menge der Lebenden ausgestiegen. Plötzlich und unerwartet. Juste senkte den Blick, vergrub das Gesicht in den Händen. Blaue Zahlen. Es waren nicht irgendwelche sinnlosen Ziffern, sie zeigten das heutige Datum. Sobald sie blinkten, wurde es ernst. Juste wurde schwindelig. Er ließ die Ungeheuerlichkeit Revue passieren, dann betrachtete er die Angelegenheit vollkommen nüchtern; er konnte offenbar Todestage vorhersehen.

***

Oben, auf dem Fenstergitter, ließ sich eine Wespe nieder. Genau beobachtete sie die Szene im Innenhof. Sie sah Juste Simon, die Polizisten, aufgeregte Menschen und einen Kadaver.

Hunger! Kleinlaut rumorte es im Magen des Insekts. Merlin wollte keine Menschenmengen, keine Polizisten und keinen Kadaver, er interessierte sich nur für Juste. Thunfisch von seinem Lebensretter abzufordern, dazu war er angeflogen und das versuchte er eigentlich schon den ganzen Tag. Merkwürdig schien ihm nur, dass er seit Kurzem beim Thema ›Essen‹ zwar an Thunfisch dachte, doch im Inneren regte sich eine bisher ungekannte Lust auf Süßes, nach Blumen und Nektar. Er schüttelte sich. Vielleicht war es der Stress, der naschhaft machte, vielleicht aber auch die gewonnene Erkenntnis, dass er kein Kater mehr war. Kein kraftvoller, herrlicher, kerniger, knackiger, immergeiler Kater mehr. Er war ein Rabe. Kurzfristig jedenfalls.

Im letzten Augenblick, als er gegen die Glasscheibe donnerte, hatte er sich noch gesehen; als schwarzen, alten, hässlichen Vogel. Tiefer in die Materie hatte er nicht mehr einsteigen können, es knallte und die Dunkelheit zog ihn weit hinab, bevor er ein schneidendes Licht sah. Dann war er davon gebrummt und jetzt saß er hier, auf einem Fenstergitter.

Was war nur geschehen? Merlin ließ die Schultern absacken oder wenigstens das, was er für seine Schultern hielt. Warum konnte er nicht einfach ein Kater sein? Und vor allen Dingen bleiben! Er hätte am liebsten geweint, wenn er gekonnt hätte, doch Tränen gab es nicht in diesem seltsamen Körper, der schon wieder ein anderer war als der eines Raben. Schon wieder andere Gefühle, ein anderer Leib. Verdammt! Hing das Ganze damit zusammen, dass Katzen sieben Leben hatten? Sieben bescheuerte Leben, er hatte die Erzählungen davon bisher immer für Legenden gehalten. Dabei wollte er doch nur ein einziges Leben; das eines Katers, der um die Häuser streicht und Miezen anmacht. Alles schien plötzlich unsortiert und die Fliegerei war einfach merde! Vieles schwirrte um ihn herum, er musste auf Dinge achten, die über ihm flogen und auf welche, die unter ihm segelten, außerdem flog alles kreuz und quer. Mit der ersten Wandlung war seine Manneskarriere im Miezenbereich gänzlich dahin, insbesondere die Chance auf einen Lottogewinn – eine weiße lüsterne Perle. Er hatte noch nie von einer heißen Liebesnacht zwischen einer scharfen Mieze und einem räudigen Raben gehört. Verdammtes Leben! Welches Leben überhaupt? Es war das zweite Leben gewesen. ›Zwei von Sieben‹.

Merlin schüttelte sich, die Augen wurden traurig. Nach dem Fensterknall durfte er nicht einmal mehr ein Vogel sein. Jetzt war er: ›Drei von Sieben‹. Der Körper verfügte über sechs Beine und zwei Fühler, außerdem war er schwarz-gelb geringelt und fliegen konnte er immer noch. Klein und schwarz-gelb geringelt. Wie peinlich! Weiber würden sich kaum nach einem Ringelzwerg in Kotzcurrygelbmetallic-Look verzehren. Häme war ihm gewiss, vor Aufregung wischte er sich mit den ersten beiden Beinen über die Augen. Sechs Beine! Geringelt! Merlins Libido krachte zusammen.

Mit niedergeschlagenem Interesse besah sich Wespe Merlin in der Fensterscheibe, zwei dunkle Augen mit gelben Ausbuchtungen an den Innenrändern. Fühler und eine feste, schwarze Schildplatte.

Aus der Tiefe des Raumes hinter ihm stieg ein großes majestätisches Wesen hoch, es hatte außerordentlich schöne fluoreszierende Flügel. Lautlos und elegant flog es auf. Merlin allerdings hörte die Gefahr nicht. Bevor er sich umdrehen konnte, verbiss sich das große Tier in seinem Nacken, der kräftige Kiefer bohrte sich in den Panzer. Merlin durchzuckte kein Schmerz. Als Kater hätte ihn eine entsetzliche Woge der Qual erwischt. Jetzt wand er sich, drehte sich, schlug mit den Flügeln, summte – nichts half. Der Panzer brach, knirschte, er wurde zu einer kotzcurrygelben Speise für eine Libelle. »Hilfe!«, schrie der Sinn, Merlin zappelte das brutale Spiel des Todes. Das Zerbrechen des Körpers in mundgerechte Häppchen verursachte Vibrationen der Widerlichkeit. So lange er als Kater gelebt hatte, waren Libellen für ihn das Sinnbild von fliegenden Chips gewesen und jetzt war er plötzlich selbst zu einem Häppchen mutiert. Merlins Bewusstsein versank im gleichen Moment, in dem das biologische Wunder einer Träne aus seinen gelbgeränderten Ausbuchtungen hervorquoll. Das Leben ›Drei von Sieben‹ verlosch knackend und brechend im Lichte des Nachmittags.

Die Facettenaugen der Libelle dagegen glühten vor Aufregung, machte sie doch reiche Beute. Fett, drall und appetitlich. Aber etwas war neu, die Libelle hickste ein Verdauungsbäuerchen, sie fühlte sich plötzlich anders, übervoll und seltsam doppelt. Behäbig flog sie ein paar Zentimeter höher, hinauf an die Fensterscheibe. Stieß gegen das Glas, nochmals und nochmals, bis sie benommen auf dem Rahmen landete. Die Facettenaugen rollten hin und her. Was war nur geschehen? Hunger setzte ein, der übermächtige Trieb, einen Riesenfisch zu töten. Dabei vertilgte sie gar kein Meeresgetier. Die Libelle schaute in das Fensterglas. Ein dunkel-blau-grüner, schlanker Körper mit Flügeln, die grünlich schillerten und mit einem schwarzen Band versehen waren. Es war alles in Ordnung. »Heiße Muschis!«, schoss es der Libelle durch den Kopf. Ihre Mimik zerknautschte.

Wo war jetzt ein Luder mit weißem Fell zu finden? Die Facettenaugen des Flügeltieres kamen nicht zum Stillstand, beinahe wären sie aus ihren Höhlen gesprungen. Der ankommende Geist rief dem schwindenden zu: »Verflixte Schweinerei! – ›Vier von Sieben‹!«

***

Kein Ausweg. Kein Entrinnen. Die kalte, schweißige Hand schob sich die Wade hinauf. Sekunde für Sekunde kroch sie höher. Nadine Pascal hatte sich im Anschluss an die Mittagspausenkatastrophe umgezogen, die durchnässte Bekleidung gegen Rock, Bluse, Pumps und Nylons ausgetauscht. Und jetzt fühlte sie die Hand durch die seidenzarten Strümpfe mit dem knappsten Denier, die es in Arnaud zu kaufen gab. Ein feinfühliges Nichts, das ein kleines Vermögen gekostet hatte. Ein Kauf, den sie nun bereute.

Noch beim ersten Auftreffen der Hand hatte sie vermutet, dass es sich um ein Versehen handelte, eine kurze Berührung ohne Ziel, eine flüchtige Begegnung höherer Gewalt. Doch die Hand kannte das Ziel genau. Nadine erstarrte. Im Kopf ein Brausen. Der geschlossene Vorhang wehte leicht, das gekippte Fenster dahinter ließ blumige Sommerluft herein.

Bürgermeister Lavals Teakholzschreibtisch beinhaltete die Karten für die Krankmeldungen des Personals, in der unteren staubtrockenen Schublade harrten sie auf ihren Einsatz. Ganz hinten, ganz unten in der knarrenden Schicksalslade. Bücken musste man sich, um die Karten zu entnehmen. Bücken für Formulare. Zufall oder mochte Laval es gern, das eine Frau sich vor ihm bücken musste? Liebte er das Spiel der Unterwerfung? Fühlte er sich dann besser?

Jede Krankmeldungskarte für Maladen des Personals mussten mit der Unterschrift vom Bürgermeister versehen werden. Dem Stadtbuchhalter Simon war schwindelig geworden in der Mittagspause, heute würde er nicht wieder erscheinen – eine ausgefüllte Karte für den Schwindel. Die eklige Hand kroch höher, Nadine war jetzt auch schwindelig. Keine Karte für Frauenleid.

Die Nässe der Pranke hatte sich auf dem Weg nach oben verloren, kalt und trocken erreichte sie den Rocksaum. Nadine schluckte. Laval hustete. Er bellte hündisch, tief und rau, wie einem Albtraum entsprungen, aber dies war kein Traum. Die Hand krallte sich im Schenkelfleisch fest. Laval ließ nicht los – so eine Beute ließ man nicht los. Feste, dick-fleischige Finger auf zarter Haut, unterlegt mit ekelhaft abgehustetem Schleim aus den Bronchien. Laval litt auch unter Diabetes, die war wenigstens leise. Gab ein solches Bellen keinen anständigen Tod her oder wollte die Hölle noch etwas Ruhe haben?

Wer gut durchs Leben kommen will, sollte bewusst die eigene Fähigkeit fördern, sich im passenden Moment zu fügen. Nadines Körper versuchte, davon zu fliegen, die Seele wollte wehklagen, doch der Geist nagte an der Antwort. War dies der Zeitpunkt, sich zu fügen? »Bitte! Bitte! Nein!«, sagte der Geist, während die Hand den Rand des schwarzen Seidenslips erreichte. Wo war Hilfe? Konnte nicht ein Wunder vom Himmel fallen? Es ging alles so schnell, sie brauchte Zeit zum Überlegen, nur einen kleinen Aufschub, Zeit, einen Ausweg zu finden. Zeit für Flucht. Was tat eine Seemannsbraut in einer solchen Lage? Laval zerrte am Slip, riss ihn herunter. Behäbig zog er sich vom Schreibtisch hoch und stellte sich schnaufend hinter sie. Noch verharrte sie im Puppenstadium, keine Regungen erreichten die Außenwelt, der Seidenkokon blieb intakt. Seide leistet keinen Widerstand, doch wird sie fest verwoben, ist sie kälter als eine Männerhand.

***

Malo lief die knarrenden Holzstufen des Rathauses hinunter. Der Handlauf, der durch die Jahrzehnte glatt und geschmeidig geworden war, flog durch seine Hand. Feierabend – er roch schon den Rotwein. Mit ein wenig Glück hatte Bernadette etwas Feines für ihn zubereitet, dachte er noch, bevor er plötzlich auf der letzten Stufe stehen blieb. Hoffentlich wollte sie nicht das, was er heute Morgen schon nicht wollte, gleich wieder, denn das vom Morgen wäre jetzt am Abend noch viel anstrengender. Er wünschte sich einfach nur einen trockenen Rotwein, vielleicht etwas geschmortes Kalbfleisch und, sofern Bernadette gut bei Laune war, zum Abschluss noch einen süffigen Pommeau. Liebe ging durch den Magen, manchmal rann sie durch den Magen, der Apfellikör konnte so manche Defizite ausgleichen. Malo schluckte unwillkürlich. Wie viel Pommeau brauchte eigentlich seine Ehe? Er starrte den Handlauf an. Das geschmeidige Ende war zu einer Schnecke geschnitzt worden, noch nie zuvor war ihm das aufgefallen. Malo betrachtete das verdrehte Getier.

Vermutlich sah sein Feierabend anders aus. Rotwein ja und dazu irgendetwas Seelenloses aus dem Supermarkt, etwas, das vorher ein Eisblock oder zu Staub zerfallen war und mit heißem Wasser wiederbelebt werden musste. Bernadette kochte in letzter Zeit nicht mehr so oft. Meistens lag sie auf dem Sofa, las, sah fern und futterte Dinge aus Schachteln oder Tüten. Irgendwann war sie anders geworden. Nur wenig erinnerte an die Frau, die er einstmals geheiratet hatte. Klein, blond und nicht zu dünn – das passte damals, heute würde es auch noch passen, dann aber waren zwanzig Jahre Leben hinzugekommen. Grausträhniges Haar, der bewegungshassende Körper in schwere Falten gelegt und ein Gesicht, das nicht mehr madonnenhaft strahlte, sondern nur noch verquollen aussah. Die Unglücke des Lebens allein hätten ihn nicht gestört, nicht so sehr jedenfalls. Alt wurde man schließlich gemeinsam, hässlich auch und Veränderungen gab es in jedem Eheleben. Aber Bernadette war all ihr Lachen und jede Fröhlichkeit verloren gegangen. Vielleicht lag es daran, dass sie keine Kinder hatten. Aber andere Paare konnten doch auch ohne Kinder lachen, freundlich leben und sanft lieben. Bernadette konnte das nicht.

Die Schnecke des Handlaufs zog ihn an, mit dem Finger fuhr er die Linien nach, von außen in den immer kleiner werdenden Kreis. Die Spirale endete innen nicht, sie zog am kleinsten Punkt eine Kehre, die den folgenden Finger wieder aus der Spirale führte.

Die Aussicht auf Rotwein war immerhin verlockend. Malo ging die letzte Stufe hinunter, seine dunklen Locken wippten störrisch. Heute hatte er die Mittagspause im Büro verbracht. Normalerweise ging er zu Bernadette heim. Sein Körper hatte heute nicht gewollt, dieser Körper war aufgestanden, hatte sich bereit gemacht und wieder hingesetzt. Malo hatte überlegt, war erneut aufgestanden und hatte sich abermals gesetzt. Er wünschte sich in jenem Moment Ruhe und Frieden. Man sollte doch meinen, dass der feste Vorsatz, nach Hause zu gehen, mehr zählte als der Wunsch nach Ruhe. Am Ende hatte der Ruhewunsch gesiegt, Malo hatte den Notvorrat an vertrockneten Keksen gegessen und vom Bürostuhl aus auf das gegenüberliegende Haus gestarrt. Der Blick zum Gebäude vis-à-vis und die Leere im Kopf hatten ihm keine neuen Erkenntnisse über die häusliche Pausenverweigerung gebracht. Wie sollten sie auch? Ein Haus war nur ein Haus und er war nur ein Mann ohne Heimgang. Nicht mehr und nicht weniger. Ob Bernadette das auch so sah?

Und jetzt? Jetzt war er ein Mann, der die letzte Treppenstufe gegangen war und der Feierabend hatte, der sich wie gewöhnlich auf den Heimweg machen sollte. Malo ging einen Schritt weiter, der Schritt brannte. Er ging ihn zurück und hielt sich wieder am Geländer fest. Was war nur los? Die Beine zitterten.

Schluchzen! Wieso schluchzen? Malo hörte ein Wehklagen, das ebenso schnell erstarb, wie es gekommen war. Der Stadtangestellte war so sehr mit seinem Problem beschäftigt, dass er ein Schluchzen nicht gebrauchen konnte. Wieso zitterten seine Beine immer noch? Erneutes Jammern platzte laut zwischen die zitternden Beine, das Geräusch kam offenbar aus dem seitlichen Flur, der zum Bürgermeisterzimmer führte. Malo seufzte.

Der Flur war leer, vermutlich litt er unter einer Fata Morgana der Ohren. Dennoch ging er in die Richtung des dunklen Schlauchs. Vorsichtig beobachtete er sich, die Schritte brannten nicht, die Beine gehorchten, er ging ganz einfach; ein Fuß vor den anderen ohne schlotternde Knie. Was für eine Leichtigkeit! Funktionierende Beine! Wenn nur nicht dieser wiederkehrende Klagelaut wäre, der kräftiger wurde, je näher er kam. Der Ton klang eindeutig weiblich und war keine Fata Morgana. Malo blieb vor der Toilette stehen. Vor der Damentoilette.

»Hallo!«, rief er und klopfte an die Tür. Niemand meldete sich. »Ist da jemand?« Es war ganz bestimmt jemand da, letztlich war es einfältig, danach zu fragen, denn er hörte menschliche Laute von einem doppelten X-Chromosom. Er schalt sich; warum kümmere ich mich darum? Hatte ein anständiges Doppel-X nicht ein Anrecht auf jämmerliches Flennen? Wie auf Kommando heulte es höher. Rotz und Wasser auf dem Rathausklo. Malo verdrehte die Augen. Er wusste, dass das Öffnen von Damentoilettentüren mit sehr hoher Wahrscheinlichkeit zu Geschrei und Missverständnissen führen würde. So sehr er die Frauenwelt auch schätzte, zarte Evas konnten beim Eindringen in ihre Gemächer zu Hyänen werden. Trotzdem drückte er die Türklinke herunter und lugte vorsichtig in das Frauenzimmer. Keine Hyäne zu sehen. Auch nichts anderes, das bösartig war und beißen konnte.

»Alles gut?« Nichts, auch das Schluchzen antwortete nicht, die Krux im Leben war immer die Entscheidung zwischen Gehen oder Bleiben. Malo rieb sich zwar unentschlossen das Kinn, aber er blieb.

»Ich komme jetzt herein.« Die Tür gab ein quietschendes Geräusch von sich, das Mark erschütterte. Etwas mehr Diskretion hätte er sich gewünscht, vermutlich würden sich nun alle beißwütigen Weiber des Hauses versammeln, um ihn in der Damentoilette zu malträtieren. Dessen ungeachtet ging er weiter.

»Ich bin es. Malo Duc. Alles in Ordnung hier?«

Er spähte um die Ecke. Drei Kabinen, alle drei geschlossen. Malo fragte sich, womit er das verdient hatte. Die Antwort darauf kannte er:

Das Spermium seines Vaters war nicht auf der heimischen Bettdecke gelandet, sondern zielgenau dort, wo es das Geschenk des Lebens produzierte. Und jetzt hatte er Ärger am Hals, nur weil sein Vater ein Mal Spaß gehabt hatte, das Leben konnte so ungerecht sein. Hatte seine Mutter eigentlich auch Spaß gehabt? Manche Fragen sollte man sich nicht stellen, er wischte dieses entwürdigende Bild seiner sexelnden Eltern aus dem Kopf. Eltern taten so etwas nicht, sie waren Eltern. Etwas Erhabenes, das Kinder erzog, aber nichts übereinander herfallendes Brünftiges. Malo entschied, dass, wenn überhaupt, nur einer Spaß gehabt haben konnte: sein Vater. Er war schließlich als Mann der Mensch mit dem Trieb-Gen.

Nachdem die Grundlage für das Lokusproblem gelöst war, öffnete er schüchtern die leichtgängige Tür der ersten Kabine. Diese Kabine war leer, die erste Niete. Aber immerhin brachte sie die Erkenntnis, dass es in der Toilette der Schöpfungskrone genau so roch wie auf den Männerklos. Gleichheit hatte ein scharfes Bukett.

»Wo sind Sie?« Die Frage verhallte, angesichts zweier Restkabinen lag die Antwort nahe – in einer der beiden. Mutig griff Malo nach der nächsten Türklinke, mannhaft drückte er sie herunter, vorbereitet auf irgendetwas, das ihn anspringen und vernichten würde. Die Tür maßte sich an, eine Art erbrechenden Ton von sich zu geben – es klang mehr wie eine Grabesöffnung als eine Kabinenerforschung. Und darin: die zweite Niete, die gleiche würzige Luft. Nur ein zartes Wimmern meldete sich.

An die dritte Tür, an den Jackpot, klopfte er.

»Ich komme jetzt herein.« Das tat Malo dann auch. »Jetzt!«, rief er noch. Sofort erkannte er das Problem, seine Stirn kräuselte sich. »Nadinchen!?«

Zusammengekauert hockte Nadine auf dem gekachelten Fußboden, in der hintersten Ecke der Kabine, eingeklemmt zwischen Becken und Wand. Ein Konzentrat des Kummers. Malo schluckte. »Hübsche!«, sagte er sanft. »Was ist denn passiert?«

Das Gesicht der rothaarigen Schönheit glänzte verheult, die Haare hingen schlaff herab und der Anblick der Bekleidung war verheerend: die Bluse notdürftig zugeknöpft, die Nylons mit einem Delta von Laufmaschen versehen und der Schlitz am Rock zerrissen. Malo bekam mehr zu sehen, als ihm lieb war. Nadine weinte.

»Wer war das?« Er kniete sich neben das weinende Knäuel, ungelenk streichelte er ihr über die zerstörte Frisur. Nadine wimmerte.

»Laval, nicht wahr? Ich könnte ihn umbringen!« Die junge Frau schwieg, klammerte sich an Malo und zog ihn dichter an sich. Er nahm sie in den Arm, wiegte sie ganz sacht. Trösten ohne Worte. Eine Weile hockten sie nebeneinander, eng umschlungen, sprachlos und voller Entsetzen. Die stille Duldung einer Unerträglichkeit. Ein Moment ohne Erwartungen an den Anderen, ohne Forderungen, reduziert auf das, was ein Mensch am meisten brauchte: Zuwendung und Schutz.

»Alles wird gut«, flüsterte Malo. »Alles wird gut, irgendwann.«

Wie viel Zeit vergangen war, wusste er nicht. Er spürte sich wieder. Der Gestank der Örtlichkeit biss den Verstand wach, die Zeit lebte auf.

»Ich bringe dich nach Hause.« Nadine nickte, wischte über die verweinten Augen.

»Und ich rufe Blanche an.«

»Nein!« Nadine schüttelte den Kopf und sank in den Schutzarm zurück. »Nicht Tante Blanche. Keiner soll mich so sehen!«

»Nadine!«

»NEIN!« Sie machte eine Pause und auch Malo sagte nichts. »Kannst du nicht heute Abend bei mir bleiben?«

»Das geht nicht.«

»Bitte!«

»Bernadette wartet.«

»Bitte, bitte, bitte. Nur heute Nacht.«

Malo blieb ihr die Antwort schuldig, sich selbst ebenfalls. Er zögerte die Entscheidung bis zuletzt hinaus. Selbst als er Nadine ins Bett gebracht hatte und sie ihn anflehte, doch noch zu bleiben, antwortete er nicht. Lange saß er auf dem Sofa vor dem Schlafzimmer, das er bewachte. Er wog ab, ob er gehen sollte oder nicht, und er ahnte, abzuwägen war die Suche nach einer Begründung für die bereits getroffene Entscheidung.

***

Kapitel 4

Das Rosenfenster der Sainte-Catherine musste morgens einen kurzen, aber kräftigen Regenschauer erdulden, auch einige Windattacken und nun wirkte es frisch schamponiert und bereit für Dramen und Exzesse. Vermutlich würde es aber nur ein langweiliger Donnerstag im Juli werden mit der Aussicht auf tägliches Einerlei. Hätte das Fenster gähnen können, so hätte es das bestimmt getan.

Mit dem Frühgottesdienst schon hatte das Einerlei begonnen; gleich würde die Haushälterin Madame Dubois – wie immer mit einer leeren Einkaufstasche – erscheinen. Kurz nach dem Betreten der Kirche durch den Hintereingang würde sie geschäftig herabgefallene Blütenblätter aufsammeln, die Bibeln ordnen und einen Blick in verstaubte Ecken werfen. Erst nach diesem Ritual legte sie die Wachseinkaufstasche beiseite, um dann endlich ihr grausam gepunktetes Kopftuch abzunehmen.

Abbé Noël war dabei, Papiere auf der Kanzel zu sortieren, das Rosenfenster sah ihm gelangweilt zu. Selbst die Blumen auf der Empore und am Seiteneingang schlafften vor sich hin, dennoch hatten sie bisher kein einziges Blatt verloren. Madame Dubois' Beschäftigung würde heute Morgen vermutlich einen Knick im Arbeitsablauf bekommen. Ob der hölzerne Jesus am Kreuz, der ebenfalls wie welk herunterhing, das wohl zulassen würde?

Abbé Noël arbeitete unkonzentriert, der Mann im schwarzen Kleid strich sich über die Stirn, der Blick wanderte unruhig durch das Schiff der Sainte-Catherine. Sein Mädchen war friedlich. Warum nur gab es böse Menschen, die ihr etwas antun wollten? Die giftgrünen Augen des Geistlichen loderten, dann senkte er den Blick, um sich wieder den Papieren zuzuwenden. Vermutlich würde heute absolut nichts geschehen, dachte der Abbé; kein Schwager von Laval und kein gar nichts würde die Sainte-Catherine begutachten, er hatte schließlich die ganze Nacht über zum Herrn und seinem Sohn gebetet. Der Allmächtige war groß, allwissend, gütig und weise. Deswegen wähnte der Geistliche sich in Sicherheit, schließlich hatte er all sein rhetorisches Geschick in die

Gebete gesetzt, um den Beistand des Einen zu erlangen. Für diese Nacht voller Seligkeit, da gab er alles hin.

Sainte-Catherines Ruhe lullte ihn ein. Das Schicksal der Kirche in der Hand Gottes. Dort war es gut aufgehoben, es würde dämmern, gleich einem dösenden Schaf auf grüner Aue – nur Gutes käme über die Sainte-Catherine und er selbst könnte im Hause des Herrn bleiben für immerdar. Soweit der Plan.

Die Seiteneingangstür knallte gegen die marode Kirchenwand, hereinbrechendes Morgenlicht durchschnitt den Kirchenraum. Der Geistliche zuckte. Nur schemenhaft erkannte er die Umrisse einer weiblichen Person, die sich schnell näherte.

»Abbé!«

Der Geistliche kniff die Augen zusammen. Madame Dubois. Offensichtlich in einem aufgeregten Zustand, das Gesichtsspiel zeigte emotionale Unbeherrschtheit. Ohne Bibeln zu ordnen, und ohne sondierenden Blick pfefferte sie ihre Wachstasche auf den Emporentisch. Feindlicher Staub wirbelte hoch, der Haushälterin war das augenscheinlich einerlei.

»Madame Dubois!«

»Sie sind da!«

»Wer?«

»Die räudigen Gesellen Lavals!«

»Das kann nicht sein. Gott lässt das nicht zu.«

»Gott vielleicht nicht, aber Laval schon.«

Das Rosenfenster funkelte – endlich rege Aufruhr, endlich Aussicht auf Taten. Der Einheitsbrei wandelte sich abrupt zu einer munteren Mischung, eventuell sogar zu einem feurig pikanten Potpourri. Am liebsten hätte es aufgeregt mit den Füßen getrappelt, wenn es Füße gehabt hätte.

»Nein. Das kann nicht sein.«

»Oh, doch!«

Madame Dubois zerrte an ihrem gepunkteten Kopftuch, bekam den Knoten unter dem Kinn nicht auf und riss das Tuch ohne Knotenöffnung herunter. Das außerordentlich hässliche Kleidungsstück landete auf der Wachstasche.

»Ta-Ta-Ta.«

Die Haushälterin blickte verstört. Ein ›Ta-Ta-Ta‹ von einem studierten Geistlichen?

»Wie bitte?«

»Reden Sie nicht so einen Unfug. Gott liebt zwar Schafe, aber nicht das dusselige Blöken.«

Madame Dubois stemmte die Arme in die Hüften.

»Was!? Was soll das denn heißen? Bin ich etwa ein Schaf? Also, das ist ja … Na, dann schauen Sie mal zur Tür heraus. Gott macht heute wohl keine Überstunden.«

Abbé Noël stockte, stürmte dann allerdings durch die Kirche, hin zum Haupteingang. Die Kutte flog förmlich durch den Gang. Mit einem Ruck riss er das Fenster in der schweren Eichentür auf. Schon beim flüchtigen Erhaschen der Umgebung senkten sich die Schultern des Geistlichen, er drückte das Fenster zu und zog unter dem Ornat einen Schlüssel hervor.

»Tatsächlich Lavals Gesellen!« Der Abbé verschloss die Tür.

»Hab' ich ja gesagt.«

»Und ein Möbelwagen.«

Die Haushälterin hechelte vor Aufregung.

»Ein Möbelwagen?«

»Das Hurenhaus bekommt anscheinend eine Küche geliefert.«

Madame Dubois war sich nicht sicher, ob sie richtig gehört hatte. In ihrer Welt brauchten Hurenhäuser vordringlich Betten.

»Eine Küche?«

»Ja.«

»Bei Gott, was für eine Schweinerei macht man denn darin?«

Der Abbé drehte sich um.

»Ich vermute: kochen.« Die Blicke kreuzten sich – Unverstehen auf beiden Seiten.

»Jesus, Maria und Josef … !« Madame Dubois bekreuzigte sich. »Der Herr steh' uns bei!«

Am Anfang schuf Gott Himmel und Erde und aus dem Chaos sprach er »Es werde Licht!«, und das, obwohl ihm niemand zuhörte. Die Angewohnheit der Menschen, mit sich selbst zu reden, kann also eine Ahnenkette aufweisen, die bis zum Beginn der Genese zurückreicht. Abbé Noël flüsterte sich so leise zu, dass seine Haushälterin keine Chance zum Mithören hatte.

»Oh Gott, was mache ich nur? Was tue ich jetzt?« Er knabberte an der Unterlippe. Die Türklinke wurde heruntergedrückt.

»Sie kommen!«, schrie ihn Madame Dubois an.

»Herrgottnochmal!« Abbé Noël hielt sich das Ohr.

»Wir werden überrannt!«

»Ruhe jetzt, Weib! Kein Blöken!«

»Ich blöke nicht und ich bin kein Schaf!« Die Blökerin empörte sich noch lauter.

»Das will ich hoffen«, antwortete der Geistliche mit diabolischem Grinsen, »denn Schafe werden früher oder später geschlachtet.«

Eine weitere Türklinkenattacke unterbrach das verbale Gemetzel. Die beiden starrten auf den Griff, als wäre er ein Schaf, das ausgeblökt hatte und mit herausquellenden Gedärmen dalag. Kurzerhand riss der Geistliche das Fenster auf.

»Wir haben geschlossen!«

Das Fenster knallte zu.

Nur ein paar Sekunden der Ruhe, dann klopfte es an der Tür. Dumpf forderte die Stimme auf der anderen Seite Einlass.

»Nichts werden wir tun. Wir werden nicht öffnen. Wir machen einfach gar nichts«, flüsterte der Abbé und Madame Dubois nickte, diesmal waren ihre Sinne geschärft.

Die Stille, die sie umgab, wirkte angsteinflößend, intensiv und verursachte ein flaues Gefühl im Magen. In die Geräuschlosigkeit hinein brach ein Laut aus der Seitengasse. Sofort erfasste der Abbé die Lage.

»Ist die Seitentür geschlossen?«

Madame Dubois erbebte.

»Oh, Gott!«, schrie sie und rannte los, dabei entwickelte sie ungeahnte Sprintgeschwindigkeit. Ein bedeutungsvoller Einsatz für die Revolution. Bevor die Stimmen die Hintertür erreichten, kam Madame Dubois dort an, warf sich gegen den Eingang und sperrte ab. Die Werke des Herrn sind unergründlich und manchmal werden sie durch eine ältliche Haushälterin mit überraschend sportiven Fähigkeiten verrichtet.

»Ich habe das Gefühl, sie werden es schaffen, hier einzudringen.« Madame Dubois schob den Querriegel über die Tür, die nunmehr eher einem Bollwerk als einer Kirchenhintertür glich. Fäuste schlugen gegen die Tür.

»Sie werden gehen. Bestimmt. Ich habe die ganze Nacht mit dem Herrn darüber gesprochen.« Der Abbé rieb sich die Denkerstirn. Die Ruhe glich der Ruhe im Auge des Sturms.

»Ach, ja!?«, sagte die Haushälterin spitz. »Mit ihm gesprochen? Was hat er denn so gesagt?«

»Madame Dubois …«

Es hämmerte. Der Lärm unterbrach die anstehende Schelte über einen nicht allzufesten Glauben an die Zuverlässigkeit des Grundgütigen. Metall auf Metall. Metall auf Stein. Der Krach kam vom Hauptportal. Die beiden suchten das drohende Unheil, das Gehämmer näherte sich vom bodentiefen Seitenfenster.

»Sie dringen über das Fenster ein!«, rief Madame Dubois.

Die grünen Augen des Abbé standen in Flammen.

»Das ist ja ungeheuerlich!«

Dort, wo er Stunde um Stunde gebetet hatte, neben den Seitenfenstern, direkt unter dem gekreuzigten Jesus. Ausgerechnet dort! Warum half der Herr nicht? Warum tat er gar nichts? Der Herr hörte seinem besten Hirten offensichtlich nicht zu. Was für eine Bodenlosigkeit!

Das Klopfen wurde noch lauter.

»So geht das nicht weiter!« Abbé Noël faltete die Hände, murmelte lateinische Sätze, ging mit festem Schritt zum Gebetsplatz.

»Sie werden jetzt doch nicht beten? Ich meine, man muss doch etwas Sinnvolles tun. Egal was, aber doch nicht so etwas Nutzloses!« Madame Dubois Stimme schwankte zwischen Entsetzen und Ohnmacht. Sie überlegte einen Moment, dann lief sie zum Aufgang des Glockenturms.

Der Geistliche hatte indes den hölzernen Jesus erreicht. »Ich habe gebetet, gebetet und gebetet. Und jetzt?« Das Hämmern untermalte seine Worte. »Wann hilfst du mir, Herr? Es wird Zeit!« Der Geistliche nestelte unter seinem Ornat und holte eine kleine Schachtel Streichhölzer hervor.

»Warum hörst du mir nicht zu? War ich nicht immer ein guter Hirte?« Er öffnete die Packung. Viele rotköpfige Stifte strahlten ihn an. »Eine ganze Nacht sprach ich mit dir! Eine lange Nacht! Ich habe entzündete Augen und bin todmüde.« Er zündete ein Streichholz an. Zwischen dem Sohn Gottes und ihm entwickelte sich ein geheimes Band der Spannung. »Ich kann das nicht dulden. Zuhören und helfen ist deine Aufgabe!« Die Flamme des Zündhölzchens sog Luft. Das Hämmern nahm bedrohliche

Ausmaße an. »Ich brauche dich!«, rief der Abbé und hielt das mit heller Flamme brennende Streichholz unter den Zeh des Hölzernen. Der Zeh kokelte an, das Feuer umschlang ihn, die Qual des am Kreuze Hängenden lebte auf. Der Abbé zog das Streichholz fort und sein Geist rechtfertigte sich – dem Wunsch deutlich Nachdruck zu verleihen, war gutes und zielorientiertes Handeln. Er pustete die Flamme aus, bevor sie auch noch seine Finger verbrennen konnte.

Plötzlich war kein Hämmern mehr zu hören. Doch trotz der Ruhe wurde es schlimmer. Das Fenster bewegte sich.

»Ich brauche Hilfe!« Ein weiteres Hölzchen zündete. »Jetzt!«, brüllte er den Sohn des Herrn an und hielt zitternd die Flamme unter den Fuß. Zeitgleich erreichte Madame die Öffnung im Glockenturm.

»Mörder!«, brüllte sie über den kleinen Platz, ihre Stimme erreichte die umliegenden Gebäude. Gardinen wurden beiseitegeschoben, Fenster geöffnet. »Sie wollen den Abbé schlachten!«

Ob Gott eine solche Lüge gutheißen würde, war zwar zweifelhaft, aber in Anbetracht der Situation, dass seinem Sohn gerade der zweite Zeh verkokelt wurde, ging dieses Vorgehen sicher als Notlüge durch, wenn Madame Dubois eines Tages vor ihm stünde.

»Hilfeee!«, schrie sie erneut, »Schlächter!«

Die beiden Möbelpacker, die gerade dabei waren, einen sündigen Herd anstelle eines Bettes abzuladen, stellten das noch in Pappe verpackte Elektrogerät auf den Boden. Der größere der beiden schob seine Mütze nach hinten und wischte sich die Stirn, er zeigte auf den Turm und zu den Männern am Eingang. Sein Kollege nickte, die beiden Männer schritten in aller Ruhe auf die Christenmörder zu. Ganz gemächlich, sich ihrer Kraft bewusst. Die Hundertkilopakete erreichten das Gutachterteam. Das Seitenfenster wurde gerade aus der Verankerung gebrochen.

»Wer will hier den Papst umbringen?«, fragte der Möbelpacker mit der Mütze, zog seine Jeans hoch und spannte die Brust.

Das Rosenfenster wurde von grellem Morgenlicht überworfen, es tippte so aufgeregt mit dem nicht vorhandenen Füßchen, dass es vibrierte. War das ein schöner Tag! Als der Möbelpacker dem Schwager von Laval den Zeigefinger in die Schulter bohrte, frohlockte das Fenster und alle Farben des Sommers spiegelten sich darin. Gott hat einen verdammt guten linken Haken, bemerkte es anschließend und kaum ein Gefühl hätte schöner sein können. Das Vibrieren erreichte einen Höhepunkt, der erst kurz vor dem Zerbersten endete.

***

»Mamiiiiieeee!«

Damit schloss Juste Simon den Albtraum von Flamenco tanzenden Zahlen auf dem dahingeschiedenen Körper von Concierge Hernand ab. Er rieb sich die Stirn, die mit unzähligen Schweißperlen übersät war – immer noch hatte er blaue Zahlen vor Augen, die sich nur langsam in Staubpartikel auflösten. Justes Kopf wummerte, er schmerzte ebenso wie gestern und vorgestern, nachdem ihn der Laster erwischt hatte. Langsam aber sicher beschlich ihn das Gefühl, dass er nie wieder schmerzfrei leben könnte. Nie wieder einen Kopf, der ihn nicht dauernd quälte. Wenn er die Fäden des Unglücks zurückverfolgte, war alles nur Lavals Schuld, am liebsten hätte er ihn gnadenlos zur Rechenschaft gezogen. Aber was würde das ändern? Wäre er dann seine Kopfschmerzen los? Der moralische Prinzipienreiter in ihm erklärte, dass er das, was er gern machen wollte, nicht machen könne, da es sowohl gegen das Gesetz als auch gegen die zehn Gebote verstoßen würde. Juste schnaufte.

Träge stemmte er sich hoch, was den Schmerzen nur noch mehr Feuer gab. Mit dem Kopf in den Händen saß er eine geraume Weile auf der Bettkante. Seine Sehnsucht, wieder ins weiche Kissen zurückzugleiten und die Welt zu vergessen, wurde übermächtig. Er versuchte, den Schmerz auf eine imaginäre Wolke zu setzen und sie an sich vorbeiziehen zu lassen. Marguerite hatte ihm einmal erklärt, wie man auf diesem Weg Schmerz einfach wegdenken konnte. Das war Esoterik und funktionierte daher auch jetzt nicht.

Nur mit Zähigkeit konnte er den Kampf gegen sich selbst aufnehmen, er wollte wieder an seinem Arbeitsplatz erscheinen. Gestern hatte er zwar geschwächelt, aber heute würde er einen schneidigen Neustart schaffen. Der Stadtbuchhalter hievte sich hoch, wankte. Vielleicht sollte er es doch lieber langsam angehen lassen und zuerst die Morgennachrichten ansehen. Er schaltete den Fernseher an und sah eine unerträgliche Werbung mit zwei Hackfleischpattys zwischen Pappbrötchenhälften, in denen sich eine Gurkenscheibe verlor und zwei Salatblätter auch nichts besser machten. Die nächste Werbung zeigte eine laufende Windel, in die es Kleinkindern offensichtlich Riesenspaß machte, zu urinieren. Juste schluckte. Und das alles vor dem Frühstück.

Die Berichterstattung folgte mit grässlichen Morden an einer Schule in den Vereinigten Staaten. Kinder, die Kinder erschossen, überall Blut und Tränen – gottlob wohnte er nicht in Amerika. Außerdem freute er sich darüber, nicht im Kongo zu leben, Seuchen passten keinesfalls in seinen Plan. Und die anschließende Freude darüber, nicht als Brite leben zu müssen, um auf einer Insel mit einem segelohrigen Biobauern in monarchischer Knechtschaft zu leben, machte ihn dann doch noch munter für den Tag.

Wenn es ihm so richtig schlecht ging, brauchte er nur die Nachrichten anzusehen und das eigene Leid erschien neben dem Leid der Welt plötzlich winzig klein. Juste holte sich aus der Küche ein Glas Milch und verpasste daher die Werbeeinblendung mit einer fetten Frau mit puterrotem Kopf, die für schlank machende Miederwäsche warb. Die Alarmfarbe entstand vermutlich durch die Magenquetschung der funktionalen Unterwäsche. »Sieht das nicht toll aus?«, krähte der Rotkopf begeistert. Juste kam zu spät ins Zimmer zurück, um antworten zu können.

Die Milch tat gut und die Nachrichten gingen in den Sportteil über, der Neuzugang beim Fußballclub Rouen sprintete über den Rasen. Patrice Navlet legte ein konsequentes Dribbling hin, Mann gegen Mann. Ohne Frage war der Neukauf sein Geld wert. Juste nahm noch einen großen Schluck Milch – dann sah er es. Er verschluckte sich, hustete, kniete sich vor den Fernseher und schaute tiefer in den Bildschirm. Patrice Navlet, gerade einmal fünfundzwanzig Jahre alt, kräftig und fit. Der Dribbler trug eine Folge blauer Zahlen auf der Stirn. Juste keuchte. Dann verlor sich das Bild. Die fette Frau erschien wieder und bot einen Büstenhalter an, der ihre beiden Auslagen minimieren sollte; tat er aber nicht. Zwei mächtige Brüste beherrschten das Bild. Juste wusste nicht recht, wie er den plötzlichen Tod Navlets verkraften sollte. Sich auf den Boden werfen, einen Urschrei brüllen, beten oder nur schweigen. Er bekam die Kurve nicht, schloss die Augen und sah Zahlen, die sogar in die Schwärze hineinleuchteten. Sie zeigten das aktuelle Tagesdatum.

***

»Doktor Janfleur, es geht mir nicht gut.« Juste knetete nervös seine Hände. Der Mediziner lächelte ihn an.

»Welche Beschwerden haben sie?«

»Ich habe eine Beule.« Juste zeigte auf die Stirn. Doktor Janfleur rückte seine Brille zurecht, begutachtete die Stirn.

»Wie ist das denn passiert?«

»Es war ein Laster.«

»Sie sind angefahren worden?«

»Ja, vorgestern schon. Und Merlin ist dabei gestorben.«

Doktor Janfleur sichtete den Patienten.

»Es gab Tote?«

»Ja. Einen Kater.«

»Ach so.«

Juste fand, dass ein »Ach, so« Merlin abwertete und dass er das nicht verdient hatte.

»Es war ein lieber Kater.«

»Ja, das glaube ich. Haben Sie Schmerzen?«

»Ja. Furchtbare Kopfschmerzen.«

»Ich muss Sie zum Röntgen schicken.«

»Merlin war frech und lieb.«

»Ja. Monsieur Simon, das glaube ich gern, aber es war eben doch nur ein Kater.« Genau da war sie wieder; die Abwertung seines kleinen Freundes.

»Nein«, erwiderte Juste deutlich, »es-war-Merlin. Und-er-war-nicht-›nur‹ Kater, er war ein besonderer Kater und ich vermisse ihn. Sein Fell war schwarz-weiß gefleckt und er war ein wenig moppelig.«

Doktor Janfleur holte tief Luft.

»Es tut mir leid. Ich wusste nicht, dass Sie so sehr an dem Kater hingen. Mein Beileid. Ich muss Sie nach Grenelle zum Röntgen schicken. Haben Sie sonst noch Beschwerden?«

»Er hatte ein süßes Gesicht und war frech.«

»Monsieur Simon!«

»Thunfisch war sein Leibgericht.«

»Monsieur Simon! Haben Sie sonst noch Probleme? Irgendwelche? Schwindel oder Sehausfälle?«

»Keine Ausfälle.« Justes Schnurrbart zuckte. »Es ist etwas dazugekommen. Ich sehe Zahlen.« Nun hatte er die volle Aufmerksamkeit des Doktors.

»Was für Zahlen?«

»Blaue.«

»Und wann sehen Sie diese Zahlen?«

Juste sah den Mediziner an, atmete schwer. Doktor Janfleur schaute fragend zurück. Juste stand im Rampenlicht, nur zäh flossen Worte.

»Bevor jemand stirbt.«

Juste hielt die Krankschreibung immer noch in der Hand, er stakste wie ferngesteuert zum Hafen. Kopfmäßig hatte er noch gar nicht erfasst, dass sein Körper nach einem Grand noir verlangte, die Beine hingegen wussten es schon. Ohne Begrüßung ging er an Menschen vorbei, die es gewohnt waren, von ihm begrüßt zu werden. Einige drehten sich um, aber es war ihm nicht wichtig, die Umgebung verschmolz zu einem belanglosen Hintergrund von Farben und Tönen. Er sei wohl ein wenig überspannt, hatte der Doktor zu ihm gesagt. »Überspannt«, hatte er gefragt, »was genau heißt das?« Geantwortet hatte der Mediziner nicht, nur mit dem Kopf gewackelt und eine weiße Schachtel mit Tabletten aus dem Schrank geholt. Ausruhen müsse er und entspannen. Mal wieder ganz er selbst sein. War er denn nicht er selbst? Bisher glaubte er sicher, Juste Simon zu sein. Vorgestern, gestern und auch heute. Ärzte waren seltsam. In der Krankschreibung stünde, hatte der Doktor gesagt, dass er zu jeder Tageszeit draußen sein dürfe, am besten wären für ihn viele Spaziergänge bei frischer Luft und nächste Woche solle er wieder vorbeischauen. Wenn es ihm bis dahin nicht besser ginge, müsse ›ein Fachmann‹ ran. Gab es einen speziellen Beulenfachmann? Zum Röntgen nach Grenelle sollte er nicht mehr fahren. Der Arzt hatte ihm den Rücken getätschelt und beteuert, dass alles gut werden würde, wenn er nur ein wenig Geduld mitbrächte. Dann hatte er ihn in Richtung Ausgang geschoben. Alles gut? Wie sollte er erreichen, dass alles gut würde, wenn eigentlich alles schlecht war und er noch nicht einmal wusste, aus welchem Grund alles schlecht war? Warum sah er Dinge, die Andere nicht sehen konnten? Man sollte nicht zu viele Geheimnisse kennen. Aber das hatte er sich nicht ausgesucht. Und wie sollte trotzdem alles gut werden?

Vor dem Bistro blieb der Körper von Juste Simon stehen. Alles schien wie immer. Mémé legte konzentriert ihre Karten und Blanche wischte die Theke. Es war alles so, wie er es mochte. Ein gemütliches Bistro mit einer netten Wirtin und einer Großmutter, die jedermanns Großmutter war.

Gläser, Flaschen, Mahagonitheke. Alles normal. Nichts war überspannt. Justes Kopf, der sich am Gespräch mit dem Arzt festgenagt hatte, beruhigte sich. Juste steckte die Krankschreibung in die Hemdtasche.

»Ich bin Juste Simon«, flüsterte der Buchhalter. »Das war ich gestern, bin es heute und das werde ich auch morgen sein!« Dann betrat er das Bistro.

»Bonjour, mes dames!«

»Salut, Juste! Hast du es schon gehört?« Blanche zeigte auf den Fernsehschirm. Eine Nachrichtensprecherin las monoton etwas vom Blatt ab, hinter ihr war das schwarz-weiße Foto eines jungen Mannes eingeblendet. Blanche brachte es auf den Punkt »Patrice Navlet, der neue Stürmer von Rouen, ist tot. Herzinfarkt.«

Juste schluckte. Die härtesten Tiefschläge im Leben teilten Frauen aus. Die Welt rutschte herunter, Farben verliefen, drehten sich und absorbierten ein tiefes Schwarz. Er hörte noch, wie Blanche seinen Namen rief und Mémé den Stuhl abrückte, doch im Augenblick wurde alles unwichtig. Wer wollte schon in einer Welt leben, in der junge Menschen starben? Die Dunkelheit empfand er als angenehm, sie bot Ruhe ohne Probleme.

***

»Juste, wach auf!« Eine Hand klatschte gegen seine Wange. »Wach endlich auf!« Blanche hatte sich den Kopf des Liegenden in den Schoß gebettet.

»Mémé, hol' schnell ein Glas Wasser!« Die Greisin schlurfte zur Theke.

»Juste, komm schon.« Die Stimme von Blanche drängte sich ins Bewusstsein des Buchhalters. Das Klatschen wurde schmerzhaft.

»Ich wusste ja nicht, dass du Fußballfan bist. Wach endlich auf!«

Lider vibrierten, Juste sah zerhackte Bilder von Blanche und der getäfelten Decke des Raums, eine aus dem Bienenkorb gefallene Haarsträhne kitzelte ihn. Die Umgebung roch so gut. War das Vanille?

»Da bist du ja wieder. Gott sei Dank!«

Er hörte das Schlurfen von Schlappen auf dem Fußboden, Blanche zog ihn hoch. »Trink! Es geht dir gleich besser.« Die Wirtin führte das Glas Wasser an seinen Mund und er trank. Alles duftete unglaublich gut.

»Ego sum, qui sum.« – Ich bin der, der ich bin.

»Latein. Ja, gut! Das ist schön, es geht dir besser.«

»Das waren die Zahlen.«

»Zahlen?« Blanche hörte auf zu tätscheln.

»Die Blauen.«

Die Blicke von Blanche und Mémé waren sich einig.

»Es wird alles gut, Juste«, sagte Blanche in beruhigendem Tonfall und streichelte sanft seine Schulter.

Warum in aller Welt streichelten heute alle seine Schulter und vertraten die Ansicht, dass alles wieder gut werden würde? Gut war relativ. Wenn gut in jedem Fall besser als schlecht sein sollte und schlecht besser als desaströs, dann war es sicher gut, dass er überhaupt lebte, schlecht, dass er so lebte und desaströs, dass er mit blauen Zahlen leben musste. Gab es dafür ein Fazit? Nichts war gut, es sei denn für einen abnormen Menschen ohne Ansprüche. Aber wie sollte er das den Frauen erklären? Explizit einer Wirtin und einer Greisin? Bei diesem Gedanken fiel ihm der Duft wieder auf. Vanille oder doch eher Honig? Woher kam er? Er schnupperte. Es war Blanche, die so herrlich duftete, er hatte das Parfum noch nie zuvor an ihr bemerkt.

»Du solltest versuchen, aufzustehen.« Blanche beugte sich zu ihm, das Hinschauen wurde intensiv, er nahm ihr Odeur gänzlich auf, das Betrachten glitt unversehens in ungeahnte Tiefen ab und steckte unvorbereitet fest.

»Blanche«, flüsterte er, »du riechst so unendlich gut.«

Die Wirtin räusperte sich verlegen und wollte aus der Vertraulichkeit zärtlichen Ursprungs entfliehen, nur mühsam löste sie sich von den dunkelbraunen Augen des Daniederliegenden. Blanche Martin war nicht mehr gewohnt, sich in Untiefe zu begeben, und Juste hatte bis zu diesem Moment verlernt, dass eine andere Frau als Marguerite gut duften konnte.

***

Malo Duc hatte abermals die Rathaustreppe überwunden, ebenso wie den gestrigen Tag und die Nachtwache bei Nadine. Er fühlte sich noch ein wenig unsicher, aber er hatte das Büro verlassen, war ohne Schwierigkeiten die Treppe hinuntergegangen und ging nun geradewegs zur Mittagspause heim. Er feilte an dem Text, den er Bernadette wegen seines Nicht-Nach-Hause-Kommens vortragen wollte. Keinesfalls wäre er fremdgegangen, auch wenn er bei Nadine geschlafen hatte. Auf dem Wohnzimmersofa habe er die ganze Nacht verbracht und Nadine und er, das seien verschiedene Welten. Seine Kollegin hatte Hilfe gebraucht, sie war verzweifelt gewesen, man hatte ihr Schlimmes angetan. ER hatte ihr Schlimmes angetan. Laval.

Bernadette konnte verstehen, sogar alles verstehen, wenn sie in entsprechender Stimmung war, und genau dahin musste er sie bringen. Umgarnen, nett sein und glaubhaft darstellen, was geschehen war. Eigentlich ganz einfach. Malo blieb stehen. Zitterten seine Beine? Nein! Er ging weiter, nur nichts sich einreden. Keine Panik bekommen.

Es war doch alles in Ordnung, er hatte doch heute schon einmal geschafft, seine Regungen unter Kontrolle zu bringen, als Laval ihn ins Büro zitierte, um ihm die Krankmeldungskarte von Nadine zu geben. »Junge Leute können heute auch gar nichts mehr ab«, hatte das Schwein gesagt. Am liebsten hätte er Laval dafür den Briefbeschwerer auf den Kopf geschlagen, so kräftig, dass der Schädel zertrümmert gewesen wäre und er in dem Blut eine Party hätte feiern können. Was hatte er stattdessen getan? Er hatte gelächelt. »Noch so ein Schwächling«, und die Karte von Juste Simon folgte. Auch an dieser Stelle brachte er ein Lächeln zustande. Damit war die Situation eindeutig; er war als überlegener Sieger aus diesem Gefecht der Emotionen hervorgegangen. Das Problem mit Bernadette würde dagegen eine Kleinigkeit sein.

Vor der Haustür angekommen, den Schlüssel in der Hand, blieb er stehen. Für alle Fälle schlug er ein Kreuz. Danach erst öffnete er die Tür.

»Bernadette, mein Täubchen!«, rief er schon, als die Tür noch nicht zur Gänze offen stand. Er hätte nicht rufen müssen, denn Bernadette stand bereits im Flur. Der rosa Bademantel unterstrich keinesfalls ihre feminine Ausstrahlung, so locker getragen wirkte sie wie ein Sumoringer kurz vor dem Anpfiff.

»Da bist du ja, Süße!« Er lächelte schief.

»Warum?«, brüllte sie und Malo Duc wusste, dass es heute kein Verständnis geben würde. »Warum?«, keifte sie erneut, Spuckfäden zogen durch die Luft. Malo blieb noch nicht einmal Zeit, in Zittern und Zaudern überzugehen. Ein Drittes ›Warum?‹ ersparte sie ihm. Der Faustschlag traf sein rechtes Auge, Malo sackte zusammen.

***

Das Wasser des Bachs plätscherte, die Luft war rein, nur die Kühle der Nacht störte. Die Libelle hatte auf dem Blatt eines Farnkrauts geschlafen und war hungrig aufgewacht. Die Nacht endete mit einem Regenguss und tausend Tropfen trommelten auf den Pflanzen; ein dickblättriger Brombeerstrauch bildete den Bass, der Weidenbaum einen Bariton und die Sumpfdotterblume kiekste in hellem Sopran. Das Orchester der Pflanzenwelt spielte eine geschlagene halbe Stunde lang. Merlin versteckte sich unter einem schützenden Farnblatt und flog erst nach dem Regenschauer los. ›Vier von Sieben‹ verfügte über die bisher besten Flugeigenschaften, er konnte sogar mit nur einem Flügel fliegen, was schnelle und schnittige Flugmanöver möglich machte. Fliegen war zwar grundsätzlich merde, aber in diesem Körper überdachte er seine Einstellung dazu noch einmal.

Er drehte sich um die eigene Achse, flog rückwärts und blieb in der Luft stehen. Also, so schlecht war fliegen nun auch wieder nicht. Aber er war, und das machte ihn noch glücklicher, mit Thunfischhunger aufgewacht, bemerkte jedoch, dass ihn außerdem Fliegen und Mücken interessierten. Vordringlich jedoch forderten die Geschmacksnerven Fisch. Und das war tröstlich.

Merlin hatte den ganzen Vormittag damit verbracht, an den üblichen Orten nach saftigem Meeresgetier zu suchen. Aber weder im Hafen noch im Bistro war er fündig geworden. Kein Fisch weit und breit. Nur bei der Delikatessenhändlerin hatte er es noch nicht versucht. Einschleimen bei Madame Galabru – Sardinen schnorren. Den alten Pfaden folgen.

Merlin flog zügig, die Häuserfassaden huschten an ihm vorbei, er sauste schneller als eine Vespa und sogar einen Rennradsportler überholte er. Vor dem Delikatessengeschäft bremste er ab und stand still in der Luft. Eine Frau mit rotem Haar stand am Tresen, sie sah merkwürdig aus. Blass, zerzaust und durcheinander.

»Was möchtest du, Nadine?«

»Einen Karpfen bitte, Madame Galabru.«

»Seit wann magst du Fisch?«

»Ich … ich … mag, ich will …«

»Ich verstehe schon. Wegen der schlanken Linie. Alle Frauen wollen Fisch essen, um schlanker zu werden. Aber du hast das nicht nötig, Nadine. Es wäre sogar besser, du würdest ein paar Kilo mehr auf den Rippen haben. Schau mich an, sehe ich vielleicht unglücklich aus?«

Madame Galabru griff sich an die Hüften. »Dünn und blass bist du, iss etwas, das Kalorien hat und glücklich macht, aber was rede ich. Ich bringe mich um ein gutes Geschäft. Soll ich ihn essfertig machen?«

»Nein … nein. Das will ich selber machen.«

»Gibt es Neues im Rathaus?«

»Nichts … ich meine … nichts Neues.«

»Schade. Übrigens, weißt du schon, dass die Kirche geschlossen wird?«

»Ja …, ich denke, ich habe es schon gehört.«

»Aber bestimmt noch nicht, dass Abbé Noël geschlachtet werden sollte und der Papst gefoltert. Und beides von Laval! Da staunst du, nicht wahr!?«

Nadine staunte nicht. Wachsweiß stand sie da, ohne eine Regung zu zeigen. Madame Galabru zuckte mit den Schultern. Keine Reaktion war auch eine Reaktion.

»Also lebend!«

»Ja, lebend, Madame Galabru. Bitte lebend.«

Höchste Zeit, dass Merlin hineinflog. Madame Galabru war beschäftigt. Die Sardinen, die hinter dem Glas des Tresens lagen, sahen wunderbar saftig aus. Nur flink musste er sein, die Händlerin hatte sich gerade zum Aquarium umgedreht. Der Augenblick der Augenblicke; hinein, unbemerkt zur Vitrine, ein wenig an den Sardinen naschen und geschmeidig wieder hinaus. Der beste Fischcoup seines Lebens. ›Vier von Sieben‹ versprach, richtig Spaß zu machen.

Madame Galabru zog einen Kescher von der Wand, mit dem Fuß suchte sie nach dem Tritthocker, stemmte ihre Glücklichkeitspfunde das Treppchen hoch und quirlte mit dem Kescher im Becken herum. Einen besonders dicken Karpfen drängte sie in die Ecke. Merlin hatte indes die Tonbank erreicht. Die Delikatessenhändlerin schob den Kescher unter den Fisch und ruckte ihn hoch, der dicke Karpfen zappelte im Netz, wand sich. Wassertropfen spritzen durch den Raum. Madame Galabru juchzte, die Pfunde kamen in Bewegung, der Tritt rutschte, Madame strauchelte. Ihr Gleichgewichtssinn versuchte, die kinetische Energie des wuchtigen Körpers auszugleichen, der graublaue Kittel stob durch den Raum. Karpfen und Netz landeten auf der Tonbank. Ohne die Last des Karpfens kam Madame Galabru wieder zum Stillstand.

»Was für ein Viech! Wenn nur alle Kerle so feurig wären!«, pustete sie und zog den Kittel straff.

Der Karpfen tobte währenddessen auf der Tonbank, Merlin darunter. »Fliegen ist schön«, dachte er in seiner letzten Lebenssekunde, meinte damit allerdings nicht den Karpfen, der auf ihn zugeflogen kam und ihm das Leben aus dem Leib quetschte. ›Fünf von Sieben‹! Verdammter Mist! Er blubbte, konnte nicht mehr fliegen, wackelte mit Flossen und lag schneller in einer Plastiktüte voller Wasser, als er denken konnte.

***

In einer durchsichtigen wassergefüllten Tüte zu schwimmen, fand er nicht komisch, dagegen kam ihm sogar Fliegen wie Luxus vor. Der Körper, in dem er feststeckte, versuchte, die Bewegungen der Plastiktütenträgerin auszugleichen. Merlin atmete. Nicht so, wie er es gewohnt war, er atmete Wasser durch die Seiten ein. Kiemen führten dem Blut Sauerstoff aus dem Nass zu, das war einfach nur eklig. Wasser zu atmen empfand er als ebenso abscheulich wie Hunger auf Süßes oder ein schwarz-gelb geringelter Gnom zu sein. Gerade wollte er in das Mantra einstimmen *Ich-will-wieder-ein-Kater-sein-und-ich-weiß-nicht-womit-ich-das-hier-verdient-habe*, da lief ihm außerhalb der Tüte etwas entgegen. Etwas Sagenhaftes. Hormone blockierten ihn abrupt, er krampfte, die Gefängniswände wackelten.

Merlin fürchtete, es würde niemals mehr aufhören, aber er beruhigte sich, registrierte präziser … es war unglaublich. Stoßweise sog er Wasser ein. Träumte oder wachte er? War das alles möglich oder befand er sich in einem rosafarbenen Paralleluniversum? Hatte es gerade einen Urknall gegeben, mit einer neuen Welt und er hatte den Startschuss nicht gehört? Merlin schnappte mit dem Maul nach etwas, das über der Wasseroberfläche lag und was ihm möglicherweise noch mehr Luft verschaffen konnte, aber dort befand sich nichts außer dem Tütenknoten. Er fühlte sich unglaublich. Rauschartig. Hier, in einem unscheinbaren Treppenhaus, auf einem Treppenabsatz, und er zwischen zwei Klarsichtwänden, lag das Paradies. Eine weiße Perle mit pinkfarbenem Halsband lief ihm entgegen, stieg die Stufen herunter.

Kam sie direkt vom Olymp? Oder aus Eden? Wo war der Lorbeerkranz, im anderen Fall der Heiligenschein? Ihr Fell glänzte in einem überirdischen

Weiß, sie strahlte. Merlin blubbte. Bei Isis! Dass es so etwas gab!

Majestätisch nahm die weiße Perle die letzte Stufe, dann erblickte sie ihn und er sah ihr tief in die heißen grünen Augen. Was für ein Blick! Die Kätzin schaute ebenfalls genauer hin. Ein Fisch in Tüte, sie leckte ihre Lippen. Die rosa Zunge fuhr begierig über das flaumige Mäulchen. Merlin wäre am liebsten verglüht und als ausgebrannter Komet auf dem Mond gelandet. Was für ein Flittchen! Da, schon wieder! Sie leckte sich erneut. Merlin starrte auf die Zunge, ein Feuchttraum im Wasser. Unfassbar! Er hätte gerne weitergeträumt, doch die Menschenfrau unterbrach das Intermezzo.

»Geh weg! Los!« Nadine scheuchte die Schönheit die Treppe hinunter. »Geh, er gehört mir!« Das Flittchen huschte über die Stufen, Merlin sah ihr nach. Was war heute nur los? Gleich zwei Weiber, die ihn haben wollten, mehr konnte er an einem Tag nicht erwarten, er war von sich selbst beeindruckt. Egal, in welchen Zeiten man lebte, wahre Männer standen immer hoch im Kurs. Was für ein Tag! Und es würde bestimmt noch besser kommen. Er schaute hoch zur Karpfenfreundin. In seinem Kopf rauschte es, er atmete, eine Wasserblase entstieg ihm, durch die Blase sah er Nadine deutlicher. Warum hatte sie nur so einen wirren Blick?

Ein Nudelholz, ein hölzerner Hammer und ein langes Messer lagen sorgfältig gereiht auf dem Badezimmerfußboden neben Merlin; die Fischliebhaberin hatte ihn dort abgestellt und war entschwunden. Genau wusste er nicht, was sie von ihm wollte, doch es beschlich ihn das Gefühl, dass er mit Dingen konfrontiert werden würde, die völliges Neuland boten.

Als Mann war er Experimenten gegenüber aufgeschlossen, aber noch konnte er sich den menschlichen Gelüsten, die da auf ihn zukommen mochten, nicht hingeben. Das Flittchen lag in seinen Sinnen und beherrschte sie, die Gedanken zwangen ihn hin zur weißen Perle. Wie konnte ein ungleiches Paar ›Fisch und Katze‹ Kontakt zueinander aufnehmen, außer an einem gedeckten Tisch, bei dem er die schlechtere Stellung einnahm? Merlin blubbte.

»Da bin ich wieder!«

Vermisst hatte er die Rothaarige nicht, aber die Begrüßung war nett. Eine wohlwollende Einleitung, nur die Wachsschütze stand ihr nicht.

»Du musst nicht denken, dass ich schlecht bin! Wirklich … ich … nein … ich bin nicht schlecht.«

Wieso sollte er annehmen, dass SIE schlecht war? Er dachte an seine Traumschönheit und an das, was er immer dachte. Das war schlecht, spitz und ungehörig. Die weiße Perle rollte sich in seinem Traum auf den Rücken, dicht an ihn heran, leckte ihn lüstern und ja – dann sabberte sie.

»Du stehst zwischen Lucien und mir.«

Ach so. Na, dann. So recht im Fluss war er nicht. Eine Dreiecksbeziehung meinte die Menschin wohl und er begriff noch nicht einmal, dass er mit im Spiel war.

Kauzige Welt. Menage a trois ohne trois. Die Liebhaberin von schwimmenden Machos knotete die Plastiktüte auf und entließ Merlin in die mit Wasser gefüllte Badewanne. Warum wischte sie sich nur andauernd über die schweißnasse Stirn?

»Ich werde versuchen, es so einfach wie möglich für dich zu machen.«

Merlins Maul formte sich zu einem ›O‹, das eigentlich ein ›Ups‹ werden sollte. Die Rothaarige wollte Schluss mit ihm machen, so viel war klar. Schluss, bevor es angefangen hatte. Aber warum so viel Gerede. Aus und vorbei. Adieu. Au revoir. All das würde er akzeptieren, sogar mannhaft hinnehmen, er schraubte derzeit ohnehin am schärfsten Flittchen aller Zeiten.

Plötzlich sauste der Holzhammer nieder, ein Knall im Wasser. Merlin erschrak und sprang. Von wegen ›stumm wie ein Karpfen‹, er knarzte angstverzerrt, nur hören konnte es die Menschin nicht, vielleicht hätte sie dann damit aufgehört, den Hammer ins Wasser zu schlagen. Das war doch gefährlich! Er schwamm um sein Leben. Schläge durchtrennten das Wasser, er huschte vorbei. Noch huschte er vorbei – aber sie wurde besser. Was in Teufels Namen war in die Karpfenliebhaberin gefahren? Es konnte nur eines bedeuten! Cortisol schoss in seinen Kreislauf ein. Nur Eines! Sie liebte nicht ihn, sondern nur sein Fleisch! Merlin sprang hoch, sah das verbissene Gesicht einer Frau, die sein Leben vernichten wollte, um anschließend seinen toten Körper zu verspeisen. Dabei wollte er sich keinesfalls beklagen, nur etwas mehr Zeit, um sich im Körper heimisch zu fühlen, brauchte er schon. Auch wenn das Leben eines Katers dazu kein Vergleich war und alles andere nur mittelmäßig sein konnte, wollte er endlich wieder ein ruhiges Zuhause haben. Es käme auf einen Versuch an. Ein Geist in einem festen Körper, für ein langfristiges Heimatgefühl.

Merlin hörte die Menschin, sie jammerte. »Es tut mir leid!« Was sollte er damit nur anfangen? Im Flug abwärts, zurück in die Badewanne, erwischte sie ihn. Der Hammer traf seine Schwanzflosse, er machte einen Bogen, flog durch den Raum und landete auf dem Kachelfußboden. Merlin schnappte nach Luft, viel Spielraum für Gegenwehr blieb ihm nicht, er zappelte nur noch. Die getroffene Flosse schmerzte, Nässe verteilte sich, er glitschte über den Boden. Gab es irgendwo einen Ausweg? Nein. Die Rothaarige stand über ihm, mit Tränen in den Augen. Den Hammer fest in beiden Händen, sah sie auf ihn herab; Merlin blubbte. »Womit-habe-ich-das-verdient? Ich-will-wieder-ein-Kater-sein!«, heulte er.

Die Menschin heulte ebenfalls.

»Ich will glücklich sein. Ich will nicht mehr zurück ins Büro.«

Merlin verstand ihr Problem nicht. Warum war sie nicht glücklich? Warum ging sie in das Büro? Kein Kater würde verlangen, dass sie in ein Büro ging! War Büro ein Grund zu toben?

»Ich will kein Püppchen mehr sein, das man misshandelt und missachtet!«

Den Hammer in der Hand und Mordlust in den Augen; Merlin hatte nicht das Gefühl, einem Püppchen gegenüberzustehen und, was ihm wesentlich war: Niemals hätte er ein Püppchen missachtet! Und Misshandlungen nur auf ausdrücklichen Wunsch hin.

»Ich möchte Kinder.« Ihre Stimme wurde weich. »Und einen Mann, der mich liebt.« Ihr Tonfall hatte nunmehr den Punkt flüssiger Sahne erreicht. »Ich liebe Lucien. Auch wenn ich für unsere Liebe kämpfen muss.«

Für diese Gelegenheit der kurzen Andacht war Merlin dankbar. Es wurde ihm jetzt eindeutig klar, dass er es mit einer Bekloppten zu tun hatte. Karpfenmord für die Liebe. Wo war der Notausgang? Langsam ging ihm die Luft aus. Der Hammer schritt zur Tat. Zielgenau, erbarmungslos sauste er mit härtester Wucht nieder.

Blut gurgelte, Fleisch zertrümmerte, Atem wich und wurde unwichtig. Die wiederholte Frage nach dem Notausgang ging im Todeskampf unter. Trotzdem bekam er Antwort durch einen winzigen Körper, der vom heruntergefallenen Augapfel beinahe erschlagen wurde.

Das Gewicht des Auges, das auf dem Winzling lag, wurde durch einen erneuten Schlag verschoben. ›Sechs von Sieben‹ bekam Luft. Merlin rannte mit drei Paar Füßen, zwei Tastfühlern und Augen, die nur schlecht sahen, um das kümmerliche Leben, das ihm zugefallen war. Laufen funktionierte gut, laufen war besser, als mutig für die Liebe zu sterben, hinter ihm ging es immer noch schlagkräftig zu. Unbeschadet erreichte er die Wand mit dem Kunststoffschränkchen, drückte sich in den Spalt. Ruhe, endlich Ruhe. Er brauchte eine Weile, bis er durchatmen konnte, die Welt schwebte wieder im scheinbaren Gleichgewicht. Unwillkürlich nutzte er den Frieden, sich selbst zu besehen. Diesmal sah er keinen Gnom, er war noch kleiner als ein Gnom. Er war ein Silberfisch. Merlin sackte in sich zusammen und heulte.

Auch Nadine zerfiel am Badewannenrand, der Körper schüttelte sich in Weinkrämpfen. Warum tat sie etwas, das sie nicht tun wollte, um etwas zu bekommen, das sie haben wollte? An diesem Rätsel arbeitete sie schon länger. Musste sie wirklich für alles einen Preis zahlen? Auf dem Fußboden verteilte sich ein zu Brei geschlagener Karpfen. Töten war schlimm, sie war doch friedfertig und tierlieb. Aber eine Zukunft ohne Lucien? Galt sie jetzt endlich als stark? Fühlte sie die neue Nadine? Die Unerschrockene und Wehrhafte? Sie heulte am Beckenrand, die Hände zitterten und hätten am liebsten alles wieder rückgängig gemacht. Sah so eine Heldin aus? Alles fühlte sich falsch an. Was musste eine Frau tun, von der man sagen würde, dass sie kein Püppchen ist? Nur Karpfen töten? Sie fühlte nichts, nur Leere. Die vermeintliche Heldin schluchzte; und nur der Winzling hinter dem Plastikschränkchen, der die Welt ebenfalls nicht mehr verstand, hörte ihr leises Wimmern.

***

Juste schlenderte auf das kleine, rote Backsteinhaus zu. Das Haus strahlte wie immer Gemütlichkeit aus, warmer Lichtschein schimmerte durch Spitzengardinen und außen blühte die Kletterrose in den Farben weiß bis rosarot. Mamies Heim umschmiegte durch bloßen Anblick. Juste hoffte, dass etwas Schmackhaftes auf dem Herd simmerte, das die Küche mit Duft erfüllte und er hoffte auch, dass die Ruhe des Hauses ihn beruhigen würde.

Alles in allem war heute ein sehr verwirrender Tag gewesen und selbst er war streckenweise mit seinem Latein am Ende.

Über den schmalen seitlichen Grasstreifen ging er zur Terrasse. Er hatte sich angewöhnt, von hinten über die Küche hineinzugehen. Warum genau, konnte er nicht sagen, aber vielleicht, weil die Küche mit ihrer Heimeligkeit und den Gerüchen das Herzstück des Hauses bildete und bestimmt, weil er es liebte, Mamie als Erstes beim Hantieren mit Töpfen und Pfannen sehen. Als er die Terrasse erreicht hatte, drehte er sich noch einmal um. Der kleine Garten lag im Zwielicht des schwindenden Tages, bald würde ihn die Nacht umhüllen. Zwei verwitterte Tonkübel mit üppig wuchernden Hortensien begrenzten die Terrasse, dahinter wucherte etwas Rasen und ein Beet mit ordentlich gepflanzten Kräutern, die jeweils mit einem Holzschild beschriftet waren.

Am Rasenrand stand der morsche Apfelbaum mit seinen sauren Früchten, die noch nicht einmal mehr zahlreich waren, der aber trotz allem unter dem persönlichen Schutz Mamies stand, weil er gepflanzt worden war, als ihr Sohn noch lebte. Juste beneidete sie streckenweise um die Erinnerungen an seinen Vater, gerne hätte er mehr von ihm kennengelernt. So blieb ihm nur der Mann, den er von ein paar vergilbten Fotos her kannte. Der Mann, der ihn im Arm hielt und dessen Gesicht Stolz mit einer Spur von Traurigkeit zeigte. Ein Säugling, der ihm gehörte, von der Frau, die gleich nach der Geburt verstorben war. Ein Kind ohne Mutter. Juste fühlte das Ungleichgewicht der Mimik. Glück und Trauer, eine seltsame Mischung, die ihm Unbehagen bereitete. *Ab imo pectore* – von ganzem Herzen hatte sein Vater geliebt.

Juste vertrat die Ansicht, dass er deshalb so früh gestorben war. Die eine Hälfte des Herzens hatte ihn allein gelassen und die andere wusste nichts mehr mit dem Leben anzufangen. Juste sog die Luft ein. Klare Luft. Er hatte es trotzdem gut getroffen, denn es war Großmutter Simon, die sein Leben formte. Er lächelte. Ein Sommerabend mit einem Apfelbaum. Auch für ihn hatte der Apfelbaum eine immerwährende Lebensberechtigung, nicht nur wegen seines Vaters, sondern weil er ihn auch an die Liebe Mamies erinnerte.

»Juste! Junge, komm herein!«

»Salut, Mamie!« Juste betrat die Küche, umarmte die Seniorin und küsste sie rechts und links auf die Wange; ihre geröteten Wangen glühten.

»Möchtest du etwas trinken?« Madame Simon wischte sich die Hände in der Schürze ab, irgendetwas briet geräuschvoll im Ofen und auf den Ringen des Herds dampfte ein Topf vor sich hin. »Setz dich. Möchtest du ein Glas Wein? Oder einen Pastis?«

Juste setzte sich an den Küchentisch und horchte auf. Selten bekam er schon zur Begrüßung Wein angeboten und noch seltener einen Pastis – er wusste bis zu diesem Moment noch nicht einmal, dass sie überhaupt Pastis im Hause hatte.

»Was ist los?«

Mamie antwortete nicht sofort. Sie drehte sich zum Küchenschrank um und entnahm ihm eine volle Flasche Pastis.

»Du trinkst doch gerne Pastis, oder?«

Juste sah dem Treiben zu.

»Ja, ich trinke ihn gerne«, antwortete er vorsichtig. »Und ich trinke ihn auf Eis.«

Mamie ging erneut zum Kühlschrank, holte einen Eisbehälter heraus und klopfte ihn über der Spüle leer. Offensichtlich sollte er mehr als nur einen Pastis trinken. Justes Augenbrauen zogen sich zusammen.

»Er wird dir guttun!« Mamie ließ zwei Eiswürfel in ein Glas fallen, stellte es auf dem Küchentisch ab und füllte Pastis ein. »So, und nun trink!«

Juste erhob das Glas. Das Sinnesorgan für drohende Gefahr signalisierte ihm, dass er nur nippen sollte. Er nippte. Madame Simon sah ihm fordernd zu, er stellte das Glas ab. Die Seniorin schnaubte.

»Trink mehr! Stell dir vor, du wärest im Bistro.«

»Mamie! Was soll das? Ich sitze nicht im Bistro und ich bin kein Kampftrinker! Sag mir endlich, was los ist!« Die Wangen der Seniorin glühten noch mehr.

»Junge, ich bin empört!«

Juste spürte, dass er die Stufe zum größten anzunehmenden Unfall aller Zeiten erklommen hatte. Einerlei, was man unter einem Unfall verstand. Es beschlich ihn das Gefühl, dass es besser wäre, wenn er weiterhin unwissend bliebe, da das aber vermutlich nicht möglich war, nahm er sein Pastisglas und leerte es in einem Zug.

»Und?«

»Ach, Juste. Ich weiß gar nicht, wo ich anfangen soll.« Madame Simon holte ein zweites Glas. Verzichtete auf Eis. Goss viel Pastis ein und trank. »Oh, Gott!« Sie verzog das Gesicht und hielt sich die Brust.

»Ist es so schlimm?«

Madame Simone schüttelte sich.

»Das«, sie zeigte auf das Glas, »ist ja entsetzlich. Schmeckt es mit Eis besser?«

Juste grinste.

»Nur etwas, nicht entscheidend. Für Anfänger wird es nach dem zweiten Glas genießbarer.«

»Wie kannst du nur so etwas trinken? Habe ich vergessen, dir Geschmack beizubringen? Herrje nochmal. Irgendwann muss man für jede Nachlässigkeit bluten. Pfui, Teufel!«

Juste streichelte den Schnurrbart gerade, das Schmunzeln konnte er kaum wegwischen.

»Soll ich dir einen Tee kochen?«

»Ich bin nicht krank oder gebrechlich, ich habe nur etwas Abscheuliches getrunken.«

»Ach Mamie, vielleicht solltest du mir endlich sagen, was los ist.«

Madame Simon stand vor ihrem Enkel, der im Sitzen fast genauso groß war wie sie im Stehen. Die veilchenblauen Augen waren umschlossen von Linien aus Sorge. Sie seufzte.

»Junge. Marguerite und Flora gehen weg von hier. Nach Paris. Die beiden ziehen zu Marguerites neuem Freund.«

Da war es wieder – Frauen kannten sich aus mit Tiefschlägen. Erst zaghaft und dann kraftvoll mit dem Vorschlaghammer. Justes Gefühle hinkten hinterher. Er hatte gerade das Loslassen geprobt, sich gedanklich dem Geschiedensein genähert und jetzt sollte er Marguerite und Flora plötzlich ganz verlieren. Nach Paris? Bei Gott, was wollten Menschen in dieser scheußlichen Metropole?

»Marguerite wollte es dir nicht persönlich sagen, ich soll es dir ausrichten. Sie hat Angst vor dir, weil du dich beim letzten Besuch so seltsam benommen hast.«

Juste schaute noch nicht einmal hoch. Ein Resttropfen Pastis rann am Glas herunter, er brauchte dafür Sekunden. Die Langsamkeit stand im Einklang mit seiner Wahrnehmung. *Er* benahm sich doch nicht seltsam!

Außerehelicher Geschlechtsverkehr war seltsam. Fremde Männer, auf denen Marguerite ritt, waren seltsam. Blaue Zahlen waren seltsam. Aber er? Er war nicht seltsam.

»Junge, ich verstehe die Welt auch nicht mehr.« Mamies grauer Kopf schüttelte sich. »Patchworkfamilie sagt man heute dazu. Dabei meinen sie nur einen Flickenteppich. Familien werden zerrissen, Kinder bekommen neue Väter, Partner wechseln und sind beliebig. Zu meiner Zeit war Familie noch wichtig. Natürlich ging auch damals nichts ohne Probleme, aber die löste man früher gemeinsam. Man stritt sich und versöhnte sich wieder. Heute scheint alles so austauschbar. Ohne Kampf besitzt nichts einen Wert. Eine furchtbare Welt.«

»Nach Paris?«

»Ja. Aber du darfst Flora sehen, wann immer du möchtest. Außerdem soll ich dir sagen, dass Flora dich liebt und dass sie traurig ist, Arnaud und dich zu verlassen, aber in Paris hat sie bessere Möglichkeiten. Sie will dort ihr Abitur machen und dann studieren, das geht leichter in der Großstadt.«

»Paris?«

Mamie sah ihren Jungen besorgt an.

»Juste, du musst lernen, dich zu lösen. Nichts hält in dieser Welt mehr ewig. Auch eine Ehe nicht. Löse dich, du schaffst das. Es führt kein Weg daran vorbei.«

Der Tropfen hatte das untere Ende des Glases erreicht, kurz leuchtete der Pastis auf, durch die Brechung des dicken Glasbodens glomm er in einer Farbe zwischen Blau und Grün, bevor er vom Glasboden fiel. Die Tischdecke nahm den Tropfen auf, sog gierig an ihm, um anschließend einen dunklen Kreis zu hinterlassen. Juste schluckte.

»Wirklich nach Paris?«

Mamie nahm ihn in den Arm. Minutenlang. Wo es an Erklärung fehlte, war Wärme wohltuend.

»Das wird wieder«, sagte sie und die Welt schien sich merklich langsamer zu drehen. Dieser Moment goss die Form für eine andere Zukunft. Juste keuchte dennoch.

»Ich hatte immer das Gefühl, nicht geschieden zu sein. War das denn so verkehrt? Flora und Marguerite sind doch meine Familie.«

»Junge, du bist geschieden, doch Flora bleibt dir, sie wird immer deine Tochter bleiben.«

»Aber nach der Kirche …«

»Kirche!? Gott kann dir nur helfen, wenn du dich nicht völlig verrennst. Kirche ist Kirche und Gott ist Gott, vermische beides nicht. Ich vermute, dass Gott eine Scheidung zwar nicht gut findet, dass er aber auch die Größe hat, zu verzeihen. Und vielleicht soll auch alles so sein. Vielleicht werden wir geprüft? Am Ende will Gott uns ohnehin nackt sehen.«

Juste schaute in ihre veilchenfarbenen Augen.

»Nackt?«

»Ach, Juste. Man verliert so viel im Leben. ER lässt es uns verlieren. Stück für Stück, bis man am Ende ist. Eltern sterben, Freunde und im schlimmsten Fall sogar die eigenen Kinder. Schicksalsschläge zermürben. Krankheit, Scheidung, Armut – auf dem Lebensweg ist alles möglich. Wir verlieren an Kraft, bekommen graue Haare und Falten. Die Zähne fallen aus. Leben und Altern ist etwas für Helden, nur verlieren selbst Helden diesen Kampf, jeden Tag eine Kleinigkeit und manchmal auch viel. Es ist wichtig, die Dinge anzunehmen, das Beste daraus zu machen, sonst kann es passieren, dass man auch noch seine Würde verliert.«

Juste rieb sich das Gesicht.

»Das wird schwer«, sagte er leise.

»Ich weiß, mein Junge.« Mamie streichelte ihm über den Rücken. »Aber du wirst es schaffen.«

Die Küchenuhr klingelte, der laute Ton brachte Normalität.

»Die Kartoffeln sind fertig. Ich habe uns einen Kalbsbraten gemacht und dazu Bouillonkartoffeln. Wir haben uns um die Seele gekümmert, jetzt ist das leibliche Wohl an der Reihe. Eines funktioniert nicht ohne das andere.« Mamie strahlte. Sie hatte bereits abgehakt, was in Juste noch schmorte. Er aber saß mit hängenden Schultern da und starrte auf den Fußboden.

»Steh auf und hol uns aus dem Keller einen schönen Weißwein. Es ist jetzt genug mit Grübeln.«

Juste riss den Blick vom Fußboden hoch.

»Na, los. Geh schon!« Mamie scheuchte ihn mit einer Handbewegung in den Keller. »Und bring den Besten, den du finden kannst. Wir feiern heute Scheidung! Danach die Auferstehung und das Leben.« Mamie lächelte, hob die Schütze an, um damit den dampfenden Topf von der Kochstelle zu nehmen und die Kartoffeln abzugießen. Es dauerte nicht lange, bis Juste wieder aus dem Keller kam. Mamie hatte indes die Teller befüllt und saß bereits am Tisch, die ganze Küche duftete herrlich würzig.

»Du solltest deine Energie auf etwas Anderes lenken als auf deinen Kummer. Warum hilfst du dem Abbé nicht? Ich habe gehört, dass unsere Kirche geschlossen werden soll. Der Gute wird verzweifelt sein.«

»Nicht nur die Kirche wird geschlossen, der Kindergarten auch«, antwortete er in depressivem Tonfall und hantierte mit der Weißweinflasche, bis ein ›Plopp‹ ertönte.

»Und was soll das?«

»Laval will es so.«

»Laval, der kleine Hosenscheißer. Ich erinnere mich noch, wie er bei uns im Garten Äpfel geklaut hat und ich ihn erwischt habe. Angeschrien habe ich den Bengel, seitdem grüßt er mich freundlich und die Sache ist immerhin schon vierzig Jahre her. Wenn ich ihn das nächste Mal sehe, werde ich ihn wohl wieder anschreien müssen. Warum tut er das dem Abbé und den Kindern an?«

»Es geht ihm um Geld und um Macht. Die Grundstücke sind einiges wert, die Kirche ist baufällig und steht an dieser Stelle im Weg. Schräg gegenüber wird eine Bar mit Unterhaltung eröffnet.«

»Eine Bar mit Unterhaltung?« Mamie stippte ein Stückchen Kalbsbraten in die Bouillon und aß es mit sichtlichem Genuss.

»Du weißt schon.«

»Nein?« Ein zweites Stückchen Kalbsbraten folgte.

»So etwas mit Frauen.«

»Frauen unterhalten sich in einer Bar? Ein Frauenklub! Warum sollten Frauen etwas gegen den lieben Abbé haben?«

»Mamie, kein Frauenklub. Eher ein Männerklub, wo Frauen für die Bedürfnisse des Mannes da sind und dafür bezahlt werden.«

Mamie grübelte.

»Ein Männerklub mit bezahlten Frauen?! Ein Bordell! Juste, du bist ein Umstandskrämer, sag doch gleich, was du meinst.«

Juste Schnurrbart zuckelte, er schmunzelte auf seinen Teller. Mamie war eben Mamie.

»Ich wollte dich nicht erschrecken.«

»Mich erschreckt das nicht. Glaubst du etwa, eure Generation hat Bordelle erfunden? Es ist das älteste Gewerbe der Welt und vielleicht wäre ein Besuch sogar etwas für dich.«

»Wie bitte?« Juste blieb fast der Bissen im Halse stecken.

»Wir haben doch gerade festgestellt, dass du geschieden bist und für Männer ohne Frau ist das doch was. Vermutlich wärst du dann entspannter.«

Bisher hatte Juste seine Großmutter für eine wertkonservative Seniorin gehalten und ausgerechnet jetzt versuchte sie sich in Pragmatismus.

»Entspannter? Wie kommst du denn auf so etwas, das ist einfach indiskutabel. Dort werden Frauen von Männern ausgebeutet.«

»Junge, du bist ein Prinzipienreiter. In der Not muss man sich den Gegebenheiten anpassen.«

»Ich bin kein Prinzipienreiter. Wieso sagen alle, dass ich ein Prinzipienreiter sei? Ich finde Bordelle nicht gut, auch nicht in Notzeiten. Für so etwas sollte man nicht zahlen. Und überhaupt, wer ist denn hier in Not?«

»Du scheinst nicht nur ein Prinzipienreiter zu sein, sondern auch noch ein Sparfuchs.« Mamie lächelte und zerdrückte eine Bouillonkartoffel, führte die Gabel zum Mund, nicht, ohne ihren Enkel genau zu betrachten. Sie freute sich diebisch, dass er wieder lebendig reagierte.

»Sparfuchs!?« Juste schnappte nach Luft. »Also, ich weiß jetzt nicht, was ich dazu sagen soll.«

»Dann lass es auch und denke lieber darüber nach! Man sollte mit den Frauen einmal reden«, lenkte Mamie das Gespräch um. »Die Kirche muss nicht im Weg sein. Wenn der Abbé diese Frauen als Opfer betrachtet und die Frauen umgekehrt die Kirche als Zuflucht sehen, dann kann es zu einem guten Zusammenleben kommen.« Mamie nickte sich selbst zu. »Ja, so ist es. Weder schwarz noch weiß, man kann auch gut in Graustufen leben. Vielleicht sollte jemand dem Abbé sagen, dass Maria Magdalena ebenfalls eine Sünderin war und Jesus nichts gegen eine solche Begleiterin hatte. Möglicherweise hat er das vergessen.« Kein Mensch außer Mamie würde davon ausgehen, dass ein Geistlicher Maria Magdalena vergessen konnte. »Und wenn die Kirche saniert werden muss«, fuhr sie fort, »könnten wir alle zusammenlegen. Weißt du überhaupt, dass hinten auf dem Gelände der Kirche noch das alte Waschhaus steht? Das könnte man zu einem Kindergarten umbauen. Möchtest du noch ein Stück Kalbfleisch?«

Juste schnaufte, Mamies neue Thesen klangen sehr gewöhnungsbedürftig und etwas zu einfach. Ob die Idee mit dem Gespräch funktionieren würde, bezweifelte er. Abbé Noël reagierte bekanntlich nicht gerade gleichmütig, wenn es um Satan und Sünde ging, außerdem – aus welchem Grund sollten sich die Frauen um eine Koexistenz bemühen? Laval würde ihnen ohnedies den Weg ebnen. Der Gedanke mit dem alten Waschhaus war grundsätzlich nicht schlecht, aber das verfallene Gebäude dämmerte in einem erbarmungswürdigen Zustand vor sich hin. Die Sanierung der Kirche und des Waschhauses könnte sich eine kleine Gemeinde nicht leisten.

Immerhin, ein weiteres Stück Kalbfleisch mundete, ein Glas Wein auch. Wein und Pastis nebelten ihn ein, Marguerite und Flora verschwammen. Mamie öffnete den Ofen, Kalbfleischdampf umhüllte sie.

»Ich wollte am Freitagabend mit den Jungs darüber sprechen, wie wir vorgehen werden. Keinesfalls dürfen wir uns die Schließungen ohne Gegenwehr gefallen lassen. Arnaud ohne Kirche und Kindergarten geht nicht. Miteinander reden? Wieso? Ich dachte vielmehr an einen Streik vor dem Rathaus.«

»Streiken kann man immer noch. Reden ist besser.« Mamie wischte sich den Dampf von der Stirn und erhob das Glas. »Auf die Scheidung, die Einsicht und das Geld!«

Ein guter Trinkspruch. Juste erhob das Glas, prostete Mamie zu. Dann sah er etwas, das er niemals sehen wollte. Augenblicklich zitterte seine Hand. Schwankte die Erde? Juste schaffte es nicht mehr, das Glas bis zum Mund zu führen und schluckte trotzdem. Er starrte seine Großmutter an und das blinkende Blau auf ihrer Stirn.

Die Dunkelheit hatte den Sieg über die Dämmerung errungen. In Mamies Garten war Ruhe eingekehrt, dämpfend wirkte die Nacht und verstärkte alle Geräusche. Doch nichts war zu hören. Kein Zirpen von Grillen, kein Vogelgesang, noch nicht einmal Geräusche von vorbei fahrenden Autos. Die Gänseblümchen im Rasen hielten ihre Blüten geschlossen und die Hortensien ruhten. Nichts, aber auch gar nichts konnte die heftige Windbö erklären, die plötzlich durch den Garten fegte. Selbst der wolkenlose Himmel schien erschrocken und der Vollmond zeigte eine runzelige Stirn. Durch den alten Apfelbaum stob der Wind, schüttelte ihn wach. Frischer Geruch von Äpfeln tränkte den Garten. Jedes einzelne Blatt flatterte. Waren die Geister des Baums endlich erwacht? Unter der Last des Windes ächzte der schwerste Ast von allen.

»Wir müssen nach Grenelle ins Krankenhaus!« Juste sprang auf. Abrupt hatte die Wirkung des Alkohols nachgelassen. Mamie sah ihn erschrocken an.

»Wieso müssen wir in die Klinik? Ist dir was, Junge?«

»Hast du deine Herztabletten genommen?«

Die Seniorin tupfte ihren Mund mit der Serviette sauber.

»Selbstverständlich habe ich meine Tabletten eingenommen! Willst du meinetwegen ins Krankenhaus?«

»Ja!«

»Wieso?«

»Weil es dir nicht gut geht.«

»Mir geht es blendend. Was redest du nur für einen Unfug.«

»Dann gehen wir zu Prophylaxe ins Krankenhaus.«

»Nachts um zehn Uhr? Was ist nur mit dir los?«

»Ich mache mir Sorgen.«

»Jetzt? So plötzlich?«

Juste schnappatmete. Die blauen Zahlen auf Mamies Stirn blinkten das Tagesdatum. Er fühlte sich, als wäre er unter Strom gesetzt.

»Es ist wichtig! Jetzt! Blau! Sofort!«

»Blau? Du redest in Rätseln. Wie immer muss ich erst basteln, bis ich weiß, was du eigentlich meinst. Beruhige dich erst mal. Was ist blau?«

Juste wollte Mamie nicht beunruhigen. Womöglich würde er sie so sehr erschrecken, dass keine Zeit mehr blieb, sie in die Klinik zu bringen.

»Nichts!«

Mamie schüttelte den Kopf.

»Nichts ist blau und du willst mit mir nach Grenelle fahren? Ich denke, dass das mit den bezahlten Frauen keine schlechte Idee ist.«

»Wir müssen los. Dir geht es nicht gut.«

»Junge! Ganz ruhig. Setz dich hin. Sprich anständig, sodass auch ich das verstehe.«

Juste setzte sich und tippelte mit dem Fuß. Wie viel konnte er sagen, ohne dass Mamies Herz in Aufruhr geriet? Wie schaffte er, dass sie mit ihm ging? Wie viel Zeit blieb noch?

»Und?« Mamie holte ihn aus der Denkzone.

»Du siehst so blass aus und deine Stirn ist zartblau. Vielleicht das Herz?«

Mamie lachte auf.

»Deine Angst um mich ist fürsorglich, doch mir geht es bestens. Ich bin gut auf die neuen Tabletten eingestellt.«

»Neue Tabletten? Was für neue Tabletten?«, kreischte Juste.

»Ruhig! Ganz ruhig! Die Tabletten wirken besser als die alten. Seitdem ich sie nehme, fühle ich mich frischer. Du brauchst keine Angst um mich zu haben, es ist alles in bester Ordnung. Du kannst einfach nicht lassen. Daran musst du unbedingt arbeiten. Es ist sehr anstrengend mit dir. Gewöhne dich an den Gedanken, dass ich bestimmt eines Tages krank werde und über kurz oder lang für immer gehe. Bis dahin musst du loslassen können. Ich werde bald neunzig Jahre alt. Da ist man jeden Tag auf Abruf.«

Juste schnellte hoch.

»Wir schauen nur kurz im Krankenhaus vorbei. Quasi auf ein Pläuschchen.« Er lief zur Tür und zurück. Doch Mamie regte sich nicht.

»Setz dich wieder. Selbst wenn ich krank wäre, wollte ich nicht mehr in ein Krankenhaus gehen. Doktor Janfleur betreut mich bestens, mehr brauche ich nicht.« Juste schluckte. Zwei Stunden noch bis Mitternacht. Hundertzwanzig Minuten. Maximal hundertzwanzig Minuten! Den Zeitpunkt zu kennen war schlimmer als ihn zu ahnen. Warum wollte sie nicht ins Krankenhaus? Warum nahm sie seine Hilfe nicht an? Die Zahlen mahnten in einem bizarren Blau, dass Minuten nicht rückwärts liefen. Konnte man ihr in Grenelle überhaupt helfen? Manchmal war einfach die Zeit zu gehen erreicht, mischte sich die Vernunft ein. Juste fühlte sich hilflos. »Mein Junge, und wüsste ich, dass morgen die Welt untergeht, würde ich heute noch ein Apfelbäumchen pflanzen. Verstehst du das?«

Juste wollte seine Großmutter verstehen, suchte den Sinn, hastete nach dem Kerngedanken. Es war alles zu viel. Unvermutet überkam ihn, dass er selbst nicht wusste, wie er seinen eigenen letzten Tag auf Erden verbringen wollte – unvermeidlich zischte der Gedanke in ihn: Es kommt der Tag, an dem du den letzten Morgen erlebst. Gänsehaut überflog seinen Körper. Die innere Stimme raunte ihm zu, dass es angenehm sein mochte, ahnungslos zu sein, aber sie flüsterte weiter. Am letzten Tag sollte man unternehmen, was man gerne tat und zusammen sein mit denen, die man liebte. Mamie hatte Recht – sie ging, ohne davon zu wissen, nach einem guten Essen und er würde bei ihr sein. Am liebsten wäre er aufgrund seiner Erkenntnis unter eine Bettdecke gekrochen und hätte sich dort vor der Welt versteckt. 115 Minuten blieben höchstens noch und dann würde das Lebenslicht erlöschen, obwohl sie gerade neben ihm saß und ihn anlächelte. Justes Knie schlotterten. Er liebte ihre roten Wangen, die Falten und den gütigen Gesichtsausdruck. Nie wieder. Niemals wieder würde er sie so sehen. Er sog den Anblick auf, streckte die Hand aus, streichelte ihr Gesicht.

»Ich liebe dich, Mamie. Du bist doch meine Einzige.«

Der Mond schien silbrig und übergoss Mamies Garten mit zartem Schein. Kalte Nachtluft schmiegte sich durch die Pflanzen, der Wind hatte nachgelassen und auch die Geräusche waren zurückgekehrt. Von irgendwoher schrie ein Käuzchen. Der Garten hatte den Sturmaufruhr hinter sich gebracht, alles dämmerte. Nur der Apfelbaum hatte den Sturm noch nicht vergessen, der stärkste aller Äste war angebrochen. Aus der Wunde sickerte eine zähflüssige Träne, sie rann herunter, die Wunde entlang. Ein zweiter Tropfen schickte sich an, abwärts zu rinnen. Viele würden folgen. Keine Wunde ohne Schmerz. Kein Verlust ohne Tränen.

Justes Augen schimmerten, er hatte sich einen Sessel neben das Bett seiner Großmutter gestellt und saß dort aufrecht. Mamie war müde und hatte sich nachtfertig gemacht. Angst krallte sich in Justes Bauch fest. Anmerken ließ er sich nichts.

»Ich finde es sehr ausgefallen, dass du bei mir bleiben willst, bis ich eingeschlafen bin. Das machst du doch sonst nie? Marguerite hat schon recht, du bist seltsam.« Mamie band das Nachthemd mit einer Schleife am Kragen zu.

»Ich bleibe nur so lange, bis du schläfst. Du brauchst keine Angst zu haben.«

»Ich habe keine Angst. Du wirst alt und schrullig, Juste. Das ist nicht gut. Alt darf man werden, aber nicht schrullig.« Mamie kroch ins Bett, legte sich gerade hin und klopfte die Bettdecke zurecht. »Ich weiß noch nicht einmal, ob ich schlafen kann, wenn mein Enkel mich anstarrt.«

»Versuche es einfach, das geht schon. Soll ich dir ein Schlaflied singen?«

Mamie schluckte.

»Wenn du das tust, werfe ich dich hier raus. Sing los und es dauert zwei Sekunden, bis du vor der Schlafzimmertür stehst. Schlaflied! Ich bin nicht bröselig im Kopf!«

»Gut. Also kein Schlaflied.«

»Und du starrst mich auch nicht mehr an!« Juste lockerte die Körperhaltung und begutachtete das Schlafzimmer. Mamie machte die Augen zu – als Versuch. Blinzelte noch mal. »Nicht anstarren!«

Juste begutachtete immer noch das Schlafzimmer.

»Ich starre nicht!«

Madame Simon schloss die Augen. Nach ein paar Minuten lockerte sich ihr Körper und nach einer Viertelstunde verlor sie sich in den Schlaf. Juste sah das Auf und Ab des Leibes – gleichmäßiges Atemholen. Er dachte an seine Kindheit zurück, an die Schulzeit, von der Einschulung bis zum Abschluss, Mamie war allzeit bei ihm gewesen. Erinnerungen durchfluteten ihn. An seinem Hochzeitstag, als Flora geboren wurde, wann immer er sie gebraucht hatte, war sie zur Stelle gewesen und jetzt war er da. Juste strich über ihr Haar.

Kurz vor Mitternacht verließ der Atem den Körper für immer. Es geschah ganz sanft, nur ein Ausatmen – dann ein Nichts. Das Lebenswerk war getan. Es endete, was enden sollte. Juste schluchzte. Auch wenn man weiß, dass ein Lebenslicht flackert, schmerzt die Dunkelheit.

***

Großmutters Garten ruhte in vorangeschrittener Nacht. Die Terrassentür wurde geöffnet. Eine hagere Gestalt betrat den Rasen, verharrte dort. Mondlicht zeichnete die Umgebung weich, die Gestalt öffnete ihr Hemd, zog es aus. Sorgfältig faltete sie das Oberteil und legte es auf dem Rasen ab, das Unterhemd folgte. Changierendes Licht beleuchtete den nackten Oberkörper. Die Gestalt öffnete den Hosengürtel, zog am Reißverschluss, der ein Geräusch hervorbrachte, das die Nachtruhe störte. An der Bügelfalte zusammengelegt lag die Hose neben Hemd und Unterhemd. Socken wurden darauf gelegt. Nun folgte die Unterhose, die Gestalt wartete ab. Worauf? Eine Einwilligung zur Entblößung von irgendwo erfolgte nicht.

Das letzte Kleidungsstück fiel zu Boden. Eine schlanke Figur, mit wenig Muskeln versehen und groß.

»Gott!«, sagte sie, »Du hast mir so viel genommen. Ich stehe vor dir, wie du es willst. Nackt.« Das Gottesgeschöpf sank auf den Rasen nieder, krümmte sich, presste die Hände vors Gesicht.

»Aber bitte, Herr.« Die Gestalt schaute gen Himmel »Bitte. Nimm mir nicht noch mehr!« Tränen rannen. Weinen erfüllte den Garten.

Vorboten der Morgendämmerung veränderten die Atmosphäre, der Himmel streifte die Farben der Melancholie über und selbst der alte Apfelbaum hatte sein gesamtes Laubwerk auf dem Boden abgelegt, denn auch er konnte die Tiefe der Traurigkeit verstehen.

Kapitel 5

Der Wind, der Arnaud durchzog, wisperte das Lied eines Sonnenaufgangs, der in sämtlichen Orangetönen glühte. Über dem abbruchreifen Haus mit dem verwunschenen Garten wiegte sich eine dickbäuchige Möwe im Luftstrom der Morgenkühle. Unschuldig stand es da, das Haus, obwohl es einen Gast beherbergte, einen heimatlosen Flüchtling.

Auf dem Boden der Veranda lag das Paket Mensch, notdürftig bedeckt mit einer Strickjacke, herangewehte Äste und Blätter überzogen den Körper. Es hätte alles einfach sein können. Ein Mann – eine Nacht – eine Schlafstätte. Malo Duc wuchtete sich um. Seit der Kindheit hatte er nicht mehr im Freien geschlafen und damals hatte er in einem Zelt gelegen, auf einer Luftmatratze. Diese Schlafstätte hier war aus anderem Holz gemacht – der Fußboden hart und an einigen Stellen morsch, die Außenhülle einer Behausung fehlte, nur das Verandadach schützte. Wobei noch abzuwägen gewesen wäre, ob der brüchige Schutz wirklich der Angst, von einem Dachziegel erschlagen zu werden, vorzuziehen war.

Malo bettete das Haupt auf seiner Sporttasche. Hinter ihm lag eine raue Nacht. Er schnarchte, obwohl er nicht mehr fest schlief. Der gestrige Tag zog noch einmal an ihm vorbei; Bernadette war gnädig gewesen. Sie hatte ihm, nach dem Hinauswurf, eine Tasche mit Bekleidung durch das Fenster hinterhergeschleudert – mitten auf dem Gehweg war die Schleuderware gelandet. Jeder konnte ihn, die Tasche und das Elend sehen. Beim Schließen des Fensters schrie sie »Ich will dich nie wiedersehen!« Das war nicht mehr gnädig. Malo wurde zum starren Mahnmal gegen das Vergessen, dass die Ehe manchmal ein finsteres Loch ist.

Er blieb eine volle Stunde vor dem Haus stehen. Ohne Regung. Das Auge schmerzte, der Körper eine Statue, der Kopf pochte. Passanten gingen an ihm vorbei. Einige betrachteten ihn, andere zogen teilnahmslos weiter. Am liebsten wollte er Bernadette zurufen, dass alles nicht so gewesen war, wie es aussah. Er hatte keine Affäre mit Nadine! Doch Malos Stimmbänder versagten, sie wussten um die Vergeblichkeit. Dies bedeutete das unabänderbare Ende seiner Ehe. Wer hätte das gedacht? Er selbst am Allerwenigsten. Es war vorbei. Bernadette machte keine Kompromisse.

Die Mittagspause war schon lange verstrichen, als er sich wieder bewegte. Wohin sollte er gehen? Mit einem geröteten Auge, das bald blau werden würde, einer angebrochenen Seele und einem Herzen, das in Scherben lag? Zurück zur Arbeit? Keinesfalls! Arnaud verfügte über zwei Telefonzellen, eine davon lag diskret. Von dort aus meldete er sich krank. Ein Kärtchen für die Krankheit ›Trennung‹. Wer sich wohl für ihn hinunterbeugen musste?

Malo wanderte ziellos durch die Gegend, bis er beschloss, zum Haus mit dem wilden Garten zu gehen, um dort zur Ruhe zu kommen und nachzudenken. Einfach nichts tun – nur er und sein Geist. Diogenes wählte die Tonne, er das Haus. So weit hatte das Leben ihn getrieben, dass er sich zum Nachdenken in eine Ruine zurückzog. Im Inneren des Hauses roch es muffig, schimmelige Tapeten lagen auf dem Boden, teilweise mit heruntergefallenem Deckenstuck bedeckt. Kleinstlebewesen krochen über die Dielen. Der Heimatlose setzte sich zu ihnen, hielt sich die Stirn; wenn Denken schwer wird, benötigt der Kopf Halt. Ein Leben ohne Bernadette. Wie sollte das gehen? Nach so vielen Jahren. Er liebte sie doch! Gleich zu Beginn des Denkens mischte sich die Neugier ein. Malo horchte auf, er hörte sich genauer zu. Liebte er sie wirklich? Oder hatte er sich nur an sie gewöhnt? Das tägliche Trugbild einer Ehe, weil jeder von einem Ehepaar erwartete, dass es sich liebt? Liebte er aus einem Sachzwang heraus? Noch nie zuvor hatte er sich darüber Gedanken gemacht. Druck setzte Wissensdurst frei. Malo erkannte, dass Neugier zuweilen eine Suche nach Erkenntnis sein konnte, die letztlich schmerzte.

Schmerzhaft war vieles, aber kurios fand er die Ursache, wegen der er entliebt wurde. Bernadette bestrafte ihn gnadenlos für etwas, das er nicht begangen hatte. Eisig in der Trennung. Er wäre besser tatsächlich fremd gegangen; zum einen würde er sich dann mit gutem Grund schlecht fühlen, zum anderen hätte er wenigstens etwas davon gehabt. Momentan war er nur der Idiot, der überall leer ausging.

Malo zog die Beine zu sich heran, legte den Kopf auf die Knie. In der embryonalen Schutzhaltung blieb er nicht lange. Ein Käfer krabbelte am

Hosenbein hoch, Malo fühlte das Kribbeln und schaute den Plagegeist an.

»Bist du auch allein?« Der Käfer antwortete nicht, betastete aber den Hosenstoff und krabbelte höher. »Bleib bloß allein. Ansonsten gibt es nur Ärger.« Der Käfer schien derzeit nicht paarungsbereit zu sein. Er ging vermutlich seinem Hobby nach, dem Krabbeln. »Meistens sage ich nichts. Das ist ein Fehler, nicht wahr?« Malo hatte einen Freund der kargen Worte gefunden – der Krabbler sagte auch nichts.

»Ich muss lernen zu sagen, wenn mir etwas nicht gefällt. Frühzeitig. Mit Nachdruck. Dann wird Liebe nicht blind und Ärger nicht groß. Stimmts?« Der Krabbler, der eine Kakerlake war, hatte das Knie fast erreicht und war mehr am Gipfelsturm interessiert als an Ruinenphilosophie. »Man muss manchmal laut werden, damit das Leben in der Bahn bleibt.« Das Insekt hatte das Knie erreicht, stemmte sich hoch, die Fühler sondierten das Terrain in der Luft, er drehte sich zu jeder Seite. Es sah nach einer Siegesfeier aus, nur noch die Verbeugung fehlte. Malo applaudierte.

Stunde um Stunde drehte und wendete Malo sein Schicksal. Befragte sich, antwortete und kam doch zu keinem Endergebnis. Nur eines ahnte er deutlich, dass seine Liebe in Gedanken heller strahlte, als wirklich Empfindung vorhanden war. Sobald es dunkelte, stand er auf, nahm die Sporttasche und ging hinaus. Der modrige Geruch im Inneren des Hauses störte ihn. Er legte sich auf den Verandaboden, dicht an die Hauswand. Von hier aus konnte er den Sternenhimmel sehen. Eine Windbö kam, Schauder überraschte ihn. Wind in einer wolkenlosen Nacht? Warum nicht? Man konnte auch ein Ehebrecher ohne Ehebruch sein.

***

Die Nacht war wirklich hart gewesen. Malo wurde nun vom Licht der Morgensonne übergossen, er fühlte sie auf dem Rücken. Das Versprechen lag in der Luft, dass es heute ein sehr warmer Tag werden würde. Langsam kroch die Sonne höher und bekuschelte ihn gänzlich. Er öffnete immer noch nicht die Augen, für eine Weile wollte er den Tag, der mit Schwermut auf ihn wartete, nicht sehen.

»Bonjour, Monsieur Duc!«

Die schneidende Stimme kannte er, sofort assoziierte er mit ihr

Betonfrisur, graublauen Kittel und Schnüffelei. Der Heimatlose riss die Augen auf und bekam recht. Ausgerechnet hier musste sie ihm begegnen, sie hatte ihn wohl von der Straße aus gesehen. Das Schicksal war offensichtlich ein Köter, ein Streuner ohne Ziel, der diesmal auf ihn losging und zubiss. »Was machen sie denn hier?«

Malos dunkle Locken flogen umher, er drückte sich hoch. Jeder Knochen tat ihm weh, doch er stöhnte nicht. Madame Galabrus Schatten deckte ihn ab, umgehend wurde es kühl. Der frostige Windhauch des Verderbens wehte.

»Wonach sieht es denn aus?«

Eine Frage mit einer Gegenfrage beantwortet zu bekommen, brachte bedauerlicherweise keine Informationen, die Sensationslust befriedigen konnte. Unbefriedigt stocherte die Fischhändlerin weiter.

»Sind Sie jetzt ein Clochard?«

»Warum sollte ich das sein?«

»Hat Ihre Frau Sie rausgeworfen?«

»Wieso?«

Malo kam in den Stand, riss Jacke und Sporttasche an sich und ging von der Veranda. Madame Galabru folgte ihm. Seine Schritte wurden schneller. Ihre auch.

»Sind Sie fremdgegangen?«, hechelte die Händlerin.

Malo trabte unbeirrt weiter. Es gab im Leben keine Schwierigkeit, die man nicht ganz und gar selbst ist. Warum sagte er nichts? Etwas, das sich so anhörte, wie ›Es ist genug!‹ oder ›Ich habe es satt!‹. Stattdessen lief er zum Hafen, mit einer Frau im Schlepptau, die die Tageszeitung von Arnaud war und die sich in seinen Schicksalsschlag verbissen hatte. Ohne nachzudenken, ging er in Richtung Blanche. Dort war er sicher. Die Wirtin pflegte eine extrem harmonische Beziehung zur Fischhändlerin, bis ins Bistro würde sie ihm nicht folgen.

»Arme Bernadette! Ein Fremdgänger als Ehemann!«

»Wie bitte?«, sagte er scharf und er wunderte sich, dass er zu einem solchen Tonfall fähig war.

Der Gift spritzende Kittel war unmerklich an eine Grenze gekommen, die weder mit den Augen zu sehen noch mit den Ohren zu hören oder gar mit der Nase zu erriechen gewesen wäre. Malo blieb stehen. Mit der Erkenntnis der Tratsche wurde er für ganz Arnaud zum Täter. Zu einem

Täter, der eigentlich ein Opfer war. »Was?«, fragte er nochmals nach, aber seine Faust war schneller, sie traf bereits das Gesicht der Fischhändlerin. Zielpunkt: greller Lippenstift. Was lange währt, wird endlich Wut. Madame Galabru kippte nach hinten.

***

»Blanche!« Malo stürmte ins Bistro. Die Wirtin war nicht zu sehen, nur Mémé schaute den Hereingestürmten an. »Wo ist Blanche?« Mémé nickte zum Hinterzimmer. Blanche Martin kam gerade aus den Wirtschaftsräumen.

»Malo? Wie siehst du denn aus!?« Das blauunterlaufene Auge war nicht zu übersehen, Blätter hingen in den Locken und der Bekleidung hätte ein wenig Frische gutgetan.

»Wo hast du denn das blaue Auge her?«

Malo senkte den Kopf.

»Bernadette hat mich rausgeschmissen.« Mémé kicherte und nuckelte an ihrem Kaffeebecher.

»Und deswegen schlägt sie dich?«

»Ja. Sie dachte, ich sei fremdgegangen.« Die Wirtin rollte mit den Augen.

»Und? Bist du?«

»Nein!«

»Dann war es nicht in Ordnung, dass sie dich geschlagen hat.«

Malo grübelte.

»Wäre es denn richtig gewesen, mich zu schlagen, wenn ich fremdgegangen wäre?«

»Malo! Du redest schon genau so wie Juste. Das, was du fragst, wird zu einer langwierigen Diskussion werden, wenn ich dir antworte. Also, lass es lieber.« Malo wollte nicht diskutieren, er wollte Beistand, ergo legte er die Frage beiseite, obwohl die Antwort interessant zu werden schien.

»Das hier war ich, Blanche!« Malo hob die blutige Hand hoch.

»Oh, mein Gott! Was hast du getan?«

Blanche eilte zum Tresen, griff automatisch darunter und holte das braune Fläschchen mit dem reinen Alkohol hervor, dazu noch ein sauberes Handtuch.

»Gib her!« Malo reichte die Hand über die Theke. »Verdammt, Malo! Ist Bernadette schwer verletzt?«

»Nein.«

»Ich hoffe, du hast nicht allzu heftig zugeschlagen? Braucht Bernadette Hilfe? Soll ich zu ihr gehen? Es ist nicht richtig, eine Frau zu schlagen, Malo! Ganz gleich, was sie getan hat!« An dieser Stelle hätte Malo noch eine Diskussionsfrage gehabt, aber ihm genügten die Antworten auf das Leben, die er seit gestern erhalten hatte. Das war mehr, als ein kleiner Stadtangestellter ertragen konnte.

Die Wirtin ließ den Alkohol über seine Hand laufen. Malo pustete.

»Ich habe nicht Bernadette geschlagen«, sagte er so leise, als wolle er sich dafür entschuldigen.

»Wen hast du dann geschlagen?«

»Madame Galabru.« Blanche schluckte. Im Pausenmoment wischte die Wirtin in Ruhe die Wunde weiter sauber.

»Manchmal«, sagte sie gemächlich, »muss man dem Herzen und nicht dem Verstand folgen.«

»Blanche, ich denke, ich sollte nachsehen, ob sie noch lebt. Ich kenne mich selbst nicht mehr. Ich hätte reden müssen und nicht schlagen. Aber mir fehlten die Worte. Hilf mir! Ich glaube, ich will da nicht mehr hin.« Malos Kopf sank auf dem Tresen nieder.

»Ach, mein Lieber«, sie tätschelte seine Locken. »Ich denke, du musst da nicht noch einmal hin!« Die Wirtin rief quer durch den Raum. »Mémé, lebt Madame Galabru noch?« Die Greisin gluckste statt einer Antwort. Wog ihren Körper hin und her. Nach einer Weile sagte sie:

»Blau ist tot. Blaugrau nicht. Blau ist tot. Blaugrau nicht.« Blanches Augen wurden zu Schlitzen.

»Mémé, lass den Unsinn! Ist sie tot?«

»Nein!« Die Alte nahm sich selbst in den Arm und summte ein Kinderlied.

»Siehst du, es ist alles in Ordnung!« Ein Lächeln huschte über Blanches Gesicht. »Möchtest du etwas trinken, Malo? Vielleicht einen Pastis? Oder ein Glas Champagner? Er geht heute aufs Haus.«

***

Ich-finde-es-gut-ein-Silberfischchen-zu-sein. – Ich-finde-es-gut-ein-Silberfischchen-zu-sein. – Ich-finde … Merlin lag seit dem gestrigen Mordinferno zwischen Badezimmerschränkchen und Wand in einer Fußbodenfuge. Die ganze Nacht war er wach geblieben und hatte über das Leben im Allgemeinen und seine sechs im Speziellen gegrübelt, bis er sich an die ›heilende Kraft des Denkens‹ von Madame Renard erinnerte. Denn er war nicht nur zu einem Silberfischchen geworden, er war jetzt ein *altes* Silberfischchen. So, wie sein Körper schmerzte, war er ein seniles Insekt mit geringer Restlebensdauer. Was geschah wohl, wenn er eines natürlichen Todes starb, ohne dass ein neuer Wirt ihn aufnahm? Katzen lebten sieben Leben und nicht sechs, wurde erzählt. Merlin hoffte, dass die Katzengöttin bis sieben zählen konnte, sie war letztendlich auch nur eine Frau, da musste man mit allem rechnen.

»Ich-finde-es-gut-ein-Silberfischchen-zu-sein«, sagte er schnell. »Ich-finde-es-gut-ein-Silberfischchen-zu-sein.« Madame Renard, die schrullige Frau aus der Rue Pernelle, sprach ebenfalls immer mit sich selbst, von ihr kannte Merlin das Mantra des langen Lebens: einfach positiv denken. Madame Renard hatte gemeint, dass eine gute Grundstimmung die beste Altersvorsorge sei. In den Ohren eines kräftigen Katers klang das nach – Bullshit. Aber für ein gebrechliches Silberfischchen und eine Frau mit einem Blumenkranz im Haar mochte diese Denkweise von Vorteil sein.

Madame Renard war nicht nur weise gewesen, sondern auch großherzig. Merlin bekam, wenn er sie nicht gerade beim Sprechen mit den lebenden Steinen im Garten erwischte, die im Grunde genommen genauso leblos waren wie alle anderen Steine, Leckerlis. Käse. Eine Seltenheit auf seiner Speisekarte. Nur Madame Renard spendierte gelegentlich diese Köstlichkeit, die einfach zum Niederknien schmeckte – weich und cremig, ideal als Vorspeise zu Thunfisch oder zum krönenden Abschluss nach einer Sardine. Er inhalierte den Käse. Nie hingegen hatte es Fisch oder Fleisch gegeben. Das mochte sie nicht, aber Merlin hatte diese Marotte für in Ordnung befunden, weil sie zu ihr passte: Madame Renard lebte naturbelassen – bei Nahrung, Kleidung und Geruch.

»Schuhe!«, erinnerte sich Merlin. Madame Renards Schuhe rochen so ursprünglich. Wenn sie barfuß lief und die Latschen auf der Kokosmatte vor der Terrassentür abstellte, war die Stunde des Verlangens gekommen. Zuerst die Schuhe hypnotisieren, mit drehenden Pupillen, dann anschleichen und umrunden. Als Nächstes: Sicherstellen und Angriff! Knabbern am Kork potenzierte den Duft und er konnte ihn noch tiefer einsaugen. Eine Wonne! Käsegeruch, bis zur Besinnungslosigkeit, nur Baldrian duftete besser.

Ich-finde-es-gut-ein-Silberfischchen-zu-sein. Merlins Mantra hakte. Wie lange würde er noch aushalten, sich selbst zu belügen? Eine Woche, zwei oder gar mehr? Falls er nicht vorher im Fugendreck verendete. Selbstbetrug bedeutete einsam mit sich allein. Betrüger und Betrogener zugleich. Die kalte Dusche der Realität erwischte ihn. Merlin schrie, als er eines der sechs Beine bewegte. Konnte ein Silberfischchen unter Rheuma leiden? »Es ist wirklich toll, marodes Ungeziefer zu sein. Wirklich toll!«

Bei Isis! War er derjenige, der das gesagt hatte? Was würde die Käsespenderin von einem Mantraverrat halten? Merlin schwitzte. Gewiss nichts. »Ich-finde-es-gut-ein-Silberfischchen-zu-sein – Ich-finde-es-gut-ein-Silberfischchen-zu-sein!«, brüllte er, so laut er konnte, um seinen Fehler wieder wettzumachen. Warum half ihm keiner? Warum hörte ihn niemand? Wo blieb die Katzengöttin? Und warum ließ sie das alles zu? Merlin blieb, bevor er sich auf Isis verließ, lieber auf dem Kachelfußboden der Tatsachen. Was würde Madame Renard wohl mit ihm anstellen, wenn es zu einem erneuten Mantraverrat käme? Räucherkerzen, Aurareinigung, Channeling oder Rebirthing. Das wäre genau so schlimm wie Hunde, Wasser oder Kastration!

Ich-finde-es-gut-ein-Silberfischchen-zu-sein – Ich-finde-es-gut-ein-Silberfischchen-zu-sein.

***

Vormittags kurz vor elf Uhr. Die Gäste, die im Bistro auf einen Milchkaffee hereingeschaut hatten, waren zahlreich gewesen, die belegten Baguettes bereits ausverkauft. Malo lag halb auf dem Tresen in der hintersten Ecke und schlief, den Kopf auf der Sporttasche. Er gab einen tiefen Brummton von sich, Blanche fand den Ton beruhigend und belegte tiefenentspannt den Nachschub an Baguettes. Über die Brille hinweg sah sie Juste hereinkommen. Sie legte das Messer beiseite, rieb die Hände in der Schürze ab und umrundete den Tresen.

»Juste! Ich habe es gehört«, sagte sie sanft und kam mit ausgebreiteten

Armen auf ihn zu. Juste blieb stehen und schwieg. »Wann ist Mamie gestorben? In der Nacht?« Juste wurde von Blanche eingehüllt, er stand in einem warmen Strom aus Vanille.

»Sie ist um Mitternacht gegangen«, sagte er steif. Keine Träne rollte über sein Gesicht. Mann bleiben. Gefühliges wegdrücken.

»Es tut mir so leid. Sie war einzigartig, ich mochte sie sehr gern. Eine liebe alte Dame.«

»Das war sie.« Juste schluckte. »Ich habe Marguerite und Flora gesagt, dass Mamie nicht mehr bei uns ist.«

»Oh, Juste. War es schlimm?«

»Flora hat sehr geweint.«

»Die Zeit wird die Wunden heilen.« Noch immer hielt Blanche ihn in den Armen. Das fühlte sich gut an, roch gut. Und es tat gut.

»Ich mache dir einen schönen, starken Grand. Der hilft.« Er setzte sich auf einen Barhocker. Blanche gab ihm noch flüchtig einen Kuss auf die Wange, streichelte danach über die Stelle. Gleich würde sie sagen, dass alles wieder gut wird. Aber würde es so kommen? Der Schmerz über den Verlust bohrte sich wieder ins Herz. Er schloss kurz die Augen. Loslassen, der Schwachpunkt. Was vergangen war, kehrt nicht zurück. Mamie war fort, aber die Erinnerung an sie würde ewig ihm gehören. Mit Sicherheit. Mamie hatte ihm gesagt, er solle das Loslassen lernen und nun forderte sie es von ihm ab. Ein eigener Kosmos aus Brutalität, der aus dem Wort ›Loslassen‹ bestand. Aber für sie wollte er lernen. *Et amor manet in aeternum.* – Und die Liebe währt ewig. Loslassen war in Ordnung, aber vergessen niemals.

»Juste, trink! Der Grand ist fertig.«

Die Gedanken hatten ihn in ein Zeitloch fallen lassen. Er nickte. Blanche stellte ihm einen Teller mit Brioches hin. »Du siehst blass aus, iss auch etwas. Mamie würde bestimmt nicht wollen, dass es dir schlecht geht. Glaub mir, alles wird wieder gut.«

Juste lächelte, da war es. Es tat gut, wenn sie es sagte, aber es tat weh, dass er es nicht fühlte. Das Unwort tauchte wieder auf. Nur, weil er sich vornahm, etwas zu lernen, war er nicht gleich ein Meister darin. Sei frei, Mamie, ich liebe dich und meine Gedanken wünschen dir einen Weg aus Licht und der Liebe Gottes. Er würde es schaffen, sich zu lösen. Alles konnte er schaffen. Aber es gefiel ihm nicht. Der Schnurrbart zuckelte, als er den heißen Grand probierte. Juste pustete, eine Nebelschwade stieg hoch. Er hörte ein Brummen und drehte sich um.

»Was macht Malo hier?«

»Er schläft.«

»Das ist nicht zu überhören.«

»Bernadette hat ihn aus dem Haus geworfen und ihm ein Veilchen verpasst.«

»Ach, du meine Güte.«

»Er hat die Nacht im Abbruchhaus verbracht. Rede mit ihm. Er kann es gebrauchen.«

Juste stieg vom Barhocker, ganz in schwarz gekleidet wirkte seine Figur noch drahtiger.

»Malo!« Der Schläfer brummte. »Malo, wach auf.« Er tat es nicht. »Achtung! Laval ist im Anmarsch! Greif dir eine Akte!«

Malo riss die Augen auf, sprang vom Stuhl, lief um ihn herum, suchte, fand so schnell keine Akte, sondern nur sich und die Umgebung.

»Verdammt! Davon kann man einen Herzinfarkt bekommen!« Juste schmunzelte. »Oder man wird endlich wach. Wie geht es dir? Was hast du mit deinem Auge gemacht?«

»Das war Bernadette.«

»Sie hat dich geschlagen? Unglaublich!« Malo nickte.

»Sie hat mich geschlagen und rausgeschmissen. Trotzdem vermisse ich sie. Das ist eigenartig.«

»Das ist in der Tat eigenartig.« Die Wirtin betätigte den Milchschäumer, er gab Geräusche von sich, die sich anhörten, als würde jemand Flüssigkeit mit einem Strohhalm aufsaugen. Oder mehr wie das Erbrechen eines Säufers?

»Juste!«

»Ja?« Malo tänzelte mit den Beinen, bis er sich zu weiteren Worten entschloss.

»Das mit Mamie tut mir leid.« Juste verbrauchte Sekunden.

»Ich denke, wir beide müssen«, er holte tief Luft, »jeder auf seine Weise lernen, loszulassen.« In der Art, wie Juste sprach, lag die ganze Bandbreite von Qual, von der kein Teil leichter war als der andere. Malo nickte.

Blanche hielt nun einen Shaker in den Händen, sie schüttelte, ihr Dekolleté zitterte. »Wollt ihr zwei nicht für eine Weile zusammenziehen?«

Plötzlich einsetzende Stille im Raum. Warum gab es keinen Ruck von außen? Vielleicht eine Naturkatastrophe ungeahnten Ausmaßes? Einen Meteoriteneinschlag? Er hätte wachrütteln können.

»Das ist keine gute Idee. Ich bin ein sehr ruhiger Mensch.«

»Malo ist auch ruhig. Er sagt doch kaum etwas«, rief die Wirtin und stellte das Shaken ein.

»Ich bin ordentlich.«

»Das ist er auch. Für Bernadette hat er immer geputzt.«

»Blanche, das geht doch nicht.«

»Warum nicht?«

»Ich bin in Trauer!«

»Er auch!«

»Das funktioniert nicht.«

»Wieso?«

»Weil …«

»Ja?« Juste schnaufte.

»Malo, willst du für ein paar Nächte, übergangsweise bei mir wohnen?«

»Nur, wenn du es wirklich willst«, sprach der, über den gesprochen wurde, als wäre er nicht da, der aber trotzdem anwesend war und über Gefühle verfügte sowie über Peinlichkeitsempfinden und Ehre.

»Also …«, hob Juste an.

»Gut, wenn das so ist … gerne.« Malo griff sich die Sporttasche und sprang vom Hocker.

So schnell bekam man einen Mitbewohner. Ungewollt und doch gewollt. Im Hinausgehen bemerkte Juste, dass er noch nicht einmal seinen Grand ausgetrunken hatte. Die Welt war wundersam. Vor zwei Tagen hatte ihn ein Laster überfahren und nun wurde er auf ganz andere Weise überfahren; auf die weiche Tour. Jedes für sich besaß einen ganz besonderen Charme. Er sollte die Dinge zeitweilig so nehmen, wie sie eben waren, nicht sämtliche Schachzüge des Lebens im Voraus kennen. Juste stockte. Schachzüge? Der Schnurrbart zuckelte. Hatte man ihn etwa gerade schachmatt gesetzt?

Mémé schaute indes den beiden nach, bis sie aus ihrem Sichtfeld verschwanden. Der fragile Körper wandte sich den Karten zu. Die stahlgrauen Augen der Greisin glühten.

»Sinne, oh Mensch, du armselige Kreatur«, wisperte sie, »über das brennende Paradies …« Die Lederlippen saugten sich am Kaffeebecher fest, Mémé schlürfte Flüssigkeit ein. Als sie den Becher abstellte, sprach sie kaum hörbar: »… und über Wollust und Gier.«

***

»Wo bleibt der Brief!?«, knurrte Bürgermeister Laval in das graue Gerät auf dem Teakholzschreibtisch. Das Rauschen der Gegensprechanlage schien den ganzen Raum zu elektrisieren. Wärme von außen wehte herein, die beiden Vorhänge der Terrassentür bewegten sich im warmen Wind der Mittagshitze.

»Wird's bald!« Kleine Schweißperlen zitterten auf der Oberlippe des Brüllenden, das andere Ende an der Gegensprechanlage meldete sich zeitverzögert und auch dort schien die Luft aufgeladen zu sein.

»Sofort, Monsieur Laval! Nur noch einen Moment.« Eine weibliche Stimme in Stressfärbung.

»Ich bezahle nicht für Momente, sondern für Arbeit!«

Die Tür öffnete sich nur Sekunden danach, eine schlanke Frau mit Brille betrat den Raum, in den Händen trug sie Papiere. Ohne weitere Bemerkungen und bar jeglicher Kenntnis darüber, dass sie in den Gefahrenbereich ›Schreibtischschublade‹ trat, legte sie die Schriftstücke vor Laval auf den Tisch.

»Madame Pascal ist so eine nette Kollegin, Monsieur Laval. Muss eine Kündigung tatsächlich sein?« Laval nahm den Brief in die Hand.

»Ich bezahle auch nicht für Fragen …« Weiter kam der Bürgermeister nicht, der Satz verschwand in einem Hustenanfall. Laval bellte förmlich, zog ein Taschentuch aus der Hosentasche und spuckte Schleim hinein. »Madame Pascal macht zu viele Fehler«, gurgelte er. »Das mag so ein netter Chef, wie ich es bin, nicht.« Er rieb sich den Mund sauber. Die Sekretärin mit der Brille lächelte mit Anstand und Laval griff zum Füllfederhalter. Die Kündigung bekam eine Unterschrift, er zog sie über die Hälfte des Papiers. Ein Tintenerguss in der Farbe Blau. Kittel, Tod und Kündigungen hatten etwas gemeinsam.

»Das muss heute noch raus! Haben Sie mich verstanden?!«
»Ich erledige es gleich!«
Der Bürgermeister hob den Kopf, sichtete die junge Frau, seine Augen glitten gierig an ihrem Körper hinauf und wieder herunter. Er grinste.
»So schnell nun auch wieder nicht«, sagte Laval und das Lächeln verschmolz in Tateinheit mit dem Tasten nach ihren Beinen. Die Hand traf die Haut. Sie zuckte.
»Na, na, na. Ist Ihnen Ihr Arbeitsplatz denn so gar nichts wert?«

***

Juste Simon zeigte seinem Kollegen die Wohnung bei gleichzeitiger Kenntnisgabe der Regeln des Zusammenwohnens. Malo, nun nicht mehr in der Gastrolle, fand sich als Mitbewohner wieder. Mit einem ausführlichen Regelwerk für diese Veränderung. Sauberkeit und Ordnung hatte Juste bereits in der Präambel der mündlichen Verhandlung untergebracht und Paragraf eins unterstrich er mit erhobenem Zeigefinger: gegenseitige Rücksichtnahme unter Beachtung der allgemeinen moralischen, sozialen sowie reinlichen Anstandsregeln.
Malo nahm alles hin, ebenso den Unterricht über die korrekte Handhabung der Toilettenbürste und die schriftliche Fixierung der Intervalle fürs Müllhinausbringen. Irgendjemand hatte ihm einmal gesagt, dass man zum Mann wurde, wenn man nicht mehr den Müll hinaus bringen musste. Malos Mannwerdung zog sich offensichtlich hin. Juste beendete die Erklärungen und machte sich frisch für den Termin mit Abbé Noël, um die Beerdigung von Mamie zu besprechen. Kurz vor dreizehn Uhr verließ er die Wohnung.

Arnauds Straßen waren menschenleer, Mittagshitze herrschte und es war schwül geworden; in den Abendstunden sollte es Wärmegewitter geben. Der Geruch von Mittagessen benebelte Juste, es roch nach Gebratenem, schwere Kost an einem schwülen Tag. Nässe legte sich auf die Haut, er fühlte schon das Gewitter. Als er die Kirche betrat, umfingen ihn sofortige Kirchenkühle und Dunkelheit.
»Oh, Juste! Mein Beileid!« Juste hörte den Geistlichen, bevor er ihn sah. Eine Hand griff die seine, eine freundschaftliche Umarmung folgte.

»Mein Sohn! Sie war eine gute Seele!« Juste fand es immer befremdlich, wenn er ihn als Sohn bezeichnete, obwohl er diese Verwandtschaft nicht mit dem Abbé teilte. Gleichwohl verfehlte die Anrede nicht ihre wohltuende Wirkung. Vielleicht, weil er nie richtig ein Sohn gewesen war? Abbé Noël klopfte ihm auf den Rücken, die Dauer und Intensität ließen vermuten, dass der Geistliche davon ausging, dass sein Sohn etwas verschluckt hatte, denn einen Trauernden würde man nicht derart malträtieren. Der Abbé hörte endlich mit dem Rückenklopfen auf und faltete die Hände. »Der Herr wird bei ihr sein. Für immerdar! Das ist gewiss!« Die Worte des Geistlichen verhallten in Justes Kopf. Sie klangen so endgültig. Für immerdar – wie eine Sackgasse. Warum konnte sie nicht wieder bei ihm sein? Bei Gott weilten schon so viele Menschen und hier wurde Mamie gebraucht. Von ihm. Die innere Stimme mischte sich ein: *Loslassen! Du dumme Nuss! Lernst du das nie?*, schrie der Fiesling in seinem Kopf. Widerwillig gab Juste der Stimme recht und beschloss, sich ab sofort zusammenzureißen.

»Juste!? Wir wollten die Beerdigung besprechen, nicht wahr?« Abbé Noël holte ihn in die Realität zurück, gleichzeitig schweifte Juste wieder ab. Beerdigung – Trauerfeier. Einen Menschen dem Gottesacker übergeben – vergraben. Verbuddeln im Schmutz und ihn zurücklassen in der Einsamkeit des Friedhofs. Unmenschlich! Er hielt Tränen zurück.

Reiß dich zusammen, du Memme. Nur Schwangere, Schwächlinge und Teetrinker heulen. Wächst dir grad ein zweites X-Chromosom? Gleich hast du Brüste und menstruierst. Dass der Tod einem jeden lauert, wusstest du auch schon vorher! Schluss jetzt! Oder willst du einen Tampon? Der Fiesling war ein Teil von ihm, den er nicht duldete. Mit Disziplin und Beharrlichkeit unterdrückte er normalerweise die Stimme, die nicht zu seiner moralischen Grundhaltung passte. Derzeit fühlte Juste sich für eine Unterdrückung zu schwach, obwohl die Stimme diesmal mit fast barmherziger Note sprach. Immerhin hatte sie sich gemeldet, bevor er ein Taschentuch benötigte.

»Es soll eine schöne Beerdigung werden, Abbé. Meine Familie und Freunde sollen in Würde Abschied nehmen. Das hat meine Großmutter verdient!«, sagte Juste und im Hintergrund hörte er ein: *Geht doch, Blödmann! Dass ich immer erst sauer werden muss.*

Das Rosenfenster registrierte die beiden Männer auf der Kirchenbank, fand das Zuhören sterbenslangweilig und schlummerte ein. Hätte es geahnt, dass doch noch Spannung aufkommen würde, dass Jesus lebte und dass Huren zur Reue fähig waren, es hätte gelodert, und zwar in allen Farben, die das Spektrum hergab.

***

Malo Duc warf einen Blick auf den Wochenplan, der die Tätigkeiten im Haushalt paritätisch verteilte. Für ihn blieb etwas weniger an Arbeit, als er früher bei Bernadette erledigen musste. Aber da Juste ein extrem ordentlicher Mensch war, hatte er eine höhere Taktzahl der Aufgaben, die sich wiederholten, angeordnet. Der einzige Vorteil, im Gegensatz zum Eheleben, schien ihm die Sexlosigkeit der Gemeinschaft zu sein. Malo griente. Man sollte die Feste feiern, wie sie fallen. Er parkte die Libido in eine Hängematte, deckte sie zu und vergaß sie.

Bei Gott, war das schön! Endlich keine Rangelei mehr, niemals mehr unter das Joch der Lüste. Nichts mehr ausprobieren, das in einem Handbuch über schlagfeste Liebe geschrieben stand, keine Spiele mehr aus üblen Frauenromanen. Wenn er überhaupt jemals wieder Lust haben würde, so wäre es Lust auf Blümchensex. Etwas, das mit anschmiegen zu tun hatte und einem Weibchen in weißen Strapsen, das ihm Kosenamen gab und das nach zarten Liebkosungen dürstete.

Jäh platzte der Tagtraum. Malos Magen knurrte. Er überlegte, wann er zuletzt etwas gegessen hatte – es war gestern Abend gewesen. Kein Wunder, dass sein Körper nach Nahrung jaulte. Hatte er nicht während der Hausführung im Kühlschrank eine gebratene Hühnerbrust erspäht?

Malo ging in die Küche, öffnete den Kühlschrank und in der Tat lag direkt vor ihm ein gut gebräuntes Stück Hühnerbrust. Im Seitenfach entdeckte er eine Flasche Cabernet Sauvignon. Unwillkürlich leckte Malo sich die Lippen. Frauenlos, heimatlos, sinnlos – aber mit ein wenig Wein konnte das Los des Lebens bunter werden. Malos Hand griff zur Flasche, mit der anderen schnappte er sich die Hühnerbrust und mit einem Hüftschwung schloss er die Kühlschranktür. Freier Genuss für freie Männer! Der Korken ploppte.

***

Die Besprechung war beendet, Juste entfaltete die Hände. Er und der Abbé hatten ein kurzes Gebet für Mamie gesprochen.

»Abbé Noël, ich danke Ihnen von Herzen! Ich bin mir sicher, die Beerdigung wird schön werden. Und ich wünschte, ich könnte der Sainte-Catherine helfen. Bei Gott, das wünschte ich mir!«

»Mein Sohn, ich fürchte, niemand kann der Sainte-Catherine mehr helfen. Die Schergen von Laval waren schon hier und ich vermute, dass wir nicht mehr viel Zeit haben, bis die Kirche geschlossen wird. Eine Renovierung wäre einfach zu teuer und wir stehen Laval und seinen Bordellplänen im Wege. So einfach ist das.«

»Mamie hat mir kurz vor ihrem Tod das Versprechen abgenommen, dass ich mich um Sie und die Kirche kümmern werde. Großmutter wollte, dass die Kirche bestehen bleibt.«

»Das ist lieb, aber ich fürchte, dass wir keine Chance haben.«

Juste straffte den Körper, schaute hinauf zur Deckenmalerei, das Krippenkind starrte mundlos zurück.

»Mamie hat mir Geld hinterlassen. Es ist nicht unendlich viel, aber immerhin etwas. Das Geld könnte ich spenden und wir könnten in Arnaud sammeln gehen, einen Basar veranstalten, Lose verkaufen und eine Stiftung einrichten.«

Abbé Noël schüttelte das Haupt.

»Ein großzügiger Gedanke, aber weißt du, wie viel Geld fehlt? Selbst, wenn der Bischof einen Teil aus dem Haushalt dazu geben würde, fehlte uns noch eine knappe Million. Das ist zu viel Geld für eine so kleine Gemeinde wie Arnaud.«

Juste hatte diese Summe nicht erwartet, sie würde in der Tat nicht durch die Gemeinde gesammelt werden können.

»Das ist wirklich viel!«, sagte er und überlegte. »Und wenn wir mit den Damen aus dem Etablissement reden? Die Kirche könnte peu à peu saniert werden und wir könnten einen Weg finden, zu kooperieren?«

Abbé Noël sprang unvermittelt auf. Sah zur Kirchentür, schaffte es, durch sie hindurchzusehen, und erblickte durch transparente Mauern, Eingänge und Tapeten die Sünde.

»Niemals! Satan bleibt Satan! Wir kooperieren weder mit Laval noch mit Huren!«

Juste machte Stielaugen, der Pfarrer keuchte.

»Abbé, vielleicht sind Unschuldige unter den Mädchen. Opfer. Sie verstehen?«

»Opfer!? Heute Morgen sind die ersten ›Opfer‹ eingezogen!« Der Abbé pustete gleich einem Stier, der ein rotes Tuch erblickte. »Es sind Frauen, die auf obszöne Weise viel Geld verdienen«, der Kirchenmann schraubte sich hoch, »indem sie ihre Körper verkaufen, das Geschenk Gottes besudeln und die Triebe der Männer auf schamlose Weise ausnutzen. Das nennst du das Opfer? Welcher Beelzebub hat dir so etwas erzählt, Juste Simon? Hast du im Gottesdienst nicht zugehört?«

Juste sah sich nicht in der Lage, auf so viel Drama eine geeignete Antwort zu finden.

»Maria ...«, fiel ihm gerade noch rechtzeitig ein. Hoffentlich half sie ihm, in Graustufen zu denken. Nicht schwarz, nicht weiß, so wie Mamie es ihm angetragen hatte. Bei dem Versuch, die Laval-Damen ins Spiel zu bringen, hatte er ein Mittelgrau gewählt und Gegenwind erwischt. Ein anderes Grau musste her. Eindeutig! Würde kumulusgrau, mausgrau oder wildgrau besser funktionieren?

»Magda... Magda...«, stotterte er und hoffte, dass er nicht erklären musste, wer sie war. »Maria Magdalena!« Das volle Wildgrau sprudelte in einem Zug aus ihm.

Abbé Noëls Schopf wirkte fahrig, das Antlitz fahl und der Pfarrer bekreuzigte sich.

»Oh, Herr. Jesus.« Der Pfarrer sank auf die Knie. »Sei mir gnädig. Ich vergaß! Maria Magdalena!« Tiefe Inbrunst und Erkenntnis übermannten den Geistlichen. »Wenn du es konntest, Jesus, dann will auch ich es lernen. Wenn nur eine reuige Sünderin unter ihnen ist, will auch ich Gnade walten lassen.«

Wildgrau war offenkundig die richtige Wahl gewesen. Juste beunruhigte nur, dass die Angelegenheit eine andere Richtung als gewünscht genommen hatte. Eine reuige Sünderin. Er fragte sich, woher er auf die Schnelle eine reuige Sünderin nehmen sollte. Die Präsentierung eines namenlosen und sprachlosen Opfers wäre erheblich einfacher gewesen.

***

Malo lag auf dem Teppichboden und dachte an Dionysos, den Gott des

Weines, der Ekstase, des Wahnsinns und der Fruchtbarkeit. Dieser Dionysos hatte das Glück gehabt, das beste Amt aller Götter zu verwalten. Nur Fruchtbarkeit wäre verzichtbar gewesen, denn die setzte Sex voraus und war anstrengend. Gott des Weines. Wie schön! Malos Welt drehte sich. Gehörte Ekstase mit Sex zusammen oder paarten sich Wein und Ekstase? Letzteres klang gut, Vorletzteres nicht. Oder gehörten gar Wahnsinn und Ekstase zusammen? Malo schaute zur Decke hoch, das Drehen ließ nicht nach.

Glasklar stellte er fest, dass er betrunken war, bei nüchterner Betrachtung sogar sehr betrunken. Vergorener Traubensaft auf leeren Magen mit einer leichten Hühnchengrundlage als Zündstoff für einen Rausch. Was sprach dagegen, Sorgen wegzutrinken? Nichts! Oder doch etwas? Einerseits bemerkte er, dass er betrunken klarer dachte als nüchtern, andererseits rumorte das Brathühnchen im Magen.

Wer war eigentlich Bernadette? Eine Frau, die ihn nicht mehr wollte. Gut so! Und was war Sex? Eine Sache, die er nicht mehr wollte. Bestens! Es sei denn …

Malo zog die Flasche zu sich, leerte den Rest des Sauvignons und rülpste. Ein wohliger Schauer durchlief ihn, endlich konnte er Dinge auf einen einfachen Nenner bringen. Kein Zergrübeln. Minimalismus, mehr nicht. Das Stuckornament in der Mitte der Zimmerdecke kreiselte. Malo spürte, dass nun nichts mehr passieren konnte, was ihn noch tiefer hinabzog. Eine flauschige Wolke aus Federn schien ihn zu umgeben. Ganz unten ergab nur einen Weg – den nach oben. Aus dem Ornament entsprang ein kräftiger Hintern. Malo schloss die Augen. Was nicht möglich war, konnte auch nicht sein. Er blinzelte – Mann, was für ein Gesäß, mit Strapsen in weißer Spitze. Das Brathühnchen war wohl schon schlecht gewesen.

Der Hintern wackelte, löste sich auf. War der Spuk vorbei? Nur ein Halt für das Bewusstsein, dann kreiselte die Decke wieder und zwei Brüste entsprangen der Mitte. Malos Kopf versuchte, das Bild wegzuschütten, das Experiment wurde beendet, als sich sein Magen meldete. Er glotzte auf die hängenden Brüste.

Lippen aus dem Kronleuchter sprachen zu ihm.

»Hallo, mein Schnuppelchen!« Malo griente, er kam den Lippen entgegen, hob den Kopf.

»Willscht du Sächs, mein Häschen?«, sprach die erweckte Wollust aus ihm. Strapse, Brüste und Kosenamen, das war der Weg zu Kuschelsex. Die Brüste wippelten aufgeregt. Malo stierte sie an, sie wippelten weiter. Bei allen Göttern, waren das Dinger! So hoppelig. Aber warum hörten sie nicht auf, sich zu bewegen? Die Brüste begannen zu rotierten, in irrsinniger Geschwindigkeit. Hängen und wippeln war gut, aber rotieren? Vor allen Dingen, so schnelles rotieren. Wahnsinn und Ekstase gehörten eindeutig zusammen! Der Wollüstige hielt dem Tempo nicht mehr stand, sein Magen auch nicht. Mitten auf den Teppich erbrach sich Malo, auf die von Juste sorgfältig staubgesaugte Auslegware, an der selbst die Fransen gen Osten ausgerichtet waren. Kreiselnde Brüste. Kotze auf dem Teppich. Beachtlich, wie wenig es brauchte, eine Mitbewohnervereinbarung zu Fall zu bringen.

***

Der Stadtbuchhalter stand allein in der Sainte-Catherine. Lichtfäden fielen ins Kirchenschiff, Staub tanzte darin und es war still. Der Pfarrer war hinausgestürmt, keine weiteren Worte hatte der Trauernde mit dem Abbé gewechselt. Maria Magdalena. Eine reuige Sünderin, das war alles, was Juste beschaffen musste, um einen Dialog zu eröffnen. Es mochte zunächst ein zartes Pflänzchen an Dialog sein, aber er wollte klein anfangen, bei Schwierigkeiten ausharren und dann zur Perfektion streben. Von Perfektion war er allerdings noch weit entfernt. Würden sich die Damen überhaupt auf Kooperation einlassen und Laval davon abhalten, die Kirche für baufällig zu erklären? Wieso sollten sie das tun? Derzeit waren sie diejenigen mit Protektion auf ihrer Seite. Der Kirche zu helfen hatten sie nicht nötig. Die Sainte-Catherine bestand für sie nur aus Ärger. Juste fühlte die Kirche, das alte Schätzchen war liebenswert und etwas morbid. Wenn Gott doch nur helfen könnte? Auch ein Stadtbuchhalter verfiel einmal in Ratlosigkeit; immerhin hatte er den einen Gesprächspartner gefügig gemacht, nun musste er sich etwas einfallen lassen, um die Damen geneigt zu stimmen. Wäre es damit getan, wenn er ihnen erklärte, dass sie die Kirche nicht als Feind sehen sollten? Vermutlich würden sie ihn nur hinauswerfen.

»Herr! Was kann ich tun, um dein Haus zu erhalten?«

Juste dackelblickte – günstigstenfalls hörte ihn der Einzige und er half. Nichts tat sich. Entweder hörte er nicht oder er war nicht in Stimmung, um sich hinsichtlich der eigenen Immobilien zu kümmern. »Ich will dein Haus retten. Sag mir, wie!«

Es schien alles zum Scheitern verurteilt. Ein Stadtbuchhalter in einem Bordell, in dem er um Einsicht, Nachsicht und eine reuige Sünderin bitten wollte. Absurd. Er stand zwischen den Stühlen, genau zwischen Abbé Noël und den Huren. Was für eine Welt? *Barbarus hic ergo sum, quia non intellegor ulli.* – Ein Fremder bin ich hier, da ich von keinem verstanden werde.

»*Nescis mi fili, quantilla prudentis mundus regatur?*« – Weißt du nicht, mein Sohn, mit wie wenig Verstand die Welt regiert wird?, hörte er als Antwort. Wer war das? Von wo kam die Stimme? Juste schaute sich um, erspähte aber niemanden. Hatte der Abbé geantwortet? Keinesfalls, es war eine andere Stimme, sie klang tiefer und sandiger.

»Ist da jemand?« Niemand antwortete. »Hallo?« Das Wort hallte. Spürbare Leere, ihn schauderte. Juste drängte sich durch die Bankreihe hinaus zum Mittelgang. Ob Zuhörer oder nicht, es wurde langsam Zeit, nach Hause zu gehen. Vor allen Dingen Zeit, *schnell* nach Hause zu gehen. Obwohl niemand in der Nähe war, beschlich ihn das Gefühl, jemand stünde direkt neben ihm. Er stolperte, fasste sich wieder. Bloß raus hier! Juste lief durch den Mittelgang, ein Lichtstrahl durchbrach den Weg, er blieb stehen wie vor einer festen Schranke; aus unerfindlichen Gründen schien ihm das Hindernis aus Helligkeit unüberwindbar. Das gebündelte Licht wies zur anderen Kirchenwand, hin zu Jesus, der neben dem Seitenfenster am Kreuze hing. Im Bann des Lichts wirkte Gottes Sohn, als wäre er aus Fleisch und Blut. Neugier war keine erstrebenswerte Tugend, aber Juste fühlte sich angezogen vom Hängenden. Er folgte dem Lichtstrahl.

Als er vor dem Sohnemann stand, bekreuzigte er sich; wenn er jetzt noch Schalmeien und Posaunen hören würde, dann … Ja, dann … dann wäre er … Nein! Er war nicht geisteskrank! Natürlich nicht, er hörte schließlich auch keine Himmelsmusik.

»Jesus, meine Zuversicht. Wenn dein Vater sich nicht um sein Haus kümmern mag, kannst du mir nicht helfen?«

Jesus hing weiter am Kreuz, da tat sich nichts. Es war auch nicht zu erwarten gewesen, dass sich etwas tat, trotzdem bewegte sich Juste nicht fort. Das Licht, das Jesus umspielte, leuchtete in allen Farben des Spektralbogens.

Oh Memme, glaubst du wirklich, dass ein Stück Holz antwortet? Wie tief kann ein gebildeter Mensch nur sinken. Warum lobpreist du nicht den Eiffelturm und erwartest, dass er Mambo tanzt? Alte Frauen und Memmen geben sich Gott hin, wenn der Teufel nichts mehr mit ihnen zu tun haben will, du hohle Nuss. Eine Holzfigur anjaulen statt handeln. Glauben statt Mut. Beten statt Zuversicht. Dummkopf, du bist ein Verlorener.

Wann hörte der Fiesling auf, in seinem Kopf zu bohren?

»Ruhe jetzt, ich spreche mit Gottes Sohn!«

Nein, du Nuss, du sprichst mit einem Stück Holz.

»Ruhe!«

Der Klang einer Schalmei ertönte. Kaum wahrnehmbar, dafür süß und lockend. Juste ballte eine Faust und biss in die Fingerknöchel.

»Ich bin geisteskrank! Ich muss es sein!«

Und? Warum sagst du das? Oder bist du der Letzte, der das erfährt? Ich hab dir doch schon vorher gesagt, dass du eine Memme und eine hohle Nuss bist! So hörst du mir zu. Am besten, du fällst auf die Knie und bittest das Holz um Gnade. Ja, ich weiß, du willst das. Und jetzt rate mal: Woher weiß ich wohl, dass du einen kranken Geist hast?

»Ich bin Christ!«

Eben! Für so etwas gibt es Jacken, die sind weiß und haben gebundene Ärmel, möchtest du etwas über deine Zukunft erfahren: Ein Hab-mich-lieb-Jäckchen, ein Heim mit Gittern vor den Fenstern, wo du Jehova schreien darfst, bis der Arzt kommt. Mein Nüsschen, das wird übel!

Justes Faust war mittlerweile vollgespeichelt und zernagt, was die Angelegenheit nicht leichter machte. Alles zentrierte sich auf ihn, mit einem Mal fühlte er, dass viele Augen auf ihn gerichtet waren. Das Jesuskind von der Decke, Gottes sehende Hände, Jesus – alle gafften ihn anscheinend an.

»Ich? Warum? Was ist los? Ich möchte doch nur Antworten! Habe ich etwas Falsches getan?«

Oh, Junge. Das wird grausam enden! Es war nett, dich gekannt zu haben. Au revoir. A bientôt!

Die Schalmei spielte lauter und Zahlen aus blauem Licht schneiten auf die Jesusfigur, der Gekreuzigte hielt still. Die schwarzen Zehen glühten überirdisch und rochen unterirdisch nach verkohltem Fleisch. Justes Schockstarre löste sich nicht, er jaulte. Plötzlich hörte er das Klingeln einer Registrierkasse, verspürte einen Windhauch und es machte ›Bling‹, unter dem Jesuszeh sprang ein Zettel heraus und wurde auf den Fußboden gespuckt.

Die Schalmei verstummte, das Licht erlosch. Alles vorbei? Auf jeden Fall beobachtete ihn gegenwärtig niemand mehr und er fühlte sich, als wäre er allein. Das war gut. Enorm gut. Juste bückte sich und hob das Papier auf. Zahlen, Abrechnung, Resultate – so etwas kannte er. Aber was bedeutete dieses Papierstück genau? Er fröstelte und steckte es ein.

»Jesus! Soll das eine Antwort sein?«

Nein! Hohlbirne! Es ist ein Zettel. Du hast Glück gehabt, der Budenzauber hätte uns glatt töten können, das nächste Mal regst du dich nicht so auf. Mit dir in einem Sarg, das fehlt mir noch! OK, Spielzeitverlängerung. Mach was draus! Sei ein Kerl! Nimm das Heft des Handelns in die Hand! Und hör auf zu zittern, oder brauchst du einen Damenhygieneartikel mit Flügeln? Du Muschi, du!

***

Es fiel Juste nicht leicht, sich wieder zu ordnen, eins mit sich zu sein, den Fiesling aus den Gedanken zu verbannen und ein Gesicht zu machen, das mittagstauglich wirkte. Nachdenklich ging er den Weg nach Hause. Das Licht der Mittagssonne brannte auf seiner Haut, Autos hupten neben ihm, Frauen mit schreienden Kindern gingen vorbei. Was hatte er in der Kirche erlebt? Eine Jesuserscheinung? Etwas Überirdisches? Nichts störte sein lineares Denken. Fast nichts. In Stresszeiten war es schwer, den inneren Fiesling beiseitezuschieben.

Oh, Boy, röhrte er. *Es gibt Menschen, die behaupten, dass sie von Außerirdischen entführt worden seien. Und die Aliens haben grausame Experimente an ihnen verübt.* Der Fiesling senkte die Stimme: *Experimente sexueller Natur. Nur eines ist seltsam – wenn du dir die Leute anschaust, die die Aliens gekidnappt haben. Aliens entführen nur Deppen. Und nun rate mal, warum, und wach auf!*

Ruhe! Zu viel strömte auf ihn ein. Wie sollte er angesichts dieser Strömung den Kopf über Wasser halten? Fast hätte er sich selbst erklärt, dass das, was ihm soeben widerfahren war, gar nicht passiert war. Nur der Zettel in seiner Hemdtasche erinnerte ihn daran, dass es doch eine Wirklichkeit gab, die fernab von der gewünschten Realität lag. Ein Zettel bestand aus etwas Greifbarem, Licht und Schalmeien nicht. Vielleicht konnte er das Ganze als abwegige Interpretation seines Hirns verbuchen? Er war schließlich in Trauer. Litt nicht jeder gelegentlich unter Erscheinungen, in Zeiten emotionaler Not? Und dann die blauen Zahlen. Was sollten sie bedeuten? Jesus war doch schon lange tot. Das bisschen Auferstehung zählte nicht.

Juste stieg die Stufen hinauf zu seiner Wohnung, wog alles ab, hin und her und plötzlich fiel ihm die Lösung ein.

»So ist es!«, rief er ins leere Treppenhaus. Es war eine ganz allgemeine Licht- und Schalmeienerscheinung! Turnusmäßig traf das vermutlich jeden Menschen gelegentlich und heute hatte es zufälligerweise ihn erwischt. Was soll es, sagte er sich, als er die Tür aufschloss, so etwas ist doch normal! Der Fiesling schwieg dazu.

Beseelt vom Glück, nicht verrückt sein, rief er fröhlich in die Wohnung. »Ich bin es!« Keine Antwort – keiner da? Juste zog die Schuhe aus, stellte sie auf die Schuhablage und parkte den Schlüsselbund an der Haustür. Seine Nase ging auf Empfang. Wonach roch es so eigenartig? »Malo, bist du da?« Aus dem Wohnzimmer kam ein heller Fiepton. Ein Warnlaut.

Juste ging in Alarmbereitschaft, steuerte das Epizentrum des Geräusches, das er nur von werfenden Katzen oder entbindenden Frauen kannte, an. »Bei Gott, Malo!« Juste stand im Türrahmen, nach und nach sickerte die Katastrophe zu ihm durch. Das Zimmer stank sauer, sein Mitbewohner krümmte sich auf dem Fußboden, würgte, neben ihm breitete sich eine braunsuppige Lache aus Erbrochenem aus und die Teppichfransen lagen im Chaos.

»Was, in aller Welt, machst du da?«

»Hühnchen!«, entschlüpfte es Malo. Juste trat zu seinem Mitbewohner, beugte sich herunter, eine eklige Geruchsfahne kam ihm entgegen, er verzog das Gesicht. »Es war wohl nicht nur Hühnchen!«

Weiterer Mageninhalt erblickte das Licht der Welt.

»Ein schlechtes Hühnchen«, presste Malo heraus. Juste drückte sich die Hand vor die Nase.

»Das war nicht das Hühnchen«, drang es durch die Hand. »Du stinkst wie ein Clochard. Hast du etwa Mamies Brathühnchen gegessen? Das war meins! Eine letzte Erinnerung an sie und erkläre mir nicht, dass das Erbrechen davon kommt. Wie konntest du nur! Du bist betrunken! Alkohol niemals vor achtzehn Uhr! Hättest du mir zugehört, als ich dir die Mitbewohnerregeln erklärt habe, dann wäre mein Teppich sauber, Mamies Brathühnchen noch da und die Wohnung würde nicht nach Hafenkneipe riechen. Du hast sowieso einen empfindlichen Magen.«

Malo stemmte sich mit aller Kraft hoch. Er wollte etwas Bedeutendes sagen, etwas, das er der Welt hinterlassen konnte, sank aber wieder zusammen.

»Mir ist so schlecht!« Zur Bekräftigung erbrach er Gallensaft.

Eine volle Stunde dauerte das Tal der Finsternis, dann waren das Brathühnchen, der Wein und der Gallensaft endgültig draußen. Malo wankte zum Sofa, ließ sich fallen und schnarchte augenblicklich.

Juste verdrehte die Augen und sah sich der Notwendigkeit ausgesetzt, die Wohnung zu reinigen. In der Küche suchte er die Hilfsmittel zusammen, klemmte sich mit einer Wäscheklammer die Nase ab, streifte Einweghandschuhe über, band eine Gummischürze um und nahm Küchenrollenpapier in die Hand, um Malos Hinterlassenschaften aufzunehmen. Die Welt war klar gegen ihn, wenigstens seit ein paar Tagen. Das noch warme Erbrochene fühlt sich genauso mies an wie seine Stimmung. Die festen, semifesten und flüssigen Teile des Gespeiten räumte er beiseite, nur ein dunkler Fleck blieb. Juste stockte. Der Fleck sah merkwürdig aus. Er suchte darin ein Muster. Ein Pferdekopf!, jagte durch die Ganglien. Er sah wirklich aus wie ein Pferdekopf!

Kniend und mit Küchenrolle in der Hand hatte Juste etwas erfasst, das noch mit anderen Teilen der Sachlage verknüpft werden musste. Er fühlte sich wie elektrisiert, griff sich an die Brusttasche. Pferde? Der Zettel war ein Wettschein! Ganz eindeutig ein Wettschein. Juste erinnerte sich daran, wie Jesus' Zeh den Zettel ausgeworfen hatte und blaue Zahlen heruntergefallen waren. Sein Sinn meldete ihm, dass nur noch ein kleiner Schritt bis zur Auflösung gegangen werden musste. Es traf ihn völlig unvorbereitet, das Große in Gänze zu erkennen, in einem einzigen Gedanken, anstelle der Bruchstücke, die ihm Kismet sonst zuwarf. Er sollte wetten! Mit Mamies Geld, auf das Ableben eines Mitmenschen

– unmoralisch, aber offensichtlich nicht unchristlich. Justes Adamsapfel tänzelte. Bei Gott! So war es!

»Malo, wach auf! Wir gehen in das Bordell!«, rief Juste und er war selbst erstaunt, wie rein und klar die Anweisung sich anhörte. Das Sofa kam in Bewegung. Malo grummelte. »Steh auf! Wir machen einen Bordellbesuch!«

»Mmmmh …« Malo drehte sich. »Geht nich' …«

»Das muss gehen!«

»Ich bin völlig alle …« Malos Körper wand sich. »Keine Munition …«, nuschelte er und drehte sich wieder um.

»Deswegen gehen wir auch nicht dort hin! Für was hältst du mich!«

»Kein Kuschelsex?«, murmelte Malo.

»Nein!«

»Blöd. Dann halt' ich dich für blöd«, drang aus der Tiefe des Sofas.

***

Alkohol. Ethanol, entstanden durch Gärung. Eine volle Flasche Wein, auf fast nüchternen Magen. Wenn der Körper 0,1 Promille pro Stunde abbaute … Der Stadtbuchhalter rechnete nach. Das Ergebnis war unbefriedigend. Juste hatte Malo in die Badewanne verbracht, dort stand er schlafend an die Wand gelehnt und drohte abzurutschen. Warmes Wasser lief in die Badewanne ein. Doch wozu das heiße Bad? Es würde ein langer Badespaß werden angesichts langsamen menschlichen Alkoholabbaus. Aus dem Wasserhahn dröhnte es. Stunden, die sich hinziehen würden und die den Gottesplan torpedieren könnten. Warum also ein heißes Bad? Juste schloss den Hahn und drehte die Dusche bis zum Anschlag auf, eisiges Nass rauschte. Malo schrie, riss die Augen auf. Geht doch! Wozu langsam, wenn es auch schnell gehen kann?

Ad maiorem dei gloriam – zur höheren Ehre Gottes. Was so ein bisschen kaltes Wasser bewirken konnte.

***

Juste richtete die schwarze Krawatte gerade und kämmte sich anschließend das Haar. Formell wollte er aussehen, wie ein ehrlicher Makler – ein

Mittler zwischen zwei Suchenden und genau das war er schließlich auch. Die Kirche benötigte Geld und die Damen des Gewerbes wussten, wie Geld zu machen war. Vermutlich jedenfalls. Juste strich den Schnurrbart glatt. Der Gottesplan war einfach – blaue Zahlen, ein Wetteinsatz, ein Toter und schon wäre genügend Geld für die Sainte-Catherine da. Juste und Gott waren sich sicher, dass die Kontakte der Damen dazu nützlich waren. Eines in der Kette fehlte noch, nur eine Kleinigkeit.

»Malo, wie bringt man Frauen dazu, einem zu helfen?«, rief Juste in Richtung Badezimmer.

»Wobei brauchst du Hilfe?«

»Das musst du nicht wissen, es reicht, wenn du mir antwortest und mitkommst.«

»Sei nett zu den Frauen.« Aus dem Bad surrte ein Rasierapparat. Malo schrubbte am Kinn, die Hände zitterten noch.

»Nett?«

»Ja.«

Juste überlegte, kam aber zu dem Schluss, dass sich Nettsein in diesem Fall kontraproduktiv auswirken würde. Keine Schwäche zeigen – der Feind war mit allen Wassern gewaschen und mit sämtlichen Schwierigkeiten vertraut.

»Das müssen wir überspringen! Was geht noch?«

»Du könntest mit ihnen reden.« Justes Schultern sackten ab – nett und reden waren die Kinder von Pussi und Schwächling. Hatte *er* das gerade gedacht? Tatsächlich. Der Fiesling schlief. Irgendetwas färbte von der inneren, unmoralischen Stimme ab. Das sollte nicht geschehen. Moralisches Handeln war zwar anstrengend, aber wichtig und er wollte sein Leben moralisch leben. Er war schließlich durch und durch ein Moralist. Malos Rasierer hörte endlich auf zu schnurren. »Müssen wir das auch überspringen?«

»Ja.«

»Wie sieht es mit gewaltverherrlichenden Lösungen aus?«

»Überspringen.«

Malo ohrfeigte sich Rasierwasser auf die Wangen.

»Mmmmh … also … dann wird es eng … Erpressung?«

Der sonnige Garten Eden der Versuchung tat sich auf. Erpressung – was für ein schönes Wort, es machte gleich fröhlich.

Moment! War das moralisch? Die Schultern sackten wieder.

Denk nach, Pussi. Einmal unmoralisch ist keinmal unmoralisch.

»Womit erpresst man Frauen?«

»Mit unerhörten Dingen, die sie tun, getan haben oder beabsichtigen zu tun.«

»Na, dann …« Justes Schultern wussten nicht, ob sie weiter absacken sollten oder gestrafft werden konnten. Er schwamm im Meer der Möglichkeiten und konnte keinen Rettungsring ergreifen. Unerhörte Dinge taten die Gewerbedamen täglich, aber wie sollte er daraus eine Erpressung basteln? Manchmal wäre es hilfreich, wenn er nicht so behütet aufgewachsen wäre. Oh, Mamie … Im nächsten Leben musst du unbedingt Oberhaupt eines Mafiaclans werden und ich dein böser Junge.

Juste und Malo verließen gegen neunzehn Uhr das Haus. Eine knappe halbe Stunde später standen sie unschlüssig und ohne konkreten Plan vor dem Bordell. Das Gebäude sah unscheinbar aus, früher beherbergte es einen Friseursalon, mit allem, was ein Friseur zu bieten hatte, einschließlich einer Nassrasur für den Herrn. Eine scharf geschliffene Klinge in zittriger Hand und ein paar Minuten Angst – es war lohnend gewesen, sich hier barbieren zu lassen. Und nun war das Geschäft zu einer Bar geworden, geschlossene Vorhänge hingen vor den Fenstern und eine polierte Messingplatte an der Hauswand. »Belle de Nuit« – Bar mit charmanter Unterhaltung. Malo stieß ihn in die Rippe und griente.

»Schau mal, der Name. Ach, ja … Bordelle find' ich gut.«

»Bordelle sind aus guten Gründen gesetzlich verboten, moralisch verwerflich und verstoßen gegen die Menschenwürde.«

»Na, ja … nicht erlaubt. Das bisschen nicht erlaubt.« Malo holte tief Luft und stieß sie pustend wieder aus. »Wo Pflaumen regieren, wird Obstbrand verboten. Das musst du nicht so eng sehen.« Er grinste.

»Ich sehe das sehr wohl eng. Verboten ist verboten.«

»Und warum stehen wir dann hier?«

»Ich will die Kirche retten.«

»Im Bordell?«

»Ja.«

Malo rieb sich das Ohr. Er hatte noch nie davon gehört, dass jemand in einem Hurenhaus, auch wenn es als Bar deklariert war, ausgerechnet eine Kirche gerettet hatte. Die Situation würde knifflig werden.

»Und wie soll das funktionieren?«

»Lass mich das machen! Für dich gibt es nur eine feste Richtschnur: Finger weg von den Frauen! Ich hoffe, du kannst dir das merken. Also: Was musst du?«

»Aber warum muss ich dabei sein, wenn ich nicht reden und fingern darf?«

»Zur seelischen Unterstützung.«

»Von wem?«

»Von mir. Also, was musst du?«

Malo biss die Zähne zusammen, sie knirschten.

»Die Finger von den Frauen lassen.«

»Gut! Dann gehen wir jetzt in die Höhle der Löwinnen.«

***

Eine Löwin öffnete die Tür. Sie trug, wenig überraschend für die beiden, nur leichte Sommerkleidung am Leib – mehr oder minder. Juste entspannte sich, weil sie nicht in Dessous vor ihm stand. Zwar quollen aus dem Spaghettitop zwei ansehnliche Brüste und der Jeansrock war mehr ein breiter Gürtel als ein Rock, aber er konnte hinschauen, ohne rot zu werden.

»Bienvenus!«, sagte die Kurzberockte mit einer sinnlichen Stimme, die es dann doch noch schaffte, Justes Gesicht zu färben. Er räusperte sich.

»Also, ich möchte die Hausherrin oder den Hausherrn sprechen.«

»Ich kann dir nur Damen bieten, mein Hübscher. Herren bekommst du woanders. Nur herein und amüsiert euch, hier bekommen zwei ausgehungerte Kerle etwas zu Essen, zu Trinken und mehr.« Das Kurzröckchen lächelte und zog Juste am Hemdsärmel hinein. Juste riss Malo mit sich.

»Du magst eine Herrin? Also dominant? Oder wollt ihr zu zweit eine Herrin?«

»Ich … äh … nein, nein und nochmals nein.« Durch einen kleinen, schmalen Flur, in dem es nach frischer Farbe roch und der durch goldene Wandkandelaber halbwegs edel wirkte, zog die Löwin das zusammengeklettete Männerduo. Das kleine Zimmer, in dem sie stoppten, besaß eine Flügeltür und wurde von einer dunklen Grundstimmung beherrscht.

Vier junge Damen langweilten sich auf den einzigen Möbelstücken, zwei Diwanen.

»Hier ist unsere Speisekarte«, offerierte das Kurzröckchen mit einladender Geste. Die jungen Frauen juchzten.

»Oh!«, rief eine platinblonde Dralle. »Der Kleine mit dem Veilchen gehört mir!« Malo griente verlegen und das Moppelchen lief schnurstracks quiekend auf ihn zu. Juste hatte gerade noch Zeit, seinem Kollegen einen bösen Blick zuzuwerfen.

»Ich nehm', den großen Schlanken in Schwarz!« Eine Rothaarige flirrte mit ausladendem Hüftschwung in Justes Richtung und samtete ihm schlussendlich »Salut, mon chouchou!«, ins Ohr.

Tja, Hohlnuss, da hast du dich in eine schöne Lage gebracht. Jetzt heißt es poppen für die Ehre Gottes. Hat man so was schon gesehen? Ein Prinzipienreiter, der losreiten darf. Tu dein Bestes; auf, neben oder unter dem Nüttchen – für den Ruhm aller Männer. Hoffentlich hast du dir ein paar Schüsse aufbewahrt? Weißt du überhaupt noch, wie das geht? Also, ich erkläre es dir gern …

»Neeein!«, schrie Juste so laut, dass alle im Zimmer zusammenzuckten. Die Rothaarige, die an seinem Arm klebte, machte auch ohne den offen stehenden Mund ein erstauntes Gesicht. »Ich will die Chefin sprechen!«, rief Juste in einer Tonlage, in der er noch nie gesprochen hatte. Selbst er hatte das Gefühl, dass die autoritäre Stimme nicht von ihm kam. Bevor er sich weiter darüber wundern konnte, öffnete sich eine Flügeltür. Die Seitenteile rollten vernehmlich über den Fußboden. Der klebrige Rotschopf ließ von ihm ab und Juste nahm eine neue Stimmung im Raum wahr.

»Man hat nach mir gerufen?« Zuerst sah Juste eine perfekte Figur, dann ein eng anliegendes weißes Kostüm und danach einen streng zurückgekämmten Dutt. Eine Dame, Mitte dreißig, bewegte sich auf ihn zu, mit eleganten Bewegungen und ohne Schnörkel. Die Luft flirrte. Irgendetwas, das ihm den Atem nahm, hatte den Raum betreten. Irgendetwas, das nussbraune Haare mit dazu passenden Augen trug. Juste schluckte. »Sie wollten mich sprechen?« Langsam umrundete die Nussbraune ihn, sondierte.

Ein leichter Schwall von Chanel lag in der Luft. Juste kratzte Mut und Heldentum zusammen. Würde er es schaffen, seine Stimme nochmals erhaben einzufärben? »Ich möchte mit Ihnen reden«, sagte er beherrscht. Glück war machbar, es hatte funktioniert.

»Mit mir reden. So, so …« Juste hoffte inständig, dass das Sondieren endlich aufhörte. Es nahm ihm weiter den Atem, selbst der Hemdkragen fühlte sich an, als wäre er eine Nummer kleiner geworden. Würde die Prüfung noch lange dauern, könnte er keine Garantie dafür abgeben, dass die Knie nicht weich werden würden und seine Stimme nicht klänge wie die eines gerupften Papageis.

»Darf ich bitten, Monsieur. Man nennt mich Madame Lazar. Wie war noch gleich Ihr Name?« Innerlich atmete er auf. Sondierung beendet. Keine weichen Knie – gerade noch.

»Juste Simon«, sagte er mannhaft und folgte der schwindenden Schönheit.

Das Hinterzimmer war spektakulär schlicht eingerichtet worden. Ein untätig vor sich hinschlummernder Kamin, ein ledernes Sofa. Beides in Weiß, ebenso wie der alte Marmorfußboden. Dazu ein Gemälde mit einer nackten, üppigen Frau über dem Kamin. Mehr nicht. Minimalismus in Reinform. Juste fragte sich, wie viel Sex das genoppte Ledersofa schon gesehen haben mochte und wie oft sich die Nackte vor Unmoral schon abwenden musste, denn das Mobiliar schien bereits eine Legende von irgendwoher zu haben.

»Schön hier.«

»Es gefällt Ihnen?«

»Ja. Es ist so … weiß.«

»Eine angenehme Farbe, nicht wahr? So rein, diesen Kontext mag ich.« Lächelnd spitzte die Hausherrin die Lippen und schmiegte sich in das Sofa. »Bitte nehmen Sie Platz.« Juste setzte sich. »Was möchten Sie?« Die Nussbraune ließ keine Zeit verstreichen.

Tja, Hohlbirne. Jetzt kommt es zum Schwur. Wie viel kannst du bieten, um so eine Frau zu beherrschen? Poppen für den Herrn wäre besser gewesen. Diskret, in einem Séparée, mit viel Stöhnen, Gerangel und dem Schrei ›Oh Gott, ich komme!‹ – obwohl ich mir nicht sicher bin, ob du dort angekommen wärst, wonach du geschrien hättest und ob das dann überhaupt gut für dich gewesen wäre. Einerlei! Beachte: Es dauert nicht lange und sie will die Karten auf dem Tisch sehen. Erpressen will gelernt sein. Hoffentlich blamierst du uns nicht! Mach keinen Scheiß!

»Ich will die Sainte-Catherine!«

»Die Kirche von gegenüber?«

»Ja!«

»Was habe ich damit zu tun?«

»Laval soll die Finger von der Kirche lassen und Sie können ihn dazu bringen. Und ich will Kooperation.«

»Sie überschätzen mich, Monsieur Simon.« Die Nussbraune schmunzelte. »Warum sollte ich Einfluss haben? Und wieso sollte ich Ihnen helfen?«

Mein Lieber! Jetzt hat sie dich bei den Eiern. Es war klar, dass die Schöne der Nacht über einen Arsch in ihrem engen Röckchen verfügt. Also: Warum sollte sie dir helfen? Wie Mutter Theresa sieht sie nicht aus. Auch nicht wie der Dalai Lama oder Albert Schweitzer. Sag es: weswegen? Ich bin mir sicher, in deinem Kopf herrscht ein Vakuum. Wir schlittern vermutlich auf eine Katastrophe zu. Sei keine Muschi, du Muschi! Los jetzt! Weswegen soll sie dir helfen?

»Ich … ääh …«

Verdammt! Ich wusste es!

Die Nussbraune blickte ihn an, ihr Antlitz spiegelte eine gewisse Arroganz. Juste sah das, fühlte es. Der Hemdkragen schnürte wieder. Sehr unangenehm.

»Man …«

Verdammt schlechter Anfang, Muschi. Bei jedem ›man‹ versteckst du dich hinter vielen, die nicht da sind. Schwäche riecht die Holde zehn Meter gegen den Wind. Ein echter Kerl beginnt den Satz mit der Person, die ihm am wichtigsten ist. ›Ich‹ muss es heißen!

»Besser gesagt: Ich denke, …«

Oh Boy, wer denkt, ist nicht bestimmend. Pump das Hirn auf! Sofort!

»Ja, Monsieur Simon?«

»Ich teile Ihnen hiermit mit, dass die gesamte Kirchengemeinde, die Vereine, die Frauen und nicht zuletzt der mitgliederstärkste Verein von Arnaud sich darin einig sind, dass ein Bordell nicht gewünscht ist, insbesondere unter Berücksichtigung der Tatsache, dass dadurch die Sainte-Catherine in Bedrängnis kommt.«

»Oh no, Monsieur Simon, wir sind kein Bordell. Fragen Sie den Bürgermeister, er wird es Ihnen erklären.«

Ja. Aber sicher. Sag Danke, sie hat dich erkannt; Sie hält dich für blöd und einfältig. Den Vereinsbullshit kannst du dir sparen. Welcher Verein ist denn hier der Mitgliederstärkste. Der Häkelklub? Mach was, Nuss!

»Was Laval sagt oder meint, ist nicht relevant, Madame. Schauen Sie aus dem Fenster. Was sehen Sie da? Fenster. Richtig! Viele Fenster.«

Jaul!

»Hinter jedem dieser Fenster wohnt eine Frau oder ein Kirchenmitglied und alle besitzen Fotoapparate. In der Stadt gibt es sechs Litfaßsäulen, zwei Schwarze Bretter und eine große Plakatwand. Früher stellte man Unholde an den Pranger, heute macht man das nicht mehr. Dafür haben wir die Plakatwand gemietet und die Litfaßsäulen. Was würden wohl Freier davon halten, metergroß auf einer Werbewand zu erscheinen, mit der Frage: Ist das Ihr Mann, der gerade ein Bordell besucht hat?«

Im Raum kehrte Stille ein.

Gar nicht so schlecht, Holzkopf. Ich wusste nicht, dass dir Lügen so leicht über die Lippen hoppeln.

»Ferner möchte ich Ihnen mitteilen, dass die Mutter des Verlegers der Stadtzeitung ebenfalls katholisch ist und der Radiosender von Grenelle von Emanzen geführt wird, die gegen die sexuelle Ausbeutung von Frauen kämpfen. Jeder von uns ist allein, aber geführt sind wir ein Bollwerk. Und …« Er machte eine Pause. »… Ich werde führen.«

Ein Wunder! Gut gemacht, mein Führer! Du wirst doch noch zu einem Mann. Manchmal sind viele, die es nicht gibt, besser als wenige, die vorhanden sind. Ein Wir-Wunder!

»Das ist Erpressung.«

»Aber nein, Madame, das ist keine Erpressung. Fragen Sie unseren Gendarmen, er wird es Ihnen erklären. Außerdem ist er ehrenamtlicher Küster und wohnt genau gegenüber. Leider kann er manchmal ziemlich gemein werden, aber nur, wenn man ihn nervt, ansonsten ist er halbwegs umgänglich.«

Chapeau, mein Lieber. Ganz großes Kino.

Madame Lazar stützte die Finger gegeneinander ab, erhielt so die Form eines Daches, über das sie hinwegschaute und sich auf Juste konzentrierte. Nussbraune Augen hinter Geometrie.

»Monsieur Simon. Wie stellen Sie sich eine Kooperation vor?«

»Nun …«

Mach es nicht so spannend. Du hast den Fuß in der Tür, tritt zu! Und zügig!

»Der Handlungsbedarf, um diese Situation für alle erfolgreich bereinigen zu könnten, ist komplex, Madame. Ich muss Abbé Noël zu Toleranz gegenüber einem Bordell bringen, Laval zum Rückzug, Geld für die Kirchenrenovierung hereinbekommen und Ihnen vermitteln, dass das Bordell diskret geführt werden soll. Zuerst zu Abbé Noël.«

»Dem Satansprediger?«

»Ja. Genau. Ich sehe mich als Vermittler zwischen zwei Welten, als einen Makler des friedvollen Umgangs. Wenn die eine Welt etwas gibt, was die andere Welt annehmen kann, und dafür Duldung bekommt, dann entsteht vielleicht ein Klima der Koexistenz. Haben Sie eine reuige Sünderin auf der Speisekarte?«

Furios!

»Wie bitte?«

»Maria Magdalena …«

»Oh, ich verstehe.«

Kluges Kind! Und trotzdem eine Schönheit. Sie konnte nur Nutte werden.

»Rowena ist dafür geeignet, sie ist anpassungsfreudig und an den Umgang mit älteren Patriarchen gewöhnt.«

»Ist sie auch reuevoll?«

»Wenn es gewünscht wird.«

»Nur regelmäßige Reue in der Kirche, im Beichtstuhl, wird Abbé Noël dazu bringen, in Ihrem Haus einen Hort voll verirrter Seelen zu sehen, in dem er segensreich tätig werden kann.«

»Rowena ist ein Naturtalent. Und sie liebt Beichtstühle.« Die Nussbraune schmunzelte. »Aber was wollen Sie von Laval?« Die Geometrie ihrer Finger senkte sich.

»Nichts weiter, als dass er die Kirche in Frieden lässt. Welchen Profit er auch immer machen will, die Sainte-Catherine ist Niemandsland.«

»Das wird schwer.«

»Nicht für eine Frau von Format. Und im Übrigen wäre es besser, in diesem Zusammenhang meinen Namen nicht zu erwähnen. Möglicherweise würde er dann blockieren.«

»Ich verstehe, Monsieur Simon. Und weiter?«

»Ich erwarte Diskretion, nur so hat ein solches Etablissement in einer kleinen Stadt Zukunft. Keine polierte Messingplatte an der Hauswand. Und ihre Damen bewegen sich in der Stadt anständig

– normal gekleidet und kein auffälliges Verhalten.«

»Das ist machbar, aber spießbürgerlich.«

»Eine Kleinstadt ist die Wiege von Spießbürgern. *Si vivis Romae, Romano vivito more.* Das heißt so viel wie …«

»Wenn du in Rom lebst, lebe nach römischer Sitte. Ich verstehe. Ein ziemliches Paket von Verlangen.«

Mannomann, leg sie flach. Hirn und Hülle stimmen überein. Beides ein Kracher!

Juste zupfelte an seinem Schnauzer.

»Ist es nicht so, dass Ihre Zunft für die Befriedigung von Verlangen jeglicher Natur zuständig ist?«

Die Nussbraune lachte auf, hob eine Augenbraue.

»Woher wissen Sie das? Sie sind doch Katholik, oder?«

»Ich lese viel.«

»Interessant, was Belesenheit so alles mit sich bringt. Darf ich Ihnen ein Glas Champagner anbieten?«

»Ich denke, ich will es beim darüber Lesen belassen. Außerdem fehlt noch eines: Ich benötige einen Kontakt, von dem ich annehme, dass Sie ihn haben. Die Sainte-Catherine braucht dringend ein neues Dach und ein paar Dinge mehr und ich möchte eine Wette eingehen. Normalerweise pflegt man in Ihrem Gewerbe, wie ich gelesen habe, weitreichende Beziehungen. Befindet sich darunter ein Wettbüro?«

»Auf was wollen Sie wetten? Auf Pferde?«

»Nein, auf Menschen.«

»Dafür benötige ich eine Erklärung, Monsieur Simon.«

»Ich will auf den Tod eines Menschen wetten.«

Der Raum ruhte. Madame Lazar rieb ihre ohnehin stramm gebürsteten Haare glatt.

»Das ist ungewöhnlich. So eine Wette kann, soweit ich weiß, nur über das Ausland geschlossen werden. Wann möchten Sie die Wette abgeben?«

»Am besten heute Nacht.«

Madame Lazar pustete.

»Das ist sehr zeitnah.« Sie wog langsam den Kopf. »Aber ich werde mein Bestes tun.« Ohne weitere Worte erhob sie sich, schritt zum Kamin, auf dem ein weißes Lackkästchen stand, entnahm daraus eine Karte und reichte sie dem Stadtbuchhalter.

»Rufen Sie mich an, wenn Sie wissen, auf wessen Tod sie wetten möchten. Ich benötige eine halbe Stunde nach Ihrem Anruf das Geld in bar. Sind Sie wirklich Katholik, Monsieur Simon?«

»Ja.«

»In Teilzeit, nicht wahr?«

»Sind Sie immer Prostituierte?«

»Nein.«

»Also auch in Teilzeit?«

Die Nussbraune lächelte, hielt Juste Simon aber weiterhin im Visier.

»Ein umfangreiches Leistungspaket.«

»Für Frieden sollte einem nichts zu viel sein.« Madame Lazar nickte.

»Gut. Dann soll es so geschehen. Wir werden sehen, ob es funktioniert.« Die Nussbraune ging auf Juste zu, streckte die Hand aus, sie war zierlich und mit einem Diamantring bestückt. Juste stand auf. »Mein Wort darauf«, sagte sie formvollendet und nur die Nackte auf dem Bild über dem Kamin schauten dem Bündnisschmieden zu.

»Und nun entschuldigen Sie mich, Monsieur Simon. Ich muss noch einige Anrufe tätigen.«

Der Chanelhauch umwehte ihn wieder, sie ging und er sah ihr hinterher. Mit einem Mal war alles vorbei. Alles, was ihm bevorgestanden hatte und es war doch leichter gewesen als erwartet. Er stand allein im weißen Raum. Allein im Reinraum. Ein Kälteschauer kroch in ihm hoch. Ohne die Nussbraune wirkte das Zimmer eisig. Eine wichtige Frage mischte sich ein, baute sich vor ihm auf und noch nicht einmal der Fiesling gab seinen Kommentar dazu.

Wie viel war das Wort einer Hure wert?

***

»Hast du gesehen, was für Augen sie hat? Es waren zwei grüne Knöpfchen inmitten eines kleinen, süßen Gesichts. Und ihre Lippen, unendlich saftig, ich kann es gar nicht richtig beschreiben, die Beschreibung wird ihnen gar nicht gerecht, sie sind wie ein vollroter Apfel, den man einfach nur vernaschen möchte, besser gesagt, wie ein samtener Grasteppich mit roten Mohnblüten und … und sie hat eine Figur … weißt du, dass sie unglaublich ist? So rund und prall, man würde am liebsten sofort hineinbeißen und im reißenden Strom der

Leidenschaft ertrinken. Saftiges Fleisch. Juste, ich weiß nicht, wie mir ist … Madeleine ist so schön. Das Grün ihrer Augen funkelt mich an, ich fühle mich dabei, als wäre ich auf einer Frühlingswiese im April, in der ich versinke und aus der ich nie wieder auftauchen möchte. Ich sehe es jetzt noch! Ich glaube, ich bin verliebt! Oh, nein. Ich weiß es. Sie ist wundervoll! Ich habe niemals zuvor so einen Menschen getroffen. Es ist die perfekte Übereinstimmung.«

Juste verdrehte die Augen, die beiden saßen auf dem heimischen Sofa und niemals zuvor hatte er eine so lange Aneinanderreihung von Worten von seinem ansonsten einsilbigen Kollegen und Mitbewohner gehört und die Lobrede schien nicht enden zu wollen.

»Grüne Augen geboren aus dem Meer, in Poseidons Reich, wo Abgründe warten, die ich gerne erleben möchte, weil sie mich in die Tiefe des Gemüts hineintreiben, in der ich noch nie gewesen bin, die ich doch erlebt haben möchte, bevor ich diese Welt verlasse …«

Es ist ganz einfach, entweder bringst du ihn um oder du fesselst ihn, verklebst den Mund mit einem kräftigen Klebeband, ziehst ihm eine Kapuze über und reißt das Klebeband erst wieder schmerzhaft ab, wenn du genau weißt, dass er sein widerlich romantisches Maul hält.

»Dieses Blond, es ist so eine leuchtende Farbe. Gottgeschaffen! Was auch immer sie machen würde, die Helle ihres Schopfes würde sie zum leuchtenden Mittelpunkt erwählen. Madeleine strahlt nicht nur von der Haarfarbe her, sie ist einfach ein strahlender Mensch. Anmut ist nicht nur die Schönheit des Körpers, sondern die ihrer Seele. Sie ist so gut, Juste. So gut!«

Das ist unerträglich! Kann das Klebeband nicht noch Widerhaken haben?

»Das ist schön, dass du so fühlst, Malo. Aber du weißt, was sie ist?«

»Ach Juste, was ist schon das ›Ist‹, wenn die Krone der Schöpfung grüne Augen hat, ein blondes Haupt und den goldigen Namen ›Madeleine‹ trägt. Hast du ihre Schenkel gesehen? Ich konnte einen kurzen Blick darauf werfen und habe Vollkommenheit entdeckt, die Erhabenheit einer sterblichen Hülle, als würde man im Augenblick des Todes durch einen Tunnel fliegen und am Ende gleißende Wärme empfangen, so habe ich die Impression ihrer heißen Schenkel wahrgenommen und das Paradies gefühlt.«

Sag ihm: Blasen kostet bei ihr Hundert!

»Sei still!«

»Was? Was hast du gesagt?«

»Ich meinte nicht dich, Malo.«

»Wo war ich gerade stehen geblieben?«

»Bei gleißender Wärme und heißen Schenkeln. Möchtest du kalt duschen?«

»Ich habe heute schon geduscht.«

»Diesmal vielleicht länger?«

»Ich mag nicht kalt duschen.«

»Bei Hitze hilft das.«

»Ach, Juste. Ja … ich brenne. Sie ist so ein bezauberndes Wesen.«

»Geh duschen und dann schlafen! Wir haben schon zehn Uhr durch und du hattest einen anstrengenden Tag. Du kannst heute mein Schlafzimmer nehmen. Ich schlafe auf dem Sofa.« Malo schlug die Hände vors Gesicht.

»Ich weiß gar nicht, ob ich schlafen kann, wenn ich an das madonnenhafte Gesicht dieses holden Mädchens denke, die Anmut wird mich nicht ruhen lassen. Wenn ich mir vorstelle, dass sich unsere beiden Körper irgendwann im Schlafe der Erschöpfung aneinanderschmiegen, wie zwei silberne Löffelchen in einem Besteckkasten, wird keine Ruhe sein. Erst, wenn mich Morpheus niederzwingt, wird meine Gier erlöschen.«

Nuttenduft macht Birne weich. Lass es ganz einfach wie einen Unfall aussehen!

»Sofort!«, schrie Juste und sprang auf. »Kalt duschen!« Er zeigte in Richtung Badezimmer, der Schnauzer drohte. »Ich dulde keinen Widerstand!« Zornesfalten unterstrichen die Anweisung. Malo schluckte, stand auf und trottete zum Bad. Minuten später rauschte das Wasser und ein kurzes Quieken war zu hören.

Erst, als Malo im Schlafzimmer verschwunden war, schaltete Juste den Fernseher ein. Jeder Held brauchte einen Gefährten, jeder Schurke einen Komplizen, aber Malo war heute nicht mehr zu gebrauchen. Mit seinem Liebesanfall hatte er die Aufmerksamkeitsspanne einer Stubenfliege, wenn es um wichtige Dinge ging. Es war besser, er schlief sich den Amourenrausch aus.

Die Werbung lief, gleich würden die Nachrichten kommen. Er hatte Glück – keine Werbung für Miederwäsche, Burger oder Windeln flimmerte vor ihm, dafür sah er eine gebrechliche Frau, die für ein Seniorenheim warb. Auch nicht schön. Warum gab es danach nicht

Schnapsreklame? Der Vorspann der Nachrichten setzte ein. Endlos quälende Dinge brandeten auf ihn zu. Krieg, Tote, Verletzte, aber kein Mensch, der ein Datum trug. Niemand, der wichtig genug war, um eine Kirche, einen Kindergarten und den Zusammenhalt einer Kleinstadt retten zu können. Bis zu dem Augenblick, als *sie* die Stufen zum Haus hinaufging.

Eine junge Frau. Schwarze Haare, ein kräftiger Lidstrich, fast ungeschminkt. Blitzlicht härtete ihre Züge. Lächelnd winkte sie der Presse zu. Trotzdem wirkte sie wie eine Frau, die endlich aus einem Albtraum aufwachen wollte. Die Aufnahmen stammten vom Mittag, sie waren vor einer Villa irgendwo in England aufgenommen worden. Juste sah das Datum deutlich auf ihrer Stirn, es gab keinen Zweifel. Blaue Zahlen logen nicht – morgen würde sie nicht mehr sein. Juste fühlte sich unwohl. Warum so ein junges Ding? Sterben war etwas für alte Menschen. Was wäre, wenn er sie warnen würde? Käme er überhaupt an sie heran? »Ach, übrigens Sie sterben in ein paar Stunden. Machen Sie etwas aus dem Wissen und in jedem Fall das Richtige!« Keiner würde ihm glauben.

Juste schaute sie genau an, dann verschwand sie. Die Nachrichten berichteten weiter, er hörte nicht mehr hin. Eine kleine Frau mit einer ungewöhnlichen Frisur – ein großer Verlust. Es war traurig. Gott hatte einen Plan und er, er war nur Juste Simon.

Ruhig sprach er ins Telefon, nannte den Wettbetrag ohne Emotion, den Namen der bald Sterbenden auch. Madame Lazar fragte, ob er seiner Sache sicher sei. Sie sei noch so jung.

»Ja«, sagte Juste.

Die Nussbraune erklärte ihm, ebenfalls ohne Regung, dass er dafür eine beachtliche Quote bekäme, wenn das vorhergesagte Ereignis einträfe. Juste brummte und legte auf. Auch, wenn man Gutes tat, konnte es schlecht sein. Sollte er nicht doch noch versuchen, die Zauberstimme des Inselstaates zu retten?

Zweifelnd nahm er den Briefumschlag mit dem Geld aus der Anrichte und bereitete sich auf einen Abendspaziergang vor. Es war immer noch sehr warm, denn die versprochenen Wärmegewitter hatten nicht eingesetzt. Alles fühlte sich an, als würde gleich etwas passieren, aber in Wirklichkeit tat es das nicht. Noch nicht.

Zeitgleich öffnete irgendwo in London eine Sängerin von siebenundzwanzig Jahren eine Flasche Wodka. Verliebt schaute sie das klare Nass an, Tränen rannen ihr Gesicht hinunter und sie summte leise: »I said no, no, no …«

***

Kapitel 6

Der Sonnabendmorgen begann, wie der Freitagabend aufgehört hatte, feuchtwarm. Obwohl es noch früh am Tage war, hatte die Nacht keine Frische in die Luft gezaubert. Heute würde es bestimmt ein Gewitter geben, aber das lag gestern als Vermutung auch schon in der Luft. Juste hatte das Küchenfenster weit geöffnet, aus dem Radio klang klassische Musik – Arabesque No. 1 von Debussy. Sanfte Klaviermusik für die Besänftigung der Seele. Er hatte schlecht geschlafen. Die Frage, ob er schuldig am Tod eines Menschen sein würde, auch wenn er nichts getan hatte, bohrte in ihm. Mord durch Unterlassen? Er könnte den jungen Weltstar anrufen, die Sachlage schildern und dann müsste sie einfach selbst etwas unternehmen, um dem Tod zu entrinnen. Irgendetwas. Die Ratio sagte ihm, dass er ihre Telefonnummer nicht kannte und er sich schnell zum Narren machen würde. Außerdem fragte der Verstand: Was sollte das arme Ding machen, wenn sie noch nicht einmal wusste, woran sie sterben sollte? Beten, sich unter der Bettdecke verkriechen oder schreien? Vermutlich würde sie das Gespräch sofort beenden und ihn als Spinner abhaken. Manchmal war es gut, nicht jede Telefonnummer zu kennen. Der Brummkreisel an Fragen tobte die ganze Nacht über und nebenan im Schlafzimmer schnarchte der Kollege unerbittlich. Absolut unerbittlich. Zu all den Sinnfragen gesellte sich noch die Lebensfrage: Wie konnte ein menschliches Wesen nur solche bestialischen Töne produzieren?

Um sechs Uhr morgens war er ins Badezimmer gewankt, hatte sich frisch gemacht, war danach zur Bäckerei mit den besten Croissants von Arnaud gegangen und nun deckte er den Frühstückstisch. Am Wochenende ging Juste nie zu Blanche zum Frühstücken, er frühstückte einsam am Küchentisch und erst nach den Einkäufen schaute er bei Blanche auf einen Grand herein oder er suchte sie am Abend auf einen Pastis heim.

Zwei Teller, zwei Messer, zwei Tassen. Ungewöhnlich, für zwei zu decken und merkwürdig, dass die zweite Person ein Mann war. Ein schnarchender Mann mit Hang zur dramatischen Liebe. Debussy hörte auf und Juste befand, dass Malo nunmehr genug geschlafen hatte, er hoffte inständig, dass der Schnarcher sich nicht mehr an die blondierte Käufliche erinnerte. Nüchternheit, eine Nacht voll Schlaf und ein Mann war wieder Herr über seine Hose.

»Steh auf!« Juste hatte die Schlafzimmertür aufgerissen und zog die Vorhänge auf. »Wie kann man nur so lange schlafen? Malo! Aufwachen! Frühstück!«

Der Haufen Bettwäsche rührte sich, um sofort wieder zu erstarren.

»Maaallloooooo! Aufstehen!« Juste öffnete das Fenster, aber zu einem fühlbaren Luftaustausch kam es nicht. Immerhin zwitscherten ein paar Vögel. »Aufstehen!«

Unter der dünnen Bettdecke grummelte es.

»Mhhmmm.« Dunkle Kringellocken drückten sich aus dem Schneeweiß der Wäsche empor. »Wie spät ist es?«, fragte das zerknautschte Gesicht.

»Sieben Uhr!«

Der Lockenkopf fiel wieder ins Kissen zurück.

»Mhhh … Zu früh!«, murmelte Malo.

»Pigritiam definiunt metum consequentis laboris!« – Faulheit ist die Furcht vor bevorstehender Arbeit.

»Mmmh. Was?«

»Steh auf!«

Malo öffnete ein Auge.

»Das waren mehr Wörter.«

»Steh SOFORT auf!« Juste ließ sich auf keine weiteren Erklärungen ein und riss seinem Kollegen die Bettdecke fort.

»Oh, Mann!«, maulte Malo.

»Du hast zehn Minuten Zeit, das Frühstück wartet.«

»Frühstück?«

»Ja.«

»Gibt es ein Ei?«

»Ein was?«

»Ei. So ein rundes Ding mit einem gelben Kern.«

»Man isst doch kein Ei zum Frühstück!«

»Doch.«

»Croissants genießt man in der Früh, mit einem Hauch Konfitüre und dazu trinkt man einen Grand, aber man isst kein Ei. Bestenfalls noch einen Orangensaft dazu. Man muss sich den Appetit für Mittag aufbewahren.«

»Gibt es Speck?«

»Speck? Hast du dich einmal untersuchen lassen? Unglaublich, du bist ein maßloser Schwelger. Eier und Speck. Ich fasse es nicht!«

»Ein Spiegelei und gebratener Speck?«

»Nein!«

»Ich bin kein Schwelger.«

»Das sagt jemand, der mir das letzte Andenken an Mamie weggegessen hat. Wenn du mein Brathühnchen wenigstens bei dir behalten hättest, aber nein, der Herr Kollege musste es auch noch erbrechen. Ich sage nur: zehn Minuten. Croissant und Kaffee. Mehr nicht. Und jetzt: *tout de suite*!« Juste verließ das Schlafzimmer, ohne weiteres Maulen abzuwarten.

Malo seufzte. Juste war zu einer neuen Bernadette geworden. Er setzte sich auf, zog die Schultern hoch und ließ sie wieder fallen. Gab es in diesem Leben überhaupt einen Weg, dem Schicksal zu entrinnen? Warum hatten seine Eltern ihn nicht auf der Bettdecke vertrocknen lassen? Zart schlich sich der Name ›Madeleine‹ ein, die Mundwinkel zogen sich nach oben, der Tag wurde sonnig. Madeleine, der Name war zum Singen schön …

Juste stand in der Küche, ihn drückten Gewissensbisse. Er hatte heute Nacht schon genug mit dem Gewissen gekämpft und irgendwie war er nicht nett zu seinem Kollegen gewesen; ein Ei konnte er doch ohne Umstände braten. Ein Ei – wenn er allerdings beim Ei nachgeben würde, dann würde das Speckproblem folgen. Diese unfreundliche Beurteilung der Sachlage stellte er auch ohne den schlafenden fiesen Kerl in ihm fest. Aber nett wäre es schon, wenn er ein Spiegelei braten würde und das wäre höchstwahrscheinlich so nett, dass Malo den Speck, der ohnehin nicht im Hause war, vergessen würde. Malo hatte viel durchgemacht, Bernadette hatte ihn aus der Wohnung geworfen, er trug ein blaues Auge und die Hormone knallten gerade durch. Juste holte die Bratpfanne aus dem Schrank. Mit bösem Blick. Warum musste er immer freundlich sein? Vermutlich war etwas in seiner Erziehung falsch gelaufen. Ehrlich, arbeitsam, freundlich und nett – eine Perlenkette von Eigenschaften, die nur zum Abgrund führten oder zu einem schwülen Tag, an dem er frühmorgens zwanghaft ein Ei braten musste.

Eine Fliege fand den Geruch des vor sich hin schmurgelnden Eies offenbar unwiderstehlich und kreiste mit einem langen blauen Lichtschweif über der Pfanne. Juste scheuchte das arme Ding, das den Tag nicht überleben würde, fort.

»Das riecht aber gut.« Malo hatte sich angezogen und stand im Türrahmen. Juste brummte. Malo kam näher.

»Ein Ei!« Juste brummte. »Für mich?«

Justes dunkelbraune Augen warfen spitze Pfeile.

»Einer von uns beiden hat perverse Eiergelüste am Morgen und ich bin es nicht.«

Malo griente.

»Das ist aber nett! Gibt es auch Speck dazu?«

Juste ließ den Pfannenwender fallen und unterdrückte den Wunsch, mit seiner Faust aus dem Erziehungsgefängnis auszubrechen.

»Ich denke«, die Zähne knirschten, »es ist besser, wenn du mich das nie wieder fragst«, die Stimme zitterte. »Das Ei ist eine Ausnahme und Speck am Morgen ist ein undenkbarer Sonderfall, den es in diesem Haushalt nicht geben wird!«

Malo schaute zu Boden.

»Ich mein', ich frag' ja nur.«

»Und ich antworte nur«, zischte Juste und drehte sich wieder der Pfanne zu. Er holte tief Luft und ließ das Spiegelei auf den Teller rutschen. »So, hier ist dein Ei.« Der Fürsorgefaktor besänftigte ebenso wie die Feststellung, dass der Schwelger es derzeit nicht einfach hatte.

Die beiden Männer saßen schweigend mit einer geteilten Zeitung am Tisch. Malo las den Sportteil, Juste die Politik. Die Fliege zog unter der Küchenlampe ihre Bahn. Malo aß das Spiegelei, ohne dabei den Sportteil, der neben ihm lag, aus den Augen zu verlieren.

»Gehen wir heute wieder in das Bordell?«

Juste hatte aus dem politischen Teil einen Wall gegen Malo aufgebaut.

»Ich gehe vermutlich heute zu Madame Lazar.«

»Wieso vermutlich?«

»Weil erst etwas eintreffen muss, damit ich zu ihr gehe.«

»Eintreffen?«

»Ja.« Malo nahm sich ein Croissant.

»Bekommst du etwas aus der Apotheke geliefert?« Juste ließ den Schutzwall fallen. »Nein!« Die Zeitung richtete sich wieder auf.

»Dafür braucht man sich nicht zu schämen. Diese blauen Dinger nehmen viele.«

»Keine Pillen – kein Blau – kein Schämen!«, dumpfte es entnervt hinter der Zeitung.

»Was muss denn eintreffen?«

»Etwas Bestimmtes.«

»Was denn genau?«

»Etwas, von dem ich mir nicht absolut sicher bin, ob es tatsächlich geschieht, und jetzt ist es genug mit deinen Fragen.«

Malo bestrich das Croissant mit Butter und viel Konfitüre. Die Fliege setzte sich auf den Teller mit den Resten des Spiegeleis, dann hüpfte sie auf den Tisch. Malo legte das Messer vorsichtig beiseite und knallte mit der Hand auf den Tisch. Juste schreckte hoch, der misanthropische Schutzwall zerknitterte.

»Bist du verrückt? Ich hätte einen Herzinfarkt bekommen können!«

»Ich hab sie, Juste!«

Verdammt! Ich habe dir gleich gesagt, Memme, du musst ihn erledigen, sonst bringt dich die faselnde Weichbirne noch um.

»Sei still und geh schlafen!«

»Ich soll schlafen? Du hast mich doch gerade aufgeweckt.«

»Nicht du!«

Malo schaute sich um.

»Wer dann?«, flüsterte er.

Tja. Gute Frage, nicht wahr? Und wie schaffst du es jetzt, den Schwanz da wieder rauszuziehen?

»Was hast du unter der Hand?«

Ist der so blöd und geht dem Ablenkungsversuch auf dem Leim?

»Ja, was haben wir denn da?«

Malo grinste und hob die Hand, zum Vorschein kam die erdrückte Fliege. Das blaue Licht flackerte, dann erlosch es. Justes Schnurrbart zuckte.

»Ich werde heute ganz bestimmt ins Bordell gehen.«

»Das ist schön! Ich auch?«

»Nein.«

»Juste, Madeleine ist so einzigartig, so sensationell, so kurvig. Ich liebe sie und ich werde sie heiraten. Natürlich muss ich erst geschieden sein, aber danach werde ich mich dieser Naturschönheit verschreiben und den Rest meines Lebens mit ihr verbringen.«

Er ist nicht Herr seiner Hose und wird es auch nie sein. Wozu willst du ihn retten? Die Matschbirne wird immer die falsche Frau vögeln.

»Malo, sei vernünftig. Sie ist eine Prostituierte.«

»Madeleines Augen – ich verzehre mich nach ihrem Schein. Liebe ist großartig, sie macht mich sanft und gleichzeitig bin ich so hitzig nach ihr und dem strahlenden Gesichtlein. Ich drehe noch durch, wenn ich an sie denke. Sie kann anständig werden, sie ist es schon in ihrem Herzen und ich helfe ihr dabei. Sie kann ganz sicher anständig werden! Das glaubst du doch auch?«

Ein verlorener Blödmann, eingeklemmt zwischen den Schenkeln eines abgewetzten Nüttchens. Kann eine Hure bürgerlich werden? Es ist wie mit dem Einhorn. Jeder meint, dass es existiert, aber keiner hat es je gesehen. Schickst du mich jetzt wieder schlafen, Memme?

»Ja! Ich meine nein. Ach, was soll's … warum solltest du nach meinen Prinzipien leben, du musst deinen eigenen Weg finden, ich kann dir da nicht helfen. Alles ist möglich, vielleicht funktioniert es trotz aller dagegen sprechenden Umstände.«

»Oh Juste, meinst du das wirklich? Und ohne Prinzipien? Du nimmst mich mit? Ich könnte natürlich auch alleine zu ihr gehen, aber zu zweit sieht es besser aus.«

»Wir gehen dort beide hin. Ich kann dir schließlich nicht sagen, was du tun sollst. Es ist dein Leben. *Experientia est optima rerum magistra.*« – Erfahrung ist der beste Lehrmeister.

»Was für ein ›rerum‹?«

»Probieren geht über studieren.«

»Du bist ein so weiser Mann. Ich werde Madeleine studieren, viel und oft, das glaubst du nicht. Es tut gut, dass du das Gleiche denkst! Oh, ja … Wir gehen heute ins Bordell«, frohlockte Malo. Juste hob die zerknitterte Zeitung an und schüttelte dahinter mit dem Kopf.

Weichbirne Zwei! Nur so als Tipp: Wenn du mit einem Idioten der gleichen Meinung bist, sollten die Alarmglocken schrillen!

***

Nadine Pascal öffnete den Briefkasten, viel lag nicht im grauen Metallbehälter. Werbezettel, ein Umschlag mit Kontoauszügen und ein grüner Brief. Das Grün war ihr bekannt, so sahen Briefe vom Rathaus aus. Was konnte man von ihr wollen? Es kam sehr selten vor, dass ihr Arbeitgeber Post nach Hause schickte. Wenn er etwas von ihr wollte, bekam sie das Schreiben über die interne Rathauspost direkt auf den Schreibtisch. Aber ein dienstlicher Brief zur privaten Adresse? Der Brief fühlte sich seltsam an, Nadine schauderte.

Ohne das Kuvert aus den Augen zu verlieren, ging sie die Treppe hoch. Eine neutrale Schrift hinter dem Sichtfenster, der Absenderstempel auf der Rückseite leicht verwischt. Eigentlich sah der Brief unscheinbar aus, aber sie fühlte Schlimmes im Umschlag.

Im Wohnungsflur blieb sie neben der Badezimmertür stehen. Nadine schaute die Tür an. Jetzt, wo sie Fische töten konnte, was sollte ihr da passieren? Kraft der Fischleiche in der Hausmülltonne unten an der Straße hatte sie den Ritterschlag der Heldenhaftigkeit erhalten. Kein Sturm, kein wankendes Schiff war mehr in der Lage, den Kurs ihres Leben durcheinanderzubringen. Was so ein zertrümmerter Karpfen alles bewirkte! Nadine war sich auch ganz sicher: Niemals mehr würde sie sich von einem Mann anfassen lassen, der undenkbar war und keinesfalls ließe sie den Mann ihrer Gedanken und Träume los und schon gar nicht wegen Zaghaftigkeit und Schwäche. Liebe machte stark! Warum aber machte der Brief sie nervös?

Grün war eine Farbe, die besänftigen sollte; das Grün des Briefes wirkte nicht besänftigend. Mit einem Küchenmesser in der Hand wollte sie dem Träger der vermeintlichen Unglücksbotschaft zu Leibe rücken. Karpfen erschlug man, Briefe wurden erdolcht. Behände drang sie mit dem Messer ein, der Schnitt war scharf und elegant. Der Inhalt lugte hervor. Weißes Papier. Völlig unscheinbar.

Nadine, komm schon, du bist eine Heldin und wirst eine Heldin bleiben. Wie entnimmt eine Seemannsbraut einen Brief aus dem Umschlag? Die Heldin feuerte sich an. Nur ein simples Stück Papier, ein paar Buchstaben, vielleicht eine Unterschrift und ein freundlicher Gruß. Was sollte schon sein? Wenn du jetzt schon Angst vor einen Brief hast, wird es mit Eheglück, Mutterschaft und Zukunft nichts. Der Rotschopf schüttelte sein Haar – ein Flammenmeer aus Glut in der feuchtschwülen

Küche. Möglicherweise war der Inhalt völlig harmlos? Seemannsbraut Nadine zog das Papier aus der Umhüllung, legte das Grün beiseite. Buchstabe an Buchstabe reihte sich aneinander, beinahe hätte sie vor Aufregung den Text nicht erfasst. Kündigung, fristgerecht, Fehlerquote und Labilität.

Kündigung – Nadine schluckte, obwohl derlei nicht leicht zu schlucken war. Noch einmal las sie die Zeilen. Anschließend wieder. Beim vierten Lesen verschwammen die Worte, Feuchtigkeit in den Augen trübte den Blick. Kündigung – das durfte nicht wahr sein! Ihr Körper schmerzte und ungeachtet des feuchtwarmen Wetters fror die Heldin. In Arnaud gab es nur wenige Arbeitsplätze und sie war sich nicht sicher, ob die Fischerei von Lucien genügend für zwei Esser abwerfen würde, ganz zu schweigen von drei oder vier Mäulern, die in Bälde ernährt werden mussten. Was sollte sie nur machen? Gedankenwirbel drehten sich im Kopf.

Fehlerquote und Labilität. Es war ein Fehler gewesen, sich von Laval nehmen zu lassen und darauf mit Verzweiflung zu reagieren. Aber das meinte er wohl nicht damit. Als wäre die Antwort im Text selbst zu finden, las sie den Brief wieder und wieder, doch die rettende Lösung stand darin nicht. Nur weitere Fragen taten sich auf. Wir bedauern, stand dort. Wer war wir? Laval hatte unterschrieben, war er ›Wir‹? Beides stimmte nicht. Es gab kein ›Wir‹ und bedauern würde Laval niemals etwas.

Nicht nur Liebe macht Schwache stark, sondern auch Zorn. Nadine hob den Kopf, ihr Gesicht drückte aus, was sie fühlte. Schmale Sehschlitze, verzerrte Mimik, verbissene Lippen. Was sich aus dem Inneren emporrankte, war unendlicher Hass. Nadine presste die Hand zu einer Faust, die Knöchel wurden weiß.

»Laval!«, schrie sie mitten in der Küche an diesem Samstagmorgen, ohne Rücksicht auf die Nachbarn. »Du elendes Dreckschwein!« Ihre Stimme überschlug sich und schrie ohne Worte weiter. Nicht nur das Silberfischchen im Badezimmer hörte zu, die ganze Welt wurde Zeuge.

***

»Padre, ich habe gesündigt.« Eine junge Frau mit schwarzen Haaren, die fest zu einem Knoten gebunden waren, kniete vor Abbé Noël. Auf so einen Kniefall war der Geistliche nicht vorbereitet gewesen. Genau genommen hatte er gerade sein Gebet beendet, sich umgedreht und eine rasch näher kommende Frau gesehen. Für eine Gottesdienstbesucherin erschien sie zu früh; an einem Samstagvormittag gab es selten Besucher, erst am Nachmittag suchten einige Gläubige die Sainte-Catherine auf. Aber bei allem, was er sich fragte, gab es eine vorherrschende Frage: Wer war dieses schöne Geschöpf, das aussah wie eine Spanierin?

Sofort nach dieser Frage warf sich die Frau mit dem Spitzentuch auf dem Haupt vor ihm auf die Knie. Plötzlich und unerwartet. Die dunkle Bekleidung der Besucherin hob sich von der Tristesse nur durch das eng anliegende Oberteil mit großem Ausschnitt ab. Abbé Noël wurde von dieser Aussicht angezogen, er hatte Schwierigkeiten, sich vom Anblick der wohlgeformten Brüste zu lösen. Der Blick wurde bedenklich lang und länger, bei dieser Betrachtung hätte selbst ein Toter nicht keusch bleiben können.

»Oh Padre, ich möchte beichten. Der Herr soll mir verzeihen!« Die Frau klebte am Rocksaum seines Talars, die Brüste zappelten. Zwei Augen in der Farbe einer Gazelle und ein gleich zarter Körper. Abbé Noël wusste, dass es Männer, Frauen und Sex gab, damit war er ausreichend informiert; für sich selbst hatte er aber entschieden, parteilos über den Dingen zu stehen. *Sine ira et studio.* – Neutral, leidenschaftslos und sachlich. Nur, wenn Gott und Satan ihn herausforderten, konnte er hitzig werden. Aber bei Frauen? Nein. Auch angesichts schöner Frauen nicht. Er rief die Gedanken zur Ordnung, keinesfalls durfte er den rationalen Standort, den Hort seiner Libido, verlassen. Ihm wurde warm, denn die Gazelle beugte sich noch weiter hinab.

»Mein Kind, steh auf!«

»Ich habe so viel Schuld auf mich geladen, dass ich nur vor euch knien kann, Padre. Meine Augen sind es nicht wert, auf gleicher Höhe mit den euren zu sein, mein Herz ist so beschämt, dass es sich krümmen muss. Vater, vergib mir!«

»Das können wir besprechen, wenn du wieder aufgestanden bist.« Der Abbé zog die Frau hoch.

»Wie ist dein Name?«

»Rowena«, sagte die Schönheit mit einem zarten Hauch in der Stimme.

Abbé Noël war froh, dass das Spitzentuch nach vorne gefallen war und den Ausschnitt notdürftig verbarg. Das bot ihm für eine Weile Ruhe vor der unerforschten Achillesferse unter dem Talar.

»Rowena, mein Kind, was führt dich zu mir?«

»Padre, ich will beichten. Mein Leben ist Finsternis, aus der ich nicht mehr entrinnen kann, das helle Licht Gottes leuchtet mir nicht mehr. Ich habe es verloren. Gut und Böse kann ich nicht mehr unterscheiden, ich bin nicht mehr die, die ich einst war. Ich habe so viel Schuld auf mich geladen, die ich von ganzem Herzen bereue, die mich aber trotzdem fesselt. Ich bitte euch, verbannt all das aus mir, den Kern des Bösen, die Ursache meines Leidens, zerreißt meine Ketten, reinigt mich und gebt mir Zuversicht, sodass ich wieder das Licht des Herrn sehen kann.«

Die Schönheit bekreuzigte sich und senkte das Haupt, Stille breitete sich im Raum aus. Der Abbé fand keine Worte, noch nie sah er sich mit einer so inbrünstig Reuigen konfrontiert. Gelegentlich gab es widerborstige Steuersünder, ab und zu einen Fremdgänger, sporadisch jemanden, der seine Mutter hasste. Allerdings eine schöne Frau, die schwere Schuld auf sich geladen hatte, ohne zu sagen, um welches Vergehen es sich handelte und die sich sogleich in den Staub warf, das war neu.

»Wir sollten den Beichtstuhl aufsuchen«, sagte Abbé Noël und leckte sich die Lippen, er fühlte schon die Begegnung mit der Fratze des Teufels. Angesichts der Schwere der Schuld, die hier zu wittern war, konnte er endlich das flammende Schwert des Herrn in die Hand nehmen und der satanischen Hydra nach und nach die Köpfe abschlagen. Das blutige Gemetzel würde ihn zu einem Helden machen, der ein unschuldiges Lamm vor dem Höllenschlund bewahren und der in Gottes Höh' nächsthin einen Platz in der ewigen Ruhmeshalle erhalten würde.

»Hier hinein!« Eine Bank aus Holz in der Beichtkammer wies den harten Weg zur Buße, Rowena ging am Geistlichen vorbei, kniete sich hin und stellte die Hände zum Gebet auf.

»Oh Vater, verzeiht mir meine Sünden.« Aus den Wimpern, die die Gazellenaugen säumten, quoll ein Tränchen. Abbé Noël schloss die Tür und schüttelte mit dem Kopf. Eines stand fest: Dieses verirrte Lamm, das eine Gazelle war, würde er dem Fürsten der Finsternis entreißen und wenn es auf einen Kampf ›Mann gegen Mann‹ hinauslief – *er* war bereit. Mannhaft setzte sich der Abbé in die zweite Kammer, das in die Zwischenwand eingelassene Gitter sah noch unschuldig aus.

»Gelobt sei Jesus Christus.«

»Amen«, sagte die Frauenstimme am anderen Ende in Demut. »Meine letzte Beichte ist zwei Jahre her, Padre. Ich bekenne mich hiermit aller meiner Sünden schuldig, ich habe nicht aus Böswilligkeit mit vielen Männern geschlafen, sondern aus Not.«

Die Augen des Geistlichen wurden groß. Keine Mutterhasserin in Tateinheit mit Steuerbetrug? Das männliche Hirn pochte.

»Ich habe unzählige Männer in mich aufgenommen, gegen Geld ihnen einen Höhepunkt bereitet und mich schlagen lassen für die Lust.«

Der Pfarrer fiepte. Eine Maria Magdalena!

»Zu Hause, in meinem Land, ist man arm. Mit dem Geld, das ich auf diese Weise verdiene, unterstütze ich meine Familie. Was ich hier mache, meinen Körper zu verkaufen, ahnt niemand. Meine Mutter würde mich dafür hassen, mein Vater mich verstoßen. Ich hatte so viele Männer, die mich genommen haben, dass mein Herz schreit und meine Seele nach Ruhe sucht. Meine Spezialität, die man mir zukommen ließ, ist das Sklavische. Gefesselt, gepeitscht und in die Knie gezwungen, das mögen die Männer und wenn ich ihnen dabei in die Augen schaue, sehe ich nur Gier darin.«

Abbé Noël schloss die Augen, sein Atem wurde schwer. Gier. Warum erzählte Maria Magdalena nur so anschaulich?

»Padre, ich lege Euch noch mehr Einzelheiten meines schlechten Lebens dar … Padre, seid Ihr noch da?«

Abbé Noël nickte mit geschlossenen Augen. Nicht noch mehr Anschaulichkeit, sonst würde die Kraft für den Kampf mit dem Satan aus ihm herausfließen.

»Hört Ihr noch zu?«

Er nickte abermals und versuchte, seinen Atem zu kontrollieren. Mit Gott an seiner Seite würde er gleich wieder Herr seiner Selbst sein.

»Ich höre Euch nicht?« Rowena schluchzte zum Gotterbarmen in die Hände. Abbé Noël war wie versteinert.

»Mein Kind!«, brachte er mit brüchiger Stimme hervor. Rowena hob den Kopf, ihre Augen zeugten für einen Sekundenbruchteil von klarem Wissen und ein Lächeln umspielte ihre Züge. Die scheinbar Reuige schnellte hoch, öffnete die Tür der Beichtkammer, riss die zweite Tür auf und warf sich vor Abbé Noël zu Boden, um ihren Kopf in seinen Schoß zu werfen.

»Oh, mein Gott. Nicht doch!« Abbé Noël hatte sich gerade wieder im Griff gehabt. »Nicht, mein Kind!« Aber das Kind kannte seine Position, beharrte darauf und grub sich zwischen den Lenden fest.

Im Hintergrund bewegte sich etwas, unbemerkt baute sich ein Schatten vor dem Schoßfall auf. Abbé Noël schwitzte, der Kopf hatte die kreischrote Hitzemarke erreicht.

»Ähem!«

Rowenas Haupt lag schwer, der Atem des Abbé hatte einen Rhythmus gefunden. Er kämpfte nicht gegen Satan, sondern mit der sündigen Maria um seine Unbeflecktheit. Das ›Ähem‹, das niemand gehört hatte, wiederholte sich, diesmal lauter. Der Beichtvater blickte auf. Zuerst sah er nur Schemen, dann erkannte er das Kopftuch und die Wachstasche. Er schluckte. Madame Dubois! Ausgerechnet jetzt! Was sollte er nur sagen? Wie sollte er erklären, dass ein akuter Beichtnotfall eingetreten war und sich eine Schönheit in seinem Epizentrum verwurzelte. Er kannte Madame Dubois als eine redliche Frau und in einem Notfall würde sie die Glocken der Sainte-Catherine läuten. Das konnte er jetzt überhaupt nicht gebrauchen. Es ging hier um viel mehr als nur um eine bloße Beichte, die gesamte christliche Welt brauchte einen Rettungsplan für Maria Magdalena. Das würde sein Lebenswerk sein – aus einem schwarzen Schaf ein weißes erschaffen.

»Es ist anders, als es scheint, Madame Dubois«, schrie er aufs Geratewohl hinaus, und selbst Gott hätte ihm an dieser Stelle zugezwinkert. Madame Dubois Gesichtsausdruck hingegen war der grimmigste, den er je gesehen hatte.

***

Mühselig hatte Juste seinem Kollegen erklärt, dass dieser heute für die Wohnungsreinigung zuständig war und dass er selbst sich mit Einkäufen für das Wochenende beschäftigten würde. Malo wollte lieber einkaufen, damit war er aber erst in der nächsten Woche an der Reihe. Unter Berücksichtigung des strikt einzuhaltenden Wochenplans gab es keinen Spielraum für Diskussionen. Malo sah das anders und diskutierte. Juste zweifelte an sich. Warum nur hatte er den kleinen Nimmersatt und Rebellen bei sich aufgenommen? Bisher hatte er Malo für einen wortkargen und angepassten Menschen gehalten. Vielleicht galt das zu Zeiten von Bernadette, bei ihm benahm er sich anders. Oder machte Malo gerade seinen Freischwimmer? Eine Überkompensation von Freiheit und das mit ihm als Erprobungsobjekt? So nicht! Er musste ihm beibringen, dass ein Zuviel an Freiheit heute den Freiheitsverlust von Morgen bedeuten konnte. Und überhaupt, wo sollte das hinführen? Indem er Malo nachgab, verfrühstückte er seine eigene Freiheit und das konnte nicht im Sinne des Erfinders von Freiheit sein – die gehörte schließlich immer dem Herrn des Hauses.

Allein die Tatsache, dass Malo das Toilettenbecken mit Gummihandschuhen, Bürste, Reinigungsschaum und Desinfektionsmittel säubern sollte, bildete Grundlage für ein mehrminutiges Streitgespräch über den Sinn von Desinfektionsmitteln, unter Einbeziehung des zusätzlichen Zeitaufwandes, bei dem zum Schluss mangels Argumenten der Umweltschutz in den Raum geworfen wurde. Malo konnte nur mundtot gemacht werden unter rigider Anwendung des Herrschaftsrechts und dem Hinweis, dass in dieser Wohnung prinzipiell Reinlichkeit herrsche, dass Umwelt draußen sei und dass er sich entweder anpassen oder dort schlafen könne, wo sein grünes Herz schlägt. Damit war Ruhe. Bis zum Gegenschlag.

»Schade, dass du niemanden hast wie Madeleine, dann wärst du entspannter. So lange allein macht wunderlich. Hast du denn gar keine Frau im Auge?«

»Nein!«, erwiderte Juste vernehmlich. »Blanche!«, dachte er unwillkürlich. Er schaute Malo fragend an, doch Malo sah weder eine Frage noch eine Antwort.

»Hast du etwas?«, fragte der Nimmersatt.

»Ich … nein. Nein, nichts.«

»Na, dann ist ja gut.« Malo trottete zum Badezimmer, Juste griff sich den Haustürschlüssel und verließ die Wohnung.

Warum war ihm Blanche eingefallen? Im Innenhof fehlte das übliche Geschrei von Monsieur Hernand, er hätte es gebraucht, um sich vor der Antwort zu drücken. Blanche war eine gute Freundin, er kannte sie schon lange, aber sie war doch keine Frau, auf die er ein Auge geworfen hatte?

Juste ging die Rue Lepic hinunter, vorbei an den Geschäften, an der Gabelung zum Rathaus bog er zum Supermarkt ab. Ein Einkauf für zwei, die Liste in der Brusttasche war heute lang. Warum Blanche? Er blieb stehen, neben dem aufgegebenen Laden, der einst ein Antiquariat beherbergt hatte. Altes Gerümpel, ein paar Bücher auf dem Boden und trotzdem eine geputzte Glasscheibe, in der er sich spiegelte. Er sah einen hageren, schwarz gekleideten Mann. Juste beschlich das Gefühl, dass die Ereignisse der letzten Tage ihn noch dünner und das Gesicht noch faltiger gemacht hatten. Und selbst der Schnauzer hing heute schwermütig nach unten. Was war an einem solchen Mann reizvoll? Gefühlt frisch geschieden und depressiv. Nein. Er war auf keinen Fall der Typ Mann, für den sich eine lebhafte Frau wie Blanche interessierte. Herrgottnochmal, warum dachte er überhaupt darüber nach?

Fast hätte er es geschafft, sich von seinem Spiegelbild loszureißen, aber etwas hielt ihn fest. Blanche. Hinderte der Gedanke an sie ihn daran, sich vom Fenster zu lösen? Sie war sieben Jahre älter als er, wenngleich man ihr das nicht ansah. »Sieben Jahre!«, sagte er zu sich, dabei fühlte er sich alt, sah alt aus und überhaupt.

›Und überhaupt‹ war ohnehin das beste Argument von allen. Er grübelte weiter, da dräute noch die Angelegenheit mit dem Sex. Eigentlich mochte er auch darüber nicht nachdenken, über diesen blinden Fleck in seinen Emotionen, und ihm wurde beinahe schwindelig bei der Recherche nach den Trieben. Sex kannte er nur mit Marguerite. Jugendsünden zählten nicht. Wer erinnerte sich schon gerne an Fiaskos?

»Sex war Marguerite, Punkt. Nicht Blanche«, erklärte er dem Spiegelbild.

Sollte er sich jemals wieder an eine Frau binden, müsste er Sex mit ihr haben. Frauen wollten das. Er zwar auch, aber das war vertrackter. Bei Gott, warum mussten diese Dinge immer so verdammt kompliziert sein? Er starrte sein Spiegelbild an. Wahrscheinlich hatte Blanche neben ihrem verstorbenen Ehemann noch andere Männer geliebt und mit absoluter Sicherheit waren Erotikvirtuosen darunter gewesen. Diesen hageren Kerl, den er sah, hatte keine Frau verdient, die vordem von Sexgöttern verwöhnt worden war. Je länger er darüber nachdachte, desto kleiner fühlte er sich.

Menschen, die vorbei gingen, sahen einen Mann, der intensiv mit sich selbst sprach und der dabei in ein leeres Geschäft blickte. Nur eine alte Frau ging nicht an ihm vorbei.

»Sie duftet so gut nach Vanille, aber ihr Duft ist nicht für mich gemacht«, sagte er und schlug damit einen Haken zum Kernpunkt. Nein! Auf keinen Fall weich werden und gefühlsduselig den Duft einer Frau bemerken. Wenn er so etwas zuließ, war er am Ende verloren. Ihm drohte ein Liebesunfall, wie bei Malo, ein Malheur des Herzens. Das ging schon aus Prinzip nicht – er war der Herrscher und nicht der, der sich beherrschen ließ. »Sie ist quirlig und lebendig.« Das war das Letzte, was er sich noch zugestand.

Die alte Frau lächelte.

»Aber ich bin nicht der Richtige. Keinesfalls!«

Die Frau musterte ihn von oben bis unten. Nur noch eine Klarstellung brauchte Juste. »Sie ist eine Wirtin und als Wirtin genießt sie eine Vertrauensstellung. Das zu zerstören wäre blinder Egoismus!«

»Junger Mann!«

»Ein Mann erzählt seiner Wirtin aus seinem Leben«, erklärte er der Spiegelung, die ihn mitleidig anstarrte. »Beichtmutter und Ratgeberin in einem, aber keine Frau, mit der man eine Beziehung hat. Sie ist zu gut – Blanche gehört allen, aber nicht mir allein.«

»Junger Mann!« Die Alte klopfte Juste mit dem Krückstock auf den Rücken. Erst jetzt bemerkte er, dass jemand hinter ihm stand und drehte sich um. Hatte er etwa laut gesprochen? Es schien fast so. Wie peinlich! Langsam wurde er alt, nur Greise brabbelten vor sich hin, bald würde er Brei essen, sabbern und ein Mittagsschläfchen halten. »Wenn ich Ihnen einen guten Rat geben darf – denken Sie nicht so viel, lieben Sie! Die Zeit, die uns allen bleibt, ist kurz genug!« Die alte Frau lächelte, verhakte sich in seinen Augen und nickte. »Viel zu kurz.« Ohne weitere Worte zu verlieren, ging sie des Weges. Der Krückstock hämmerte auf den Fußweg. Juste sah ihr nach, ihm stockte der Atem. Die alte Dame hatte recht, er dachte zu viel und im Prinzip war er tatsächlich ein Prinzipienreiter.

»Bonjour Blanche!«

»Salut, Juste! Einen Grand?«

»Nein … nein, heute nicht.«

»Du bist früh dran, es ist erst ein Uhr. Hast du noch nicht eingekauft?«

»Noch nicht.« Blanche sah vom Spülbecken auf.

»Ist etwas?«

»Ja.« Über die Lesebrille hinweg musterte sie Juste, er schien unter seltsamer Spannung zu stehen. Blanche ließ das Glas im Abwaschbecken liegen, ergriff ein Handtuch und wischte sich die Hände trocken. Bevor sie die Theke umrundete, ordnete sie ihren Bienenkorb. Im Hintergrund spielte Musik.

»Was ist mit dir los?« Blanches Augen umspielten Sorgenfalten.

»Ich … ich …. Also, ich bin in Trauer.«

»Das weiß ich doch, mein Lieber. Mamies Tod sitzt dir in den Knochen, nicht wahr? Das ist ja auch kein Wunder, wenn man einen lieben Menschen verliert. Willst du nicht doch einen Grand trinken? Wir machen das so: Du setzt dich zu mir, trinkst deinen Lieblingskaffee und wir unterhalten uns ein bisschen.«

Blanche machte alles nur noch schlimmer. Wie sollte er sich ein Herz fassen, wenn sie so einfühlsam sprach. Alles, wirklich alles würde er aufs Spiel setzten. Sollte sie nicht besser die Frau seines Vertrauens bleiben? Wollte er Vertrauen oder Liebe? Konnte er beides miteinander verweben? Wenn er nicht einen Schritt vorwärtsginge, würde er es niemals schaffen und ewig allein bleiben. Malo hatte behauptet, er wäre schon jetzt wunderlich. Das wollte er nicht. Ein Bedenkenträger bedachte. Er schnaubte.

»Es geht nicht.« Blanches Stirn kräuselte sich.

»Was geht nicht? Einen Kaffee trinken? Reden? Hast du keine Zeit? Juste, sag doch, was ist. Da ist doch noch mehr?« Alles auf eine Karte, hämmerte es im Kopf. Los doch! Nur der Starke gewinnt den Augenblick.

Mach schon, Angst-Susi. Mutige und Memmen kennen die gleiche Angst, nur der Mutige handelt anders. Los doch! Naaa, was wirst du wohl machen, Susi? Als Kinoheuler verschlägt es dir bestimmt gleich die Sprache oder, noch besser, ich denke da an ein gestammeltes ›Ähhh‹ … Das ist wirklich wunderlich!‹

»Nein … also … ich …« Kein ›Ähhh‹ kam ihm über die Lippen, aber ein ähnliches Ergebnis.

»Juste, was ist?« Blanche tätschelte seinen Oberarm.

»Blanche! Ich möchte etwas Unmögliches.«

»Und was ist das?« Langsam wurde es spannend.

»Ich bin in Trauer, da macht man so etwas nicht.«

»Was macht man nicht?«

»Man lädt eine nette Frau während der vorgeschriebenen Trauerzeit nicht zum Weinfest nach Grenelle ein.« Blanche schluckte.

»Wen willst du denn nach Grenelle einladen?«, fragte sie vorsichtig.

»Dich.« Endlich war es heraus! Juste schaute Blanche tief in die Augen. Er wünschte sich, sie würde ihn verstehen und bejahend zustimmen. Warum in aller Welt fiel ihm so schwer, ihr zu sagen, dass er sie mochte? Dass er etwas über das normale Maß hinaus für sie empfand und dass sich daraus noch viel mehr entwickeln könnte. Es war so leicht, zu streiten, böse zu sein, aber so schwer, einem anderen zu erklären, wie gut er tat. Er hätte es bleiben lassen sollen, die Sache war zu vertrackt.

»Juste.« Blanche ließ Ruhe entstehen. »Du weißt, was es bedeutet, eine Frau nach Grenelle einzuladen?« Juste nickte. »Du weißt, dass ich einige Jahre älter bin als du?« Juste nickte abermals. »Du willst es wirklich?«

»Abo imo pectore, Blanche. Das heißt: von ganzem Herzen.«

Blanche lächelte. Samt und Seide lagen in der Luft, sie legte die Hand auf Justes Wange und streichelte zärtlich über die Haut.

»Das klingt gut«, sagte sie leise.

»Blanche, wir können nur nicht zum Weinfest, wegen Mamie. Ich wollte, dass du es weißt.« In der Mitte von Schwierigkeiten lag die Lösung.

Blanche kam Juste ganz langsam näher, neigte sich zu ihm. Als sich die Lippen berührten, dachte Juste, dass die Welt aufhören müsste, sich zu drehen, dass die Flüsse nicht mehr fließen sollten und dass die Uhren still stehen müssten. Dabei wollte er lieber verkopft sein und nicht wie Malo im Strudel der Gefühle untergehen. – Liebe konnte man auch versachlichen.

Blanches federweiche Lippen umspielten warm und begierig die seinen, er hatte nicht geahnt, dass sie so intensiv küssen konnte. Unglaublich! Juste fühlte den Lippen nach, er vergaß Trauer, Sachlichkeit und die Einkaufsliste. Am liebsten hätte er die warmblütigen Lippen nie wieder verlassen. Die Welt drehte sich um ihn. Blanche ließ behutsam von ihm ab, kurz vor dem Crescendo. Den zarten Entzug empfand er als barbarisch, aber das Gute daran – sein Hirn explodierte nicht.

»Wir könnten heute Abend ein Picknick machen, im Garten von Mamie. Nur wir zwei. Wer braucht schon ein Weinfest?«, flüsterte sie. Justes Schnurrbart zuckelte.

»Ja, das wäre schön. Unter Mamies Apfelbaum.« Auch er sprach leise.

»Ja. Unter dem Apfelbaum. So soll es sein. Ich werde Nadine fragen, ob sie das Bistro heute Abend übernimmt und wenn sie zusagt, bereite ich uns ein Picknickkörbchen vor. Treffen wir uns gegen sieben?«

»Sieben ist gut.« Sanft küsste er Blanche auf die Wange. »Bis heute Abend«, wisperte er ihr zu, ohne zu wissen, warum er so leise sprach. Vielleicht war beginnende Liebe immer ein Geheimnis und so empfindlich, dass sie achtsam behandelt werden musste. »Ich freue mich!« Er verließ das Bistro mit einem anderen Gang. Hatte jemand Federn auf dem Fußboden verstreut? Kinder schrien infernalisch – was für ein melodischer Klang. Als er um die Ecke bog, trat er in die Hinterlassenschaft eines Hundes – ein unfassbar schönes Braun.

***

»Es ist so furchtbar, ein Silberfischchen zu sein«, murmelte Merlin, der in einer Kachelfuge im Badezimmer lag und gerade aus einem Traum erwachte, in dem er ein Leben als Weiberflachleger führte und die Kätzinnen ihm nachschnurrten. Kein schönes Weibchen dieser Welt hatte es verdient, ohne seine Männlichkeit zu leben, er würde allen Läufigen nachlaufen und sie glücklich machen. Nur widerwillig trennte er sich von diesem Traum. Er fühlte die Kachelrinne. Er roch die Feuchtigkeit im Bad. Ein Fischauge, das die Bekloppte übersehen hatte, war unter das Badezimmerschränkchen gerutscht und starrte ihn an.

»Bekomme ich noch ein weiteres Leben?«, fragte er sich und Isis, die Göttin der Wiedergeburt. Das Auge starrte weiter und stank. »Oh Isis, bitte. Ich will wieder ein Kater sein!«

Merlin vermutete angesichts der Schmerzen, die er im neuen Körper fühlte, dass das Ende dieser Minikreatur nahe war, doch kein neuer Wirt ließ sich blicken. Er schniefte. Einst so ein praller Kater und jetzt ein Insekt im Siechtum.

»Sieben Leben hat eine Katze! Keine Sechs! Könnten wir das bitte noch einmal nachzählen. Irren ist weiblich, ich mag hübsche Unzulänglichkeiten, aber jetzt muss das bald ein Ende haben. Nur sollte es nicht mein Ende sein!«

Es war wie mit allen Göttern: Man betete, glaubte an sie und was taten sie? Nichts. Religionen waren Mist. Man investierte Herzblut und versuchte gut zu sein, den Sinn des Daseins zu erfassen und am Ende war man tot. Und das alles für jemanden, den man nie zu Gesicht bekam, der nicht antwortete und nur verstörende Lebensaufgaben schickte. Wofür all die Quälerei? Für die vage Aussicht auf das Paradies, von dem man auch nicht wusste, wie es aussah und ob es überhaupt Spaß machte. Die Haustür knallte zu, Merlin zuckte.

Die Bekloppte hat die Wohnung verlassen, Isis sei Dank! Warum auf ein Wunder warten? Hilf dir selbst, dann hilft dir die Göttin? Er musste raus hier, hinaus aus der Enge des Badezimmers. Nur die Dummen verharrten im Unglück, die Siegreichen suchten ihre Rettung. Merlin humpelte zur Badezimmertür. Siegreich sah das nicht aus.

Wenn er endlich wieder unter Lebewesen kam, dann würden sich Möglichkeiten auftun. Er atmete, humpelte und konnte jammern, also war noch nichts verloren. Isis war ihm günstigstenfalls geneigt und, falls nicht, würde er bald vor ihr stehen, mit einem Heiligenschein über dem Kopf und er würde nörgeln bis zum Anschlag. Er brauchte nur noch *ein* anständiges Leben – das eines Katers.

»Ich kann verdammt laut nörgeln!«, jaulte Merlin. »Es wird dir nicht gefallen! Bitte Isis! Mach etwas! Auch wenn du nur eine Frau bist, wenn du dir Mühe gibst, kann es funktionieren!«

Merlin versprach auch, alles zu tun, um ein braver Kater zu sein. Mit Mäusen würde er vor dem Schmaus reden und bei Kätzinnen nach dem Sex Verständnis zeigen. All das und noch vieles mehr versprach Merlin der ›Katzengöttin‹, er erklärte ihr, warum er ein Katzenleben brauchte, zog einen Bogen durch sein bisheriges Dasein, um am Ende nochmals mit Nörgelei zu drohen. Er gab sich unendliche Mühe mit Isis, schließlich ging es um seine Existenz, er verhandelte auf Augenhöhe mit ihr, obwohl er der Überzeugung war, dass bei Weibern ein Blick nach unten eher angebracht sei und sie natürliche Feinde von Logik waren.

Der Draht zur Göttin war gelegt, nun lag es an ihm, das Heft des Handelns in die Hand zu nehmen. Doppelt abgesichert und schimpfend humpelte Merlin unter der Badezimmertür hindurch, passierte den Flur und schlüpfte unter der Eingangstür ins Treppenhaus. Dort angekommen, sah Merlin erst einmal nichts, außer einer weißen Wand. Die Welt schien in Ordnung zu sein. Dann erst bemerkte er, dass die weiße Wand aus Fell bestand.

Ein lautes Geräusch drang an Merlins Ohren. Ein Röhren, das ein Miauen war.

»Ich habe Hunger!«, schrie die fellbehaarte Wand. Merlin schaute hoch, er wankte. Eine Katze in Monstergröße, sie leckte sich hungrig über die Lippen. Die weiße Perle!? Ja, genau, sie war die weiße Perle! Bei allen Heiligen! So groß hatte er die Schönheit gar nicht in Erinnerung. Ein Riesenweib. Er schluckte. Angst durchzuckte ihn – sie war tatsächlich mächtig groß.

»Hilfe!«, jaulte er. Wo lag die nächste Rille, in der er sich verstecken konnte? Nicht, dass er es nicht mit ihr aufnehmen konnte, aber derzeit dürfte sie ihn eher als künftiges Ungeziefer in ihrem Fell als einen Stecher in ihre Sinnlichkeit betrachten. Merlins Gehirn raste. Keine Kacheln im Treppenhaus, nur Holzdielen und die nächste Fuge in weiter Entfernung, sie lag ausgerechnet hinter dem Monster. Merlin versuchte kläglich, die weiße Wand anzulächeln, das Grinsen rutschte ab.

»Ich bin viel zu klein, um satt zu machen. Ein Winzling! Du verbrauchst mehr Kalorien beim Gedanken daran, mich zu fressen, als dass der Magen voll wird!«

Begierig fuhr sich die weiße Perle über die Lippen. Merlin beschloss, auf den Holzspalt zuzulaufen. Was blieb ihm sonst?

»Weiber sind die Hüter der Dummheit und die Bewahrer des Blödsinns. Man frisst kein Silberfischchen!«, schimpfte er und lief los. Warum in aller Welt verhielten sich Kätzinnen absolut dumm? Wahrscheinlich, weil sie nur aus einer Katerrippe geformt worden waren. Was sollte dabei schon herauskommen? Keine seiner Rippen besaß Hirn!

»Sissi! Wo bist du?«, gellte eine weibliche Stimme. Die weiße Perle schaute eine Etage höher, niemand war zu sehen, dann blinzelte sie wieder Merlin hinterher. Zunge ausfahren, über den Fußboden lecken und schon hätte sie das Spielzeug im Maul, man sah ihr die Vorfreude an – genüsslich folgte sie der Gier; öffnete das Maul, leckte und Merlin rannte um sein Leben.

»Sissi!«, kreischte das Katzenfrauchen, das mit Eimer und Wischmopp auf dem Treppenabsatz stand. »Wie widerlich! Du leckst ja den Fußboden ab, pfui Teufel!«

Die Perle vernahm zwar den Alarm ihrer Dosenöffnerin, nahm das Geschrei aber nicht für voll und beendete die Tat des Leckens, bis sie Merlin im Maul spürte.

»Lass das! Igitt!«, schrie die Frau und stürmte vorwärts, mit dem Mopp in der Hand. Die weiße Perle, mit Merlin auf der Zunge, lief rückwärts. Die Furie näherte sich. Schneller Rückzug und dann ein Schritt zu viel. Die Perle vertrat sich, fiel die ersten Stufen hinunter, rollte, raste weiter und knallte mit dem Kopf gegen die Wand. In der Lautlosigkeit des anschließenden Friedens starben zwei Seelen und eine ward geboren. Noch lag die frische Seele in tiefer Dunkelheit …

Merlin erwachte. Schlagartig wurde der Finsternis die Macht entzogen. Ohne zu wissen, wie viel Zeit vergangen war, schoss der Verstand wieder in das Gefäß. Die Lider wogen schwer, aber er fühlte sich leicht. Keine Schmerzen in den Gelenken, nur Kopfweh und etwas Übelkeit. Was war geschehen? Merlin reckte sich. Tat das gut! Kein Rheuma mehr und der Körper fühlte sich wieder richtig an. So kätzisch. In Merlin drang das Wort ›kätzisch‹ ganz tief ein. Bei Isis! Unglaublich! Er war wieder ein Kater! Merlin miaute! Was für eine Freude! Ein Loblied auf Isis.

Die ›Katzengöttin‹ hatte ihren Job endlich erledigt. Unglaublich, sogar eine Frau konnte, wenn man ihr genug Zeit ließ, zielorientiert und ohne Geschwafel handeln – die Klugheit einer Frau ist ein Edelstein, der durch Seltenheit an Wert gewinnt.

Zeit für das Heben eines Lids. Mal schauen, was für ein prachtvoller Kerl er war, hoffentlich hatte Isis bei der Ausstattung nicht gespart, schließlich hatte er noch viel vor als Frauenbeglücker. Merlin hob das Lid, im Hintergrund hörte er eine Dampfwalze auf sich zu rollen.

»Sissi!«, rief die Stimme. »Da bist du ja!«

Eine fleischige Hand streichelte seinen Kopf. Sissi? Wen meinte die Stimme? Lag etwa die unglaublich scharfe Perle neben ihm? Ein rattenspitzes Weibsbild in seiner Nähe und er bekam nichts mit? Merlin hob das zweite Lid. Keine Kätzin in der Nähe, die für ihn loderte, noch nicht einmal eine Unlodernde. »Wo bin ich?«, fragte er sich und beantwortete die Frage gleich selbst: in einem Körbchen mit rosafarbenem Seidenkissen. Merlin schaute benommen auf das Kissen mit den Rüschen. Wie hässlich! Liegend auf einem rosafarbenen Kissen? Was sollte ihm das sagen? So etwas war für einen Kerl kein richtiger Ort, es sei denn, er würde gerade eine Muschi nehmen.

»Ach, meine Süße! Wie schön, ich mach dir gleich ein bisschen Kätzchenmilch zurecht. Dann geht es dir gleich wieder besser, mein

Schnuppelchen!«, sagte die Frau, die er bisher nur mit Wischmopp kannte und die nun sein Kinn kraulte.

SCHNUPPELCHEN? Wie zum Teufel ging es der denn? Er war doch kein Schnuppelchen. Mannomann, so eine Psychopatin, es hieß Merlin oder Kerl – aber bestimmt nicht Schnuppelchen! Was für eine Welt, in der man einen Tarzan verzärtelte. Merlin sah auf seine Pfote. Die Krallen waren rosa lackiert. Die Sickerinformation tat das, was man von ihr erwartete, sie sickerte langsam durch. Rosa Krallen? Rosa Seidenkissen? Merlin starrte auf sein Fell. Es war weiß und seidig. Er fühlte das Grauen und schluckte. Zwischen den Beinen lag die Antwort. Keinesfalls würde er in die Richtung schauen, die ihm den Horror bestätigen würde. Keinesfalls! Lieber würde er zu einer Salzsäule erstarren und zum Mond geschossen werden. Bitte Isis, lass es nicht sein! Bitte nicht!

»Na, mein kleines Mädchen, hier ist deine Milli. Trink schön langsam, meine Süße!«

Merlin schrie mit einem hellen Fiepton – der Schrei eines Verzweifelten, der in die Hölle sah, die ihm zuteilwurde. Eine Hölle, in der ihm sämtliche Kater des Viertels nachliefen mit Schaum vor der Schnauze, durchdrehendem Blick und Sperma im Anschlag. Isiiis! Verdammter, oberverdammter Mist! Kaum ließ man eine Frau alleine machen, setzte sie die Nummer in den Sand. ER, EIN MÄDCHEN?! Sein letztes Leben als scharfe Kätzin? Das war grausam. Isiiis! Nur Frauen konnten Wasser und Wüste gleichzeitig sein. Er musste konvertieren, das mit ihm und ihr klappte gar nicht!

Merlin wimmerte. Was für ein Schicksalsschlag! Nie wieder Frauen lieben können? Er liebte sie doch unendlich. Sie waren so einzigartig und weichsamtig. Ob rothaarig, weiß oder bunt. Er liebte sie alle. Und jetzt sollte er sein siebtes Leben selbst als Weib verbringen? Wie sollte das funktionieren?

Wenn eine Kätzin eine Kätzin liebte, dann war sie … Merlin stiegen die Nackenhaare hoch. Er war nicht nur konfessionslos, jetzt war er auch noch lesbisch! Er konnte Weiber lieben, aber ein entscheidendes Teil fehlte. Ohne Zauberstab? Wie machte man da die Liebe? Merlin heulte ins Kissen. Und wenn ihm Kerle nachliefen und er es zuließ, dann war er schwul. Das Leben hatte ihn brutal in eine Zwickmühle gesetzt.

»Na, mein Püppchen! Gleich wird Mami dir etwas Gutes tun, die Nägel neu lackieren und du bekommst ein Schleifchen auf das Köpfchen, dann geht es dir gleich besser!«

Merlin verdrehte die Augen. »Mami hat dich lieb!«

Die tiefe Dunkelheit seiner Ohnmacht hatte Erbarmen, doch bald würde sie vorüber sein, dann würde ihn das Leben dazu aufrufen, Ordnung in die Unordnung zu bringen – und die Verwirrung war schon vorprogrammiert.

***

»Malo! Wo bist du?« Eine überflüssige Frage, denn im Badezimmer schepperte es und das Radio lief – *Will you still love me tomorrow*? Was die Ortung des Freundes zusätzlich erleichterte, war der infernalische Gestank, der aus der Lärmrichtung kam.

»Was in aller Welt stinkt hier so?«

Malo kroch rückwärts auf allen vieren aus dem Badezimmer, mit kreisförmigen Bewegungen schrubbte er den Boden. Juste würgte.

»Malo! Was zum … was tust du da?«, rief er. Malo drehte sich um.

»Ich?«

»Wer denn sonst?« Juste hustete. »Wonach riecht es hier so erbärmlich?«

»Essig und Chlor.«

»Chlor?«

»Ja.«

»Bist du verrückt geworden? Was machst du in meiner Wohnung mit Chlor?«

»Putzen. Ich bin doch dran.«

»Dran? Was meinst du mit dran? Dran, meine Wohnung zu vergiften? Dran, jemanden umzubringen? Ich dachte, du hast etwas gegen Desinfektionsmittel und dann gleich so ein Geschoss?«

»Ich bin laut Plan mit Putzen dran. Zu Hause wollte Bernadette immer, dass ich mit Chlor und Essig putze. Das ist alles ganz natürlich und wegen der Sauberkeit gut.«

»Chlor ist natürlich? Hat Bernadette dir das Zeug eingepackt?«

»Ja, sie kann auch fürsorglich sein.«

»Herrje … ich glaub' es nicht, das Zeug macht blöd oder wahnsinnig oder beides! Höchstwahrscheinlich will sie die Scheidungskosten sparen.

Malo, wie kann man nur so … so … so …«

… Dämlich, dusselig oder scheißendblöd sein? Kriegt mein Moralist so etwas über die Lippen?

»Meine Güte, sieh dich nur an!«

Billiges Ausweichmanöver. Bei dir, mein Guter, ist alles verloren. Bei dem Hirni übrigens auch, nur ist sein Schädel schon so weich, dass er noch nicht einmal merkt, dass er dir den nackten Arsch ins Gesicht hält.

Malo schaute an sich herunter. Viel gab es nicht zu sehen.

»Ich muss so putzen, es schadet sonst der Kleidung!«

»Ich fass' es nicht! Du bist splitterfasernackt! Es schadet der Kleidung? Es schadet in erster Linie Menschen …! Mann-Mann-Mann! Erst auf biologischer Nichtputzer machen und dann so etwas.« Juste hielt sich die Nase zu, drückte sich ins Badezimmer, vorbei an der textilfreien Reinigungsfachkraft in Hündchenstellung und riss das Fenster auf. Danach waren Wohnzimmer und Küche an der Reihe. Die Wohnungsluft frischte aufgrund des schwülen Wetters nur langsam auf, von draußen kam ein entferntes Grollen. Das Gewitter, das gestern schon niedergehen sollte, kündigte sich an.

»Mach das Radio leiser!«, brüllte Juste aus der Küche. »Wir sind hier nicht in einer Discothek. Was sollen die Nachbarn denken? Wenn Monsieur Hernand noch leben würde, dann hätten wir ein Problem.« Das Radio wurde aber nicht leiser. Juste kochte.

»Hast du mich nicht gehört?« Im Rundfunk lief *›Valerie‹*. »Malo!« Juste tobte zum Bad.

Der Nacktputzer saß betend im Lotussitz. Unverständliche Wortfetzen waren zu hören, er wog hin und her, dann schlug Malo das Kreuz über sich.

Nur für den Fall, dass du das verharmlost: In deinem Bad sitzt ein Nackter mitten im Chlordampf mit gekreuzten Beinen, der Beschwörungsformeln murmelt. Ist das Normal?

»Bist du bescheuert?«

Ja. Ja. Ja. Endlich! Es ist noch nicht alles verloren. Schluss mit dem Moralistengeschwafel ›Das-darf-man-doch-nicht-sagen‹. Die Sache ohne Formalien auf den Punkt gebracht. Meine Schule! Nur hättest du nicht fragen müssen, die Antwort liegt auf der Hand. Aber für den Anfang nicht schlecht, es ist noch kein Meister vom Himmel gefallen. Weiter so!

»Juste, ich bete.«

»Nackt im Badezimmer, mit Chlordampf – ein Gebet?«

»Ich bete für das Mädchen.«

»Welches Mädchen? Hier liegt kein Mädchen im Bad oder habe ich etwas übersehen?«

»Das Mädchen im Radio. Es ist tot. Man hat sie in ihrer Wohnung aufgefunden. Sie konnte doch so gefühlvoll singen.«

Justes Welt drehte sich. Lag das am Chlordampf? Oder an seinem Gewissen? Er hielt sich am Türrahmen fest, die Flut von Gefühlen bewirkte, dass er sich nicht mehr spürte. Der Körper verlor sich, nur das Zittern der Beine konnte er noch wahrnehmen. Es war tatsächlich passiert – blaue Zahlen logen nicht. Seine Knie gaben nach, er rutschte am Türrahmen herunter. Eine junge Frau hatte die Welt verlassen, warum auch immer, eine bekannte Sängerin mit dem unerhört atonalen Schmelz der Gosse im Gesang. Mit ihrer Stimme hatte sie Kontakt zu ihren Problemen, den Menschen und der Welt aufgenommen – nur hatte sie niemand wirklich gehört. Armes, reiches Mädchen. Ein Stück von Arnaud würde aufgrund ihres Todes weiterleben dürfen, wenn genügend Silberlinge bei der Wette herausgekommen waren. Wie viel hatte es wohl eingebracht, das Spiel? Ein Buchhalter dachte immer in Zahlen – Addieren, subtrahieren, dividieren. Zahlen stellten kalte Fakten dar, sofern niemand dahinter schaute. Aber war das in Ordnung?

»Juste! Geht es dir gut?«

Von weit her hörte er Malos Stimme. Warum darauf reagieren? Gab es nichts Wichtigeres zu überlegen? Der Drang, sich zu zentrieren, zog ihn wieder in seine Gedankenwelt zurück. Er hatte vermutlich erreicht, was er wollte; eine runderneuerte Sainte-Catherine mit Kindergarten im Innenhof. Durch die Verbindung von Kind und Kirche würde das Gemeindeleben lebendiger werden. Eines Tages würde vielleicht Flora aus Paris zurückkommen, nach Studium und wildem Leben eine Familie gründen. Dann wäre alles bereit für ein beschauliches Leben in ihrer Heimatstadt. So schnell konnte es gehen. Alles klappte mit Gott an der Seite. Er durfte nur nicht das Vertrauen verlieren, besser noch: nicht selber denken. Gewissensbisse bissen nur, wenn man den Verstand gebrauchte. Gottvertrauen war der Weg zum Ziel. Blindes Gottvertrauen.

»Juste! Wenn du nicht gleich etwas sagst, rufe ich einen Notarzt!«

»Ich brauche keinen Notarzt.«

»Wirklich nicht?«

»Kann man einer Hure trauen?«

Er hätte Malo auch gleich fragen können, ob es für jedes unterschiedlich bewegte Objekt des Universums eine eigene Wirklichkeit gab oder ob nur eine einzige Wirklichkeit existierte, die sich für unterschiedlich bewegte Objekte verschieden darstellte. In jedem Fall wäre die Verlässlichkeit der Antwort, die Malo darauf gefunden hätte, zweifelhaft gewesen. Malo holte Luft.

»Sag nichts. Spare deinen Atem. Wir gehen ins Bordell.«

»Ins Bordell? Zu Madeleine?« Juste nickte.

»Au fein! Dann ist das eingetroffen, was du wolltest?«

»Das kann man so sehen.«

»Und das Zeug hat dich aus den Socken gehauen!«

»Wenn du so willst.«

»Also ein gewaltiges blaues Wunder!« Malo kicherte.

»Wo du recht hast, hast du recht.«

***

Der Himmel über Arnaud verdunkelte sich, er nahm die Farbe von Grafit in Anspruch, er bot keine wilden Wolkenspiele, ruhevoll schoben sich Wolkenteppiche zusammen. Das Grollen des Himmels wurde intensiver und vereinzelte Blitze schossen durch das Grafit. Gleich würde Arnaud gewaschen werden, doch es war noch nicht soweit. Würde es rein werden? Die Luft fühlte sich tonnenschwer an, zu allem Ungemach flirrten kleine Fliegen durch die Luft. Bäume, Hecken und Gräser bewegten sich im Einklang mit dem Wolkenspiel.

Die Terrassentür im Erdgeschoss des Rathauses stand weit geöffnet, Bürgermeister Laval brauchte Luft, obwohl kaum welche vorhanden war. Raucherhusten und Gewitteratmosphäre – keine gute Kombination für Laval, der wie jeden Sonnabend einige Stunden im Rathaus verbrachte. Bilanzprüfung, hieß es offiziell – inoffiziell wollte er Ruhe vor seiner Frau, den Kindern, dem Alltag haben und nutzte die Gelegenheit, mit sich und einer guten Flasche Cognac allein zu sein. Er befüllte das Glas; flüssiges Mahagoni mit goldenen Reflexionen rann die Seitenwand des Schwenkers hinab, die Aromenvielfalt, die in seine Nase drang, beeindruckte ihn. Eine Fülle von Vanille, Gewürzen, Pfeffer und vollreifen Früchten schwebte durch den Raum. Laval ließ den Cognac atmen, er selbst versuchte es ebenfalls mit dem Atmen. Dabei lehnte er sich zurück – mühsam hob und senkte sich sein Brustkorb. Indes betrachtete der Genießer mit verliebtem Blick den Cognac, beäugte das Glas. Was auch immer er darin suchte, ein Fund schien genauso unwahrscheinlich zu sein wie die Erfüllung des Wunsches, dass sofort besseres Wetter einsetzen möge. Arnauds Bürgermeister schloss die Augen.

Langsam löste sich ein Schatten aus dem Hintergrund. Wie lange weilte der Schatten schon dort? Lange genug, um einen günstigen Zeitpunkt abzuwarten. Lange genug, um den flatternden Herzschlag zu beruhigen. Wenn nicht jetzt, wann dann? Zur Ruhe gezwungen, löste sich die Gestalt von der Wand hinter der Eingangstür und schlich auf den Menschen am Schreibtisch zu. Gleich würde es passieren. Etwas, das die Welt sauberer und Arnaud fröhlicher machen würde. Der Schatten hob den Arm – Laval öffnete die Augen. Die Chance war passé, das Schicksal zog sich lautlos in sein Reich hinter der Tür zurück, in ein Donnergrollen hinein atmete es aus. Lange würde es nicht mehr warten müssen. Bald war Zahltag.

Ein Schluck, der Alkohol durchlief mehrmals den Mund, bevor das Stöffchen den Schlund hinunterlief. Ein reichhaltiges Bouquet, tief und ausgewogen im Abgang. Der Genießer schwenkte das Glas, roch daran. Böse Menschen hatten zwar keine Lieder, der Genussfreudigkeit tat das aber keinen Abbruch. Laval gönnte sich einen weiteren Schluck, augenblicklich hustete er bellend, stellte das Glas ab, zog ein Stofftaschentuch aus der Hose und spuckte den hochgewürgten Schleim hinein. Weicher als sonst war der grüne Auswurf, vermutlich wegen der durchfeuchteten Luft; selbst Schleim wurde damit schleimiger. Tatsächlich kein guter Tag für den Bürgermeister, allerdings war nichts so, dass es nicht noch schlimmer kommen konnte. Laval schloss die Augen wieder. Zeit für den Schatten. Zeit zu handeln.

Unmerklich schlich sich das Unheil an, das nächste Donnergrollen ertönte, gleichzeitig fielen die ersten Regentropfen. Tremolo für einen Mörder. Der Himmel schüttete sich aus, die Wolken gewannen Geschwindigkeit, Laval hörte der Melodie der Natur zu. Hatten böse Menschen doch Lieder?

Erneut hob die Gestalt den Arm, das Messer fauchte, es bahnte sich den Weg durch die Kleidung, durchtrennte die die Haut und zerschnitt genussvoll das Fleisch. Ein Feinsinniger hätte das Platzen der Epidermis gehört, sofern es in Stille geschehen wäre, für weniger Feinsinnige blieb das kehlige Geräusch der Überraschung, das Laval von sich gab. Das Erstaunen über den Akt des Todes verwandelte das Gesicht des Sterbenden in ein Schauspiel der suchenden Erkenntnis. ›Warum?‹, schien es zu fragen.

Das Tatwerkzeug mit einem Griff aus Horn drang tiefer in den Körper ein, durchtrennte Gewebe, Muskulatur und erreichte das Epikard; von hier aus war es nur noch ein kleiner Ruck bis in die Herzkammer. Behände führte der Mörder das Messer von unten nach oben, vor dem Ruck machte er halt. Aus Überlegenheit oder Angst? Gab es noch ein Zurück? Oder war es ein durchkosteter Moment?

Laval gurgelte, der Ruck erfolgte. Er erfolgte hastig, aber nicht unüberlegt. Unendliche Verwunderung, er wollte atmen, tausend Nadelstiche standen gegen den Odem. Schmerz durchfuhr den sterbenden Körper, alsbald würde der Sinn schwinden. Laval wollte nicht sterben. Schmerz und Entsetzen verzerrten das Gesicht zu einer Fratze. Die Gestalt zog das Messer aus dem Körper, Blut spritzte. Helles, frisches Blut, eine Orgie in Rot. Die Grausamkeit der Handlung mündete in der Härte der Wahrheit. Der Mörder trat aus der Namenlosigkeit heraus und blickte ins Gesicht des Todgeweihten. Laval riss die Augen auf, er wollte schreien, der Mund zitterte; das Grauen endete mit einem tiefen Stöhnen – bis zur völligen Leere der Lunge. Die anschließende Stille im Raum brachte den Regen draußen wieder ins Spiel. Es würde dauern, bis Arnaud sauber gewaschen war, die Regentropfen trommelten fröhlich auf die Terrassensteine.

***

»Suchst du dir jetzt auch eine aus?«, fragte Malo, ordentlich gekämmt und mit einer Duftwolke aus Rasierwasser versehen, vor der selbst ein abgebrühter Moskito Reißaus genommen hätte. Er umtänzelte Juste, es war ein seltsamer Regentanz von zwei Männern unter zwei schwarzen Regenschirmen.

»Nein!«

»Aber wozu gehen wir denn sonst ins Bordell? Ich glaube nicht, dass man dort die Kirche retten kann, du wolltest damit doch nur ein Späßchen mit mir machen.«

»Du gehst wegen Madeleine dort hin.«

»Und du? Wegen der scharfen Chefin?«

»Ich will etwas prüfen.«

Malo blieb stehen. Kratzte sich am Kopf. Hob den Zeigefinger. Juste drehte sich um und signalisierte die Aufforderung zum sofortigen Weitergehen. Der Regen spritzte vom Asphalt hoch und bildete Blasen in den Pfützen.

»Ach so, jetzt verstehe ich!«, brüllte Malo, der Lärm des plötzlich einsetzenden Wolkenbruchs machte eine leise Unterhaltung unmöglich. »Mach dir keine Gedanken, die haben alle Silikonmöpse. Aber ist das nicht egal? Hast du dir schon mal Gewissensbisse gemacht wegen der Gänsedaunen, auf denen du jede Nacht einschläfst? Sicherlich nicht. Und wenn du mich fragst, die Gänse

haben schon was dagegen. Bei Silikon ist das anders, die lüsternen Ladys wollen das so, die geben sogar viel Geld dafür aus, damit wir es mugelig haben. Also, warum sollte es dich stören, zwischen zwei heiß geschnittenen Hügeln einzuschlafen?«

»Malo, also manchmal … also … ich bin sprachlos.«

»Wieso? Was ist es dann? Gib mir einen kleinen Hinweis. Ich bin mit allem zufrieden. Nur ein kleiner Hinweis. Wir sind doch Freunde … ein ganz klitze-klitze-kleiner Hinweis.«

Juste war froh, dass der Weg zum Bordell nicht mehr allzu lang war. Dort würde er den Quälgeist bei Madeleine abgeben und sie würde ihn hoffentlich nach allen Regeln der hurischen Kunst fertigmachen. Mit hoher Wahrscheinlichkeit würde er ruhig werden und mit etwas Glück fiele das Sprachzentrum für eine Weile aus.

»Bitte. Bitte. Bitte. Nur ein kleiner Hinweis«, brüllte Malo.

»Dann ist Ruhe?« Malo hielt die Hand aufs Herz.

»Ja. Großes Ehrenwort.«

»Mehr als einen Hinweis gibt es nicht.«

»Das reicht! Nur einer und ich werde schweigen wie ein Grab!«

»Sicher?«

»Bei allem, was mir heilig ist!«

»Fide, sed cui, vide!«

»Was?«

»Das war der Hinweis.«

»Juste!!! Das ist hundsgemein. Ich kann kein Latein, du weißt das, ich kann damit nichts anfangen, oh, das ist ja ganz mies von dir!«

»Auch, wenn ein Leben ohne Latein nur ein dumpfes Dasein unter dem Joch der Unkenntnis ist, bin ich in diesem Fall gerne bereit, etwas Licht in deine Dunkelheit zu bringen.« Malo witterte Morgenluft.

»Und, was bedeutet es?«

»Traue, aber achte darauf, wem!« Malo überlegte, wendete die Worte, sackte zusammen.

»Und was soll ich damit anfangen?«

»Du wolltest schweigen wie ein Grab. War es nicht so?«

Der Reinraum sah unverändert rein aus. Das Weiß schien genauso weiß wie beim letzten Besuch und kein weiteres Möbelstück war hinzugekommen; aber das war auch nicht zu erwarten gewesen. Juste hatte Malo im Vorzimmer der Lust zurückgelassen, dort wartete er auf Madeleine, die gerade anderweitig ihre Gunst vergab. Als Juste ihn verließ, sah er die Verwunderung in den Augen seines Freundes darüber, dass es tatsächlich möglich war, dass er auf seine Auserwählte kein Alleinrecht hatte. Was um alles in der Welt hatte er gedacht? Dass Madeleine für den Rest ihres Nuttendaseins gelangweilt auf dem Diwan säße, gedankenverloren ihre Brüste bekuschelte und nur auf ihn wartete? Juste seufzte. Und was hatte er selbst gedacht? Dass er einer Hurenmutter Geld gäbe, sie es ordnungsgemäß verwenden und er als Ergebnis einen horrenden Scheck von ihr erhalten würde? War er etwa ein genauso gutgläubiger Narr wie Malo? Er schalt sich; gelegentliche Gutgläubigkeit war nicht schlecht und warum sollte es klüger sein, immer nur negativ zu denken? Einfach mal Vertrauen schenken – warum sollte das dumm sein? Vielleicht, weil es besser war, das Schlechte zu erwarten, damit die Freude groß ausfällt, wenn es nicht passiert, als an das Gute zu glauben, dieses sich nicht blicken lässt und die Enttäuschung folgt. In fast jedem Menschen wohnte eine Krämerseele, die emotionales Handeln abwog, Pessimisten kamen unter dem Strich besser weg. Im Zweifelsfall geriet sogar der Misserfolg zum Erfolg, den man mit den Worten ›Siehste, hab' ich es nicht gesagt! Wusste ich es doch!‹, krönen konnte.

Die Schiebetür rollte auf. Noch bevor er sie sah, roch er den Duft von Chanel. Rosenblätter und Zitrusfrüchte. Ein grandioses Präludium?

»Monsieur Simon! Wie schön, Sie zu sehen!«

Juste musterte die Nussbraune, die ihn, offensichtlich bestens gelaunt, anlächelte. Heute war sie in ein weißes Etuikleid eingepasst, das kein Gramm Fleisch mehr zugelassen hätte und das die Vollkommenheit ihrer Figur in Szene setzte. Eigentlich trug sie nicht das Kleid, sie trug ihren Körper zur Schau – eine Allegorie der Schönheit. Die nussbraunen Haare fielen gleich samtflüssiger Schokolade auf die Schultern, wenn sie auch noch nach lippenwarmer Schokolade geduftet hätten, hätte Juste die Fassung verloren.

»Madame Lazar, es ist mir ebenfalls eine Freude!« Juste spürte Erleichterung darüber, dass es ihm gelang, mit fester Stimme zu sprechen.

»Nehmen Sie Platz, Monsieur.« Juste setzte sich in die eine Ecke des Sofas, Madame Lazar in die andere. Sie als Weißgewandete, er ganz in Schwarz. »Sie ist tot. Das ist bemerkenswert.«

»Das ist es.«

»Sagen Sie mir, woher Sie es wussten?«

»Nein.«

»Das dachte ich mir.« Die Nussbraune lächelte. »Es hat eine exzellente Quote gegeben. Möchten Sie ein Glas Champagner?«

Die Strichbiene macht es aber spannend. Kann es sein, dass sie die Kohle gar nicht hat und dich erst besoffen machen möchte, bevor du die Wahrheit erfährst? Mein lieber kleiner Buchhalter, das kommt davon, wenn Fischgeruch die Sinne vernebelt.

»Nein, vielen Dank.«

»Aber ich, Sie erlauben ein Glas – bei diesem Anlass.« Madame Lazar klatschte in die Hände, ohne seine Antwort abzuwarten. Blondes Haar lugte durch die Tür.

»Champagner, Marlene.«

Das Blond nickte, kurz darauf erschien der Schopf mit einem Silbertablett, einer Champagnerflasche und zwei Gläsern, mehr trug sie nicht. Das Kettchen, das um den Bauch geschlungen war, an dem ein weiteres Kettchen hing, das durch den Spalt führte, zählte nicht. Juste schluckte. Das Blond stellte das Tablett auf dem Fußboden ab.

»Nicht doch eine Erfrischung zur Beruhigung?«

Juste prüfte den Spielraum zwischen Hals und Hemdkragen.

Ein wenig nackte Haut und schon ringst du um Fassung. Der Panzer eines Moralisten ist doch verdammt dünn! Mein Vorschlag: Denk an Eiswasser, Kotztüten, Steuererklärungen oder überreife Pflaumen – dabei schrumpft alles. Versprochen!

»Nein. Danke.«

Ich hoffe, du meinst das Blubberwasser, alles andere solltest du unbedingt versuchen.

Juste schlug die Beine übereinander. Wann hatte er die letzte Steuererklärung abgegeben? Er konnte sich ganz genau daran erinnern, es musste ein Montag gewesen sein. Madame Lazar ließ sich ein Glas Champagner geben und nickte der Blonden zu, die daraufhin gemächlich den Raum verließ.

Es gibt tausend Möglichkeiten, einen Raum zu verlassen, aber nur wenige davon erzeugen bei den männlichen Zurückgebliebenen Schnappatmung. Ganz tief im inneren Kästchen der Wahrheit liebte Juste wackelnde Hintern. Er rettete sich in einen Husten.

»Wie würden Sie darauf reagieren, wenn ich die Wette nicht platziert hätte?«, fragte die Nussbraune unvermittelt. Juste erholte sich von dem Hustenanfall nicht.

Bronchitis fatal? Armer Wicht, hab' ich es nicht gesagt! Das Lendenluder hat die Kohle nur gebunkert.

»Ich …« Juste hustete sich aus, holte Luft. »Ich wäre enttäuscht von Ihnen.«

Die Nussbraune fieberte.

»Mehr nicht?«

»Wie würden Sie darauf reagieren, wenn ich Sie verprügeln würde?«

Oh, das ist gut! Ich sehe schon seit einer Weile eine positive Veränderung bei dir, Holzkopf. Veränderung ist die einzige Konstante im Leben und nun ist sie auch bei dir angekommen. Erstaunlich, was alles passiert, wenn man den Griff lockert. Chapeau!

Die Nussbraune lachte laut auf, unter dem Gelächter gluckste sie die Worte heraus: »Monsieur Simon, ich wäre sehr enttäuscht.« Juste schmunzelte.

»Mehr nicht?«

»Nein«, lachte sie und hielt sich den Bauch, sodass auch Juste sich nicht mehr halten konnte. Ein befreiendes Lachen der beiden, das den Reinraum durchtränkte, es verlieh ihm Charakter und Wärme. Wer hätte gedacht, dass in einer klinischen Atmosphäre wilde Triebe und Emotionen wuchern und dass sich das Fluidum eines Raumes gänzlich wandeln konnte? Der Tag war nicht zu Ende. Was würde dem Reinraum wohl noch widerfahren?

***

Der Regen über Arnaud hatte mittlerweile die Qualität eines nicht enden wollenden Landregens erreicht. Gelegentliches Grollen und Blitzen zeigte, dass der Wettergott es ernst meinte, die Blüten der Cosmea, Löwenmäulchen und der Ringelblumen lagen zu Boden gedrückt, nur mit Glück wurden die zarten Blüten nicht geköpft. Der Schopflavendel hielt sich wacker und aus purem Trotz erzeugte er einen würzigen Duft, der sich mit der feuchten Luft vermischte und die Gassen von Arnaud durchströmte.

Die Schiffe im Hafen schaukelten, rieben aneinander und zogen an der Vertäuung, selbst die Möwen hatten sich zurückgezogen. Arnaud wirkte verlassen und das war es auch. Keine Flaneure, kein Gast in den Cafés, kein Fischer und nirgends ein Freizeitkapitän in Sicht. Nur die Blasen, die der Regen auf dem Asphalt schlug, wirkten lebendig und auch die Rinnsale, die zu Kleinstbächen anwuchsen und mehr oder minder schnell in der Kanalisation verschwanden. Das Grafit des Himmels schien unendlich, solidarisch hatte das Wasser im Hafenbecken die gleiche Farbe angenommen – eine unselige Allianz der Leblosigkeit, die kaum zu überbieten war.

Lediglich ein kleiner gelber Lichtpunkt, der sich zügig dem Hafen näherte, stach vom Rest der Umgebung ab. Bei näherer Betrachtung handelte es sich um einen Regenhut mit Krempe und einem Band, das unter dem Kinn befestigt war. Einen Wimpernschlag später erreichte der gelbe Punkt den Steg, an dem Lucien Forests Boot vor Anker lag.

»Lucien!«, rief der gelbe Punkt namens Nadine. »Komm raus!« Der Regen lief den Hut hinunter, sammelte sich in der Krempe, um von dort in den Nacken zu laufen. Das feuerrote Haar, das nass und strähnig unter dem Hut hervorquoll, hatte seinen besonderen Glanz verloren. »Lucien!«

Nadine stampfte mit dem Fuß auf. Sie trug in der einen Hand eine Tüte, darin schwamm ein lebender Karpfen, eine frische Beute von Madame Galabru, die andere Hand verbarg sie seitlich im Regencape. »Lucien Forest, komm endlich raus! Ich weiß, dass du da bist!« Ein Donnergrollen begleitete die Aufforderung, die Kajütentür öffnete sich. Lucien Forest blinzelte, zippte den Troyer hoch und griff nach einer Öljacke.

»Nadine«, brüllte der durch das Grollen hindurch »bist du verrückt? Bei dem Wetter hierher zu kommen?«

»Lucien.« Ihre Stimme wurde weich, die Gesichtszüge entspannten sich.

»Was machst du hier? Verdammt noch mal!«

»Ich kann töten, Lucien. Ich kann es!« Mit verklärtem Blick holte sie die Erinnerungen an ihr Schlachtfest zurück. Noch war sie keine Meisterin im Handwerk, aber sie hatte vor, eine zu werden. »Sieh!« Nadine hob die Kunststofftüte hoch. Regentropfen rannen an dem durchsichtigen Gefängnis hinunter. Regen überall – Arnaud wurde von der Macht des Himmels regelrecht geflutet. Lucien hielt die Öljacke fest zusammen. »Nadine, was soll der Unfug? Geh nach Hause. Du holst dir noch den Tod!«

»Nein«, murmelte sie kaum hörbar, »ich bringe den Tod.« Unter dem Regencape zog sie ein Messer mit Horngriff hervor, es war blutverschmiert. Regen löste das verkrustete Blut, spülte es hinab auf die Planken, wo es zunächst einen roten See produzierte, um dann in den Spalten des Stegs zu versickern. Lucien starrte Nadine an. Er sagte nichts, sein kantiges Gesicht, das violette Augen dominierten, erstarrte. Der Karpfen in der Höhe, ein Messer und der Wille, eine Seemannsbraut zu sein. Niemals zuvor war die Verknüpfung von Entschluss und Tat enger. Lucien hielt stand.

»Sieh!« Nadines Hände zitterten, der Karpfen landete auf dem Fußboden, sie kniete sich zum Opfer. Durch die Tüte hindurch stach sie zu, das Wasser lief ab, der Karpfen zappelte, viel Platz hatte das Tier nicht mehr, die Tüte klebte am Leib. Nadine war kein gefühlloser Mensch, sie hatte es lediglich geschafft, ihre Emotion beiseitezulegen. Das Messer traf zwischen die Brustflossen, durchtrennte die Fischhaut, drang tiefer ein und machte einen kräftigen Ruck. Der Karpfen zuckte seine letzten Bewegungen. Fressen oder gefressen werden, das Leben an sich bot nicht viel Spielraum. Und vergaß man als Frau die Zeit, holte die Zeit sie wieder ein und bescherte ein faltiges Gesicht in Einsamkeit.

»Lucien!«, sagte sie, während sie zu ihm aufblickte. »Ich kann es!« Tränen rannen über ihr Gesicht, mischten sich mit dem Regen, flehentliche Augen suchten den Engländer. Luciens Kiefer mahlte, der muskulöse Körper setzte sich in Bewegung, er sprang auf den Bootssteg und stand vor Nadine.

Grobe Arbeitshände zogen sie in die Höhe, Arme nahmen den zierlichen Körper in Empfang. Nadine zitterte, ließ das Messer fallen, das auf den Boden fiel, hochfederte und im Hafenbecken verschwand.

»Ach Nadine«, sagte Lucien leise und er bemerkte, dass sich der kleine Körper gut anfühlte. »Das ist es doch nicht. Ich dachte, du hättest mich verstanden. Ich mag dich sehr, aber aus uns wird kein Paar.« Nadine löste sich ein wenig aus der Umarmung, ihre Augen stellten tausend Fragen.

»Bitte, Lucien. Bitte. Ich habe doch getötet. Ich kann es jetzt!«, brach es aus ihr heraus.

»Das ist es wirklich nicht, Nadine. Ich will nicht mehr. Ich werde allein bleiben. Für immer. Es hat nichts mit dir zu tun, es liegt an mir. Ich habe ausgeliebt.«

Nadine schluchzte, bebte und schrie.

»Bitte, Lucien!« Ihr Gesicht verkrampfte.

»Nein.«

Nadine sackte in sich zusammen, Lucien konnte sie nicht mehr halten. Sie fiel in die verwässerte Blutlache, krümmte sich in eine embryonale Haltung.

»Dann war alles umsonst«, flüsterte sie und wünschte sich, augenblicklich vom Blitz erschlagen zu werden. Es blitzte zwar, aber diese Gefälligkeit wurde ihr vom Schicksal nicht zuteil.

***

»Meeeerlinnnn …« Der Gerufene hörte die weibliche Stimme eindringlich, wie einen Singsang, der süßlich durch die Luft schwebte. »Meeerlinnn, mein Lieber, wach auf und öffne die Augennnn!« So wunderschön die Lieblichkeit auch klang, er öffnete seine Augen nicht. Zu schwer klebten die Lider am Augapfel, zu wenig wollte die Seele sich lüften und – wer hörte schon auf das, was eine Frau sagte. Lieber noch ein wenig Schlummer. Der Sinn tauchte wieder hinein in die Dunkelheit.

»Sissi!«, schrie die Stimme jetzt. »Wird's bald!« Der eiskalte Hauch der Herrschsucht wehte ihm scharf in das Gesicht. Merlin schlug die Augen auf, schlagartig der Umnachtung entrissen. Benommen schaute er sich um.

»Wo bin ich?« Er fand sich in einer großen Halle aus Stein, die Decke war unschätzbare Meter hoch und Säulen säumten den Raum. Überall sah er Grau. Er lag auf einem grauen Fußboden, über ihm die graue Steindecke und auch die Säulen trugen ein Mausgrau. Gegen Grau hatte er nichts einzuwenden, sofern es vier Beine hatte und schmackig war. Aber hier? Das Grau ließ ihn frieren.

Die Frauen waren schuld, fiel ihm gerade noch rechtzeitig ein, bevor er das unbekannte Schicksal beklagen konnte. Alle! Wie konnte er nur eine Sissi werden? Jetzt fror er sogar schon, wenn er nur eine Farbe sah und er war davon überzeugt, dass er bei Rosa nicht gefroren hätte. Was machte das alles mit ihm? Einen Kater zur Kätzin zu machen, auf so eine Idee konnte nur eine Frau kommen. Verdammte Isis-Schnepfe! Sie war noch schuldiger als schuldig. Bei allen Göttern, wer hatte ausgerechnet ein weibliches Katzenoberhaupt ausgesucht? Das war eine Diskriminierung aller Kater, eine Demütigung männlicher Dominanz.

Überhaupt, ein Weib als Gott – eine Göttin also – das war zu kurz gesprungen. Als Kater musste er Kätzinnen lieben und jeder Kerl auf Erden wusste: Das konnte nur zu Verwicklungen führen. Die Verkettung in der Liebe war eine seltsam schöne Unmöglichkeit des Lebens. Warum brauchte ein beherrschter Kerl etwas Unbeherrschbares für den Trieb? Frauen dachten unlogisch, pink und immer ein bisschen gaga, so funktionierte die Mathematik der Hormone. Wem sollte das nützen? Die holde Weiblichkeit konnte Kerle in Situationen bringen, die die Welt noch nicht gesehen hatte. Sicher, sie waren manchmal lieb und rollig. Aber warum lief Sex nicht wie bei Regenwürmern ab? Durch Teilung, nicht durch Samenspendung und das Sich-Herunterlassen auf den kleinstmöglichen Nenner. Wie hieß eigentlich der Gott des Regenwurms?

»Merlin«, meldete sich die Honigstimme, »ich kann dich hören.«

Merlin war nicht wichtig, wer ihn hören konnte und wer nicht. Er hatte sich festgebissen ins Ungemach seines Lebens und durchwütete es; Liebe existierte nur als Taschenspielertrick der Natur, um die Art zu erhalten. Ungerechterweise, dachte er, war die Welt mit X-Chromosomen vollgestopft, die sich rollend Anerkennung verschafften und arme, ferngesteuerte Kater fielen darauf rein.

Merlin hielt inne. Was für einen Unsinn redete die Honigstimme. Kein Wesen konnte hören, was ein anderes dachte. »Schau zu mir herauf.«

»Ich höre auch das, was du denkst, Merlin. Nicht nur das, was du sagst.«

Des Katers Kopf hob sich sacht.

»Noch höher.«

Weiteres anheben. Genickstarre. Endhöhe erreicht.

»Ja. So hoch oben, so weit bin ich von dir entfernt.«

Merlins Maul öffnete sich. Er sah eine Steinfrau mit ausgebreiteten Flügeln. Das Gesicht trug menschliche Züge, hatte aber zwei kätzische Ohren. Die schräg angesetzten Augen leuchteten in einem unheilvollen Weiß.

»Ja. Merlin. So ist es. Ich bin deine Göttin. Isis – die Schnepfe. Das Weib. Die Schuldige.«

Merlins Maul rastete offen stehend ein, nie wieder würde es sich schließen. Nie wieder würde er sich bewegen. Fest mit dem Grau verschmolzen, überlegte er, ob dies nur ein böser Traum war oder ein Schabernack. Oder war er tot? Merlins Schluckreflex setzte aus. Bei Göttin! Er konnte auch tot sein. Seine Beine zitterten so heftig, dass der Körper gleich mitvibrierte.

»Du bist nicht tot.«

Da konnte etwas nicht stimmen. Denn, wenn das wirklich Isis sein sollte, dann war er tot. Frauen kannten eigentümliche Arten von Wahrheit. Die echte Wahrheit und die Andere. Was sagte ihm, dass die Steinfrau nicht die Andere meinte?

»In der Welt schläfst du ohnmächtig. Hier bist du wach. Außerdem bin ich keine Steinfrau, ich bin deine Göttin.«

Keinesfalls würde er ihr widersprechen, wenn er sie nur lange genug reden ließe, dann erledigte sie das selbst. So viel war sicher.

»Vergiss nicht, ich höre alles. Es ist wie bei dem Menschengott. Er hört alles, er sieht alles und er kann unter die Bettdecken schauen. Und ich weiß, was du im hohen Gras, hinter Hecken und in Treppenhäusern treibst. Auch, was du denkst oder meinst. Glaubst du, dass deiner Göttin das gefällt?«

Merlin miaute eine Melodie im Kopf, nur so konnte er die Gedanken verschleiern, lange würde er das nicht aushalten. Die Steinfrau war ziemlich überzeugend. Mantra, das Wort durchblitzte sein Hirn. Ein Mantra musste her. *Ich-bin-ein-lieber-Kater – ich-bin-ein-lieber-Kater – ich-bin-ein -ieber-Kater …*

»Merlin! Lass das! Mantras machen Götter böse, weil sie keinen Zugriff mehr auf ihre Schöpfung haben. Mantras sind ärgerlich.«

Ich-bin-ein-lieber-Kater …

»Du bist ein Macho, du kleiner Ärger bringender Kater. Ein Frauenerniedriger. Ein Göttinlästerer. Und eine unerhörte Nervensäge. Was glaubst du, warum du hier bist?«

Ich-bin-ein-lieber-Kater …

»Merlin!«

Ich-bin-ein-lieber-Kater …

»NNEINNN!« Isis schickte dem ultimativen Nein-Blitz-und-Donner hinterher, die Steinkammer wackelte, aus den Fugen quoll Sand, der den Raum verstaubte. Merlin sagte nichts mehr. Er meinte nichts mehr. Er schwieg.

»So ist es recht, mein Lieber. Und nun zu deinem Schicksal. Ich habe dir mehrere Leben geschickt. Du solltest wahrnehmen, wie andere fühlen, wie sie Dinge erleiden, wie sie sterben, um aus der veränderten Perspektive zu begreifen, dass niemand sich über einen anderen stellen darf. Kein Mann ist mehr wert als eine Frau, kein Kater wertiger als ein Silberfischchen. Zwar sind die Ränge verteilt, bedingt durch unterschiedliche Kraft, Macht und Stärke. Daran arbeite ich gerade. Aber wertvoller ist ein Katerleben nicht.«

Merlins duckte sich und zog den Schwanz zu sich heran.

»Auch, wenn du erst jetzt bemerkst, dass ich die Mächtigere von uns beiden bin, hilft es dir nichts.«

»*Ich-bin-ein-lieber-Kater?*«, wisperte Merlin in geduckter Haltung.

»Nein, aber ich werde dir eine letzte Chance geben. Als Sissi!«

Merlin jaulte. Die Augen wurden feucht.

»Versuche es nicht mit Tränen. Darin sind Frauen besser. Du wirst am eigenen Leib erleben, wie eine Unnütze, Unterlegene, Unwerte leben muss. Ich bestimme, dass in Sissi immer etwas Merlin sein wird; du darfst beobachten, ohne zu behindern, wahrnehmen, ohne einzugreifen und erleiden mit allen Sinnen. Am Ende von Sissis Zeit sehen wir uns wieder. Geläutert oder nicht – die Entscheidung über deine Wiedergeburt oder die endgültige Begleitung ins Totenreich behalte ich mir vor. Lerne viel, mein Lieber, du wirst es brauchen!«

Merlin drückte sich flach auf den Boden. Abwendung des Schicksals durch Demut? Vielleicht … möglicherweise … Frauen konnten auch nett sein. Ganz tief in ihrem Inneren waren sie nett …

»Nicht jetzt, Merlin, jetzt will ich eine böse Göttin sein.«

Ein ohrenbetäubender Knall. Merlins Welt fiel wieder in Dunkelheit und Stille. Es roch nach Staub. Unglaublich, dachte er noch, Frauen waren also auch im tiefsten Inneren gaga. Erst Äonen später fragte er sich: Wo war die Zeit geblieben? Wo der Raum? Dann hörte er sein Karma.

»Sissi, meine Süße, du hast ja gar nichts von der Milli getrunken?«

***

»Gott, ich danke dir. Ich verstehe jetzt. Du nimmst ewig, aber du gibst auch und du willst, dass wir lernen, uns verändern und wachsen. Ich bin noch nicht am Ende. Gibt es überhaupt ein Ende? Marguerite habe ich verloren, Blanche ist in meinem Herzen. Flora zieht nach Paris, aber sie wird immer mein Kind bleiben. Das ist gut zu fühlen. Mamie ist gestorben, aber all meine Erinnerungen an sie leben und werden nie verblassen, bis zu meinem letzten Atemzug – und sie ist bei dir. Die Kirche wird bleiben, aber das Bordell auch und der Kindergarten wird geschlossen und neu entstehen. Dort, wo sich eine Tür schließt, öffnet sich ein Fenster. Nicht Hoffnung bedeutet Vertrauen in dich, sondern die Zuversicht, sie sitzt auf Flügeln der Tatkraft und weiß, dass alles irgendwann richtig wird, auch wenn es anders scheint. Ich danke dir, Herr, für die Dinge, die ich lernen durfte. Und wenn ich selbst eines Tages vor dir stehen werde, werde ich dann nackt sein? Niemals! Ich bringe einen ganzen Korb wertvoller Erfahrungen mit.«

Juste hatte den Gewinnscheck von Madame Lazar in einen Umschlag gesteckt, dazu ein Kärtchen gelegt mit der handschriftlichen Weisung, dass dieses Geld für die Renovierung der Kirche und für den Bau eines Kindergartens im Waschhaus gedacht sei; völlig eins mit sich, warf er den Scheck in den Kollektenkasten ein. Eine gute Million war zusammengekommen. Eine sehr gute Million. Auch, wenn es sich um Blutgeld handelte. Dreißigtausend mal sechsunddreißig – so lautete die Quote für eine Zukunft der Sainte-Catherine. Keine Minute hatte er gezögert, niemals dachte er daran, das Geld für sich selbst zu verwenden. Er hatte viel gelernt; dass das Unglück eines Einzelnen das Glück vieler bewirken kann, dass das Schicksal unbarmherzig austeilte und dass es sogar vertrauenswürdige Huren gab. Ein dicker Batzen an Erfahrungszuwachs für den Korb des Lebens.

Juste saß allein in der Sainte-Catherine, auf dem Altar brannte die Stumpenkerze. Er hörte den Regen, der aufs Dach fiel. Es waren Augenblicke wie diese, die ihn ehrfürchtig machten. Allein mit sich und dem Herrn, sofern er gerade zugegen war. Der Regenlärm trommelte lauter, vorsichtig schaute Juste hoch. Hoffentlich hielt das Dach dem Unwetter stand. Wie auch immer, bald würde das alte Schätzchen gerettet sein und in neuem Glanz erstrahlen.

Ein Lufthauch brachte die Kerze zum Flackern, die Seitentür öffnete sich und Madame Dubois mit Kopftuch und Regenschirm wurde vom Wind in die Kirche getrieben. Sie juchzte. Gott gefiel es offensichtlich, das Wort Kontinuität ausgerechnet durch die Haushälterin zu definieren.

Ein Regentropfen fiel auf die geöffnete Bibel vor Juste, es plockte vernehmlich auf das Papier, ein Blick nach oben, es knirschte. Juste sah es noch kommen, ein Stück vom dicken Bauch des Krippenkindes rauschte herunter, er konnte nicht mehr reagieren, der Bauch traf genau die Beule an seiner Stirn. Juste kippte vornüber auf die Bibel. *Deo volente* – mit Gottes Willen. Er war wohl doch zugegen.

Juste hörte nichts außer einem Grundrauschen, dafür sah er etwas. Eine blaue Kugel, in der sich Blubberblasen und Zahlen tummelten. Aus der Kugel formte sich langsam eine Hand. Das Grundrauschen im Gehör wurde mit dem Spiel der Celesta unterlegt, sie spielte ein wahnsinniges Lied und die Hand winkte. Ein Abschied. Die Zahlen tanzten weiter, wurden kleiner und verschwanden ganz. Das Wunder der blauen Zahlen war gegangen. Verschwunden im Nichts.

»Monsieur Simon!«, krächzte eine Stimme in eine Melodie des Grauens. »Monsieur Simon, ist alles gut?«

Juste öffnete ein Auge, er sah unendliche Buchstabenreihen, er öffnete das zweite Auge und blickte in ein Großmuttergesicht, das mit einem

Kopftuch verschnürt war. Er schrie. Es war nicht alles gut. Es war bestimmt nicht alles gut. Sollte das der Dank sein? Auf die Erfahrung, dass ein Brocken Bauch auf Beule schmerzt, hätte er bequem verzichten können, das hatte er auch schon vorher gewusst, und dass alte Frauen einfältige Fragen stellen konnten, war ebenfalls nicht neu.

Sämtliche Demutsbekundungen und Frohlockungen an den Einzigen waren mit einem Schlag verschwunden, ebenso wie die blauen Zahlen des Todes. An ihre Stelle rückte pure Aggression. Juste hielt sich den Kopf.

»Verdammt!«, rief er. Die Bibel fiel zu Boden. Bedauerlich, denn die Stelle, an der sie vorher aufgeschlagen war, hätte einiges erklärt:

Denn in der Fülle von Weisheit gibt es eine Fülle von Verdruss, sodass, wer Erkenntnis mehrt, Schmerz mehrt. (Prediger, Kapitel 1, Vers 18)

***

Juste fiel zuerst die Flasche Whisky auf dem Wohnzimmertisch auf, als er hereinkam. Bei näherer Betrachtung bemerkte er, dass sie jemand angebrochen hatte, bei intensiver Reflexion, dass ein großer Teil brauner Flüssigkeit noch vorhanden war. Glenmorangie, was für ein grandioser Seelentröster. Malo saß davor. Das Leben rückte immer jene Dinge in den Fokus, die die Seele am meisten brauchte.

»Madeleine hat es mit einem anderen getrieben.«

Juste seufzte und holte sich aus der Küche ein zweites Glas. Malo blieb zusammengesunken auf dem Sofa, Juste setzte sich zu seinem Freund und schenkte sich ein. Duft breitete sich aus, als würde sich ein italienischer Garten voller Pfirsiche öffnen, dabei kam der Stoff nur aus Schottland.

»Ich habe sie gehört, es hat ihr Spaß gemacht. Madeleine hat nach mehr geschrien!«

Herrje, hört das denn nie auf. Soll das Nüttchen jeden Freier anspeien und ›Vergewaltigung‹ keifen? Oh Boy, du hast doch schon viel gelernt, ich rede mir einen Wolf – mach kurzen Prozess und erschieß' ihn – Idioten zu ertragen ist der Gipfel der Toleranz und das wollten wir doch nicht mehr. Wir wollen klare Verhältnisse.

»Malo, sie ist eine Nutte. Die schreien, hecheln und stöhnen für Geld, das ist im Triebpaket enthalten. Such dir endlich eine Andere!«

»Madeleine hat so schöne Schenkel.«

Juste nahm einen großen Schluck vom Glenmorangie, er lief die Kehle herunter und bereitete ein wohliges Bauchgefühl. Die übrige Realität sah anders aus, sein Kopf schmerzte, Malo strapazierte seine Nerven und er durfte sich noch nicht einmal betrinken, da er bald Blanche treffen würde. Zwar nicht zum Picknick im Garten, dazu hatte es zu viel geregnet, aber sie würden es sich vermutlich in Mamies Küche gemütlich machen. Bereits betrunken zu einem Rendezvous zu erscheinen, wäre in dieser frühen Phase des Zueinanderfindens ein absoluter Killer.

Killer!? Was, wie, wo? Du lässt die Drecksarbeit von jemand anderem erledigen. Jaaa, erschießen ist die Endlösung schlechthin. Bei dem minimalistischen Humankapital fällt es auch nicht auf, wenn es wegfällt. Die Plusliste für eine Exekution ist lang. Und wenn du selbst Hand anlegen willst ... es gibt Mittel und Wege, ganz leicht an eine Wumme zu kommen. Nimm eine mit acht oder neun Millimetern, darunter ist Kindergeburtstag.

»Halt die Klappe, ich mach das schon!«

»Ich sag' doch gar nichts.« Malo drehte sich dem Freund zu. Juste räusperte sich. »Nein, ich meinte: Halt ein! Ich werde dir jetzt etwas erklären.« Es entstand eine flüchtige Stille. »Malo!«, begann Juste feierlich. »Es leben ungefähr sieben Milliarden Menschen auf der Welt, davon sind etwas mehr als die Hälfte Frauen – sagen wir mal 3,6 Milliarden. Wenn wir das mal zwei nehmen, gibt es 7,2 Milliarden weibliche Schenkel auf der Welt. Davon sind einige zu alt und andere zu jung. Also sind wir wieder bei 3,6 Milliarden verwendungsfähiger Schenkel. Und warum machst du so einen Alarm um zwei Nuttenbeine?«

Donnerlottchen, 3,6 Milliarden verwendungsfähige Frauenschenkel! So hab ich das noch nie gesehen! Mir läuft das Wasser im Mund zusammen!

»Was soll ich mit so vielen Schenkeln. Ich will nur die von Madeleine.« Juste holte tief Luft und quetschte die Antwort durch die Zähne.

»Die kannst du haben – gegen Geld. Willst du sie umsonst, wird es dich Schmerzen kosten. Nicht mehr und nicht weniger. Kohle oder Schmerz im günstigen Fall, Kohle und Schmerz, wenn du dich auch noch verzettelst. Denk darüber nach.« Juste stand auf. So gern er noch ein Glas Whisky getrunken hätte, aber jetzt warteten zwei von 3,6 Milliarden Schenkel auf ihn, von denen er annahm, dass Liebe und Gegenliebe vorhanden waren und so etwas ließ man nicht warten. »Salut, Malo. Ich weiß nicht, ob ich heute nach Hause komme, warte nicht auf mich und versuche, nicht den Teppich zu ruinieren.« Malo nickte, sagte aber kein Wort.

Es war still geworden. Malo rührte sich nicht. Nach einer Stunde kam Unruhe in seine Bewegungslosigkeit, er nahm die Whiskyflasche und schenkte nach, sein Problem schien durchdacht. Malos Haltung zog an, der Rücken richtete sich auf. Milliarden von Schenkeln waren durchgekaut und die speziellen zwei von allen Seiten beleuchtet. Ruhig stand er auf, öffnete das Fenster, frische Luft traf auf ein erhitztes Gesicht, er schloss die Augen und holte sich Nässe in die Lunge. Ja. Genau so. Ein guter Plan erzeugte immer ein Lächeln. Malo lächelte.

Das Telefon klingelte und riss Malo aus seinen Gedanken. Existierte ein Notfallplan für Telefonklingeln? Sollte er abnehmen? War das Juste recht? Oder war Telefonbeantworten genau so sträflich wie auf den Teppich zu kotzen? Vielleicht rief Flora an und sie brauchte Hilfe. Malo nahm den Hörer ab, sah ihn an, als könne er vorab entscheiden, wer anrief oder nicht.

»Hier ist Malo Duc bei Juste Simon.«

Das Leben bietet immer wieder Wendepunkte, gute, neutrale und weniger gute. Wer sich nicht wenden will, sollte den Rat beherzigen, sich entweder beizeiten die Ohren zuzuhalten oder den Telefonhörer aufzulegen, denn das Schicksal ist allzeit bereit, mit denen zu spielen, die annehmen, dass der eigene Wille mehr zählt als Kismets Laune.

»Ber-na-det-te!?« Malo beging zwei Fehler auf einmal, er legte nicht auf und die Ohren hörten, aber vor allen Dingen reagierte er.

»Ja, Bernadette … nein … so war das nicht.« Malo schluckte und wollte lieber, dass das doch so war, denn er fühlte ein Spinnennetz, in dem er sich verfing, und er erkannte den Jäger, der die Fäden immer enger spannte. »Ja, das wollte ich.« Viele Jas und Neins folgten. Am Ende steckte er in einem so straffen Netz fest, dass er nur noch mit einem letzten Ja antworten konnte. Er legte auf. Malos Gesicht zeugte von Entsetzen. Er sagte sich, dass ein richtiger Kerl auch Ehre und Pflichtgefühl besitzen musste. Wer A sagte, musste auch B sagen. Er übersah dabei die restlichen Buchstaben des Alphabets und die Tatsache, dass Pflichtgefühl das letzte

Versteck für einen Feigling war. Malo griff zum blauen Kugelschreiber, der neben dem Telefon lag und schrieb auf den beiliegenden Notizblock:

Danke für alles. Bin wieder bei Bernadette. Malo.

***

Einst, als die Dorfbewohner von Arnaud noch in Großfamilien lebten und die Städte mit ihren hupenden Autos und der hektischen Lebensweise noch in weiter Ferne lagen, schien die Welt der Alten noch in Ordnung.

Mémé rüttelte an der verschlossenen Bistrotür, sie trug für die Witterung ein viel zu leichtes Hängerchenkleid, wie auch die Schluppen an den Füßen zu spärlich waren. Mémé hätte frieren müssen, aber wer wusste schon, wie viel die Lederhaut noch an Empfindung durchließ. Die kleine Gestalt rüttelte erneut an der Glastür, erst jetzt bemerkte sie das Schild. Mit den gekrümmten Fingern fuhr sie die Buchstabenreihen hinterher.

Geschlossen
wegen
Familienangelegenheit

Mémé schluckte. Heute keine Menschen mehr. Alleinsein. Einsamkeit. Sogar der Hafen und die Promenade waren leer. Der Regen hatte die Leute vergrault und er heulte unablässig seinen Kummer heraus. Es gehörte zum Vorteil des Alters, sich den Gegebenheiten des Lebens duldsam hinzugeben, doch in Mémé wohnte Traurigkeit. Die Alte setzte sich an den in der Eile nicht weggeräumten Tisch. Der Stuhl war trocken geblieben, der Tisch nicht. Sie holte das Kartenspiel aus der Tasche im Hängerchen und legte eine Karte nach der anderen auf die feuchte Fläche. Der Lavendelwind durchzauste das graue Haar. Plötzlich stocke sie. Die vertrockneten Hände erzitterten.

»Sanduhr«, flüsterte sie und der letzte Zahn bebte. »Bitte«, wisperte sie, »nicht hier, nicht allein. Bitte.« Mémé blickte zum Horizont, weit hinter den Hafen, weiter fort, als Arnaud je sein könnte, sie suchte Gründe. »Sanduhr«, wiederholte sie gedankenverloren. Obwohl sie ein hohes

Alter erreicht hatte, wollte sie den Geschmack des Lebens schmecken und an der Gegenwart von Menschen teilhaben. Aber manchmal war die Sanduhr abgelaufen, aus welchem Grund auch immer. Die Zeit war gekommen.

Lerne zu tanzen, sonst wissen die Engel im Himmel nichts mit dir anzufangen – Mémé stand auf, verließ den schützenden Unterstand, der Regen wurde ihrer habhaft. Er betröpfelte sie, durchtränkte und umfing sie bald gänzlich. Als würde sie einen Tanzpartner umarmen, hob Mémé ihre Arme und schloss die Augen. Ein Dreivierteltakt. Eine wundervolle Walzermelodie. Die Engel sollten wissen, dass es sich lohnen würde, die Tür zu öffnen.

Eins-Zwei-Drei, Eins-Zwei-Drei – sie tanzte in den Frieden des letzten Herzschlags hinein.

***

Nemo ante mortem beatus.
Niemand ist vor dem Tode glücklich.

Foto: © Studioline

Wolfgang A. Gogolin, Jahrgang 1957 und von Beruf Rechtspfleger, lebt mit Ehefrau in seiner Heimatstadt Hamburg.
Neben einigen Dutzend Veröffentlichungen in Zeitschriften/Anthologien bisher neun Bücher. Im Sommer 2010 erschien ein Kurzgeschichtenband unter dem Titel ›Geist der Venus‹, Anfang 2011 der Roman ›Schlafen bei Licht‹.
Ende 2013 wurde der Parisroman ›Dunkles Licht in heller Nacht‹ veröffentlicht.
Im September 2014 kam es zu einer Neuveröffentlichung von ›Geist der Venus‹.
Die Novelle ›Rotblaue Nelken‹ erschien Mitte 2017, gefolgt vom Roman ›Das Vermächtnis der verlorenen Zeit‹ im April 2018.
Gogolin veranstaltet die monatliche ›Spät-Lese‹ im Hamburger Kulturpunkt, dessen Vorsitzender er auch ist. Als überzeugter Gourmet schreibt er regelmäßig Kochbuchbesprechungen für Verlage sowie Restaurantkritiken auf genussgenie.de.

Freuen Sie sich auf die Bände 2 und 3 der Trilogie, die voraussichtlich im Jahr 2020 und 2021 im Karina-Verlag erscheinen werden.

karina verlag